FENJU ZAI FENGYU PIAOYAO ZHONG

王久成 ◎ 著

北京燕山出版社
BEIJING YANSHAN PRESS

图书在版编目（CIP）数据

分居在风雨飘摇中 / 王久成著 . -- 北京：北京燕山出版社，2018.3

ISBN 978-7-5402-4982-3

Ⅰ . ①分… Ⅱ . ①王… Ⅲ . ①长篇小说－中国－当代 Ⅳ . ① I247.5

中国版本图书馆 CIP 数据核字 (2018) 第 044547 号

分居在风雨飘摇中

作　　者：王久成
责任编辑：王　迪
责任校对：张瑞武
出版发行：北京燕山出版社
社　　址：北京市西城区陶然亭路 53 号
电　　话：010-65240430
邮　　编：100054
印　　刷：河北省三河灵山红旗印刷厂
开　　本：710mm×1000mm　1/16
字　　数：288 千字
印　　张：25
版　　次：2018 年 3 月第 1 版
印　　次：2018 年 3 月第 1 次印刷
定　　价：46.00 元

版权所有　　翻印必究

作者简介

王久成，1966年毕业于北京第二医学院（现首都医科大学），先后在甘肃、河北、北京从医，2004年从心内科主任医师岗位退休后主要从事文学创作和志愿者工作。曾参加卫生部1967年第一批和2004年第十批医疗队到甘肃义诊，2013年受甘肃省卫生厅特邀参加医事活动和义诊。主编《心血管病防治180问》、副主编《现代疾病临床诊治最新专家方案》（主编心血管系统）、任《临床疾病最新诊治进展》编委等。曾任多家期刊通讯员、栏目撰稿人、特约顾问编委等。发表短篇小说和杂文70余篇，著有长篇小说《万能医生的岁月》和杂文集《古今花絮集锦》等。

前　言

　　《分居在风雨飘摇中》作为小说《万能医生的岁月》的后续篇，主要叙述主人公等人，即为分居生活而奔波，又为医治病患而忙碌，苦苦地挣扎在某医院的复杂环境中。医生为人类健康而生而存，救死扶伤是医生的神圣使命，工作必须脚踏实地。《分居在风雨飘摇中》告诉我们，医院是没有硝烟但有流血有生死的战场。海纳百川有容乃大，壁立千仞无欲则刚，医院领导应有包容、善待、尊重他人的胸怀而不可嫉贤妒能，有创造力和开拓进取的精神。一所医院的医疗水平与道德是衡量院领导的一把尺子，只有好的领导，医院才可能有好的前景！

　　夫妻分居是一个时代的突出特点，分居会发生不可预测的后果，存在诸多的弊端。闲云潭影日悠悠，物换星移几度秋。分居的夫妻们为调动工作要付出大量的精力和时间，人再努力也不可能用手抓回已逝去的时间。主人公的工作调动一事贯穿故事的始末，调动过程中发生很多空前绝后的奇异事件。《分居在风雨飘摇中》和《万能医生的岁月》是承前启后的姊妹篇，从"三部曲"的角度来说，理应还有第三部吧。

　　在此特别说明，小说中的人物均为虚构，如有雷同纯属巧合。

作者 2017 年 12 月

目　录

01	前尘轶事悄声过	当下实情侧目及…………001
02	共克时艰重起步	相濡以沫渡难关…………015
03	七零八落回归路	披发跣足再起程…………029
04	百感交集回故里	深思熟虑潜心机…………039
05	图谋小利熏心欲	唾骂仇人怒目睁…………053
06	涉世开篇寻故旧	拨云见日获新生…………065
07	直言无隐真心话	笑里藏刀暗伤人…………077
08	重施伎俩原形露	弄巧成拙元气伤…………087
09	同舟共济经风雨	节外生枝弄是非…………097
10	倾心一见终无悔	怎奈抉择两下分…………109
11	惆怅陌阡多眷恋	彷徨路上了前情…………121
12	梅开二度同欢庆	戏弄卑人作笑谈…………133
13	掠取职别悄暗算	谋求道义愤难平…………143
14	蝎心暗地施奸计	正气明枪斥诽言…………153

15	学识浅显遮羞脸	蛮横无理龌龊心…………167
16	智者何愁习武地	孙阳慧眼荐英才…………179
17	亲人两地难团聚	故友重逢有旧情…………189
18	医之所病病道少	人之所病疢疾多…………201
19	出师未捷身先死	长使英雄泪满襟…………213
20	难得久旱逢甘雨	未料他乡遇故知…………225
21	不甘受命接承旨	掂对权衡且委身…………237
22	力拔山河气盖世	虞兮虞兮奈若何…………251
23	人情曲尽前嫌弃	据理涵容善待人…………263
24	身在曹营承要务	情思汉土舍私心…………275
25	无奇不有荒唐事	百态千姿不耻人…………289
26	今生作恶不知悔	冥途难过奈何桥…………299
27	搜扬仄陋担重任	钓誉沽名讨虚荣…………311
28	起步革新情让路	实施举措理服人…………323
29	书山有路勤为径	学海无涯苦作舟…………335
30	学子执着流大汗	纯诚敬业感人心…………347
31	虚怀若谷求实效	水应山鸣下苦功…………361
32	图章函件玩游戏	真假全凭一纸文…………371
结局	宝剑锋从磨砺出	梅花香自苦寒来………385

01　前尘轶事悄声过　当下实情侧目及

分居在风雨飘摇中

历经三年多时间和极其复杂烦琐的流程,王大宬终于如愿以偿地从工作了十年的甘肃华城来到这个距北京仅有几十公里的白河小县。

走进县医院,院办室秘书把王大宬带进内儿科病房里的一个房间,一进门秘书对坐在办公桌边的人说:"汪院长,新来的王大夫报到来了。"

这是汪家炎副院长的第二办公室。他谦和地站起身离开办公桌跨过来一边与王大宬握手一边说:"欢迎你来咱们医院!坐吧!"

院办室秘书退出办公室,王大宬礼貌地点点头在办公桌边坐下,汪家炎归位坐定后说:"我先把医院的情况给你简要介绍一下。咱们有内、外、妇、儿、骨和五官六个临床科室,还有检验科、放射科跟药房等几个辅助科室。儿科跟内科在一起值班,骨科跟外科在一起值班。听说你原来搞外科是吗?"

"毕业以后我一直在基层工作,因为基层特别需要能拿剪子动刀子的人,所以偏重于手术科室,没有什么特别的专业。"

"咱们外科力量挺强的,当前不缺人手,如果你想搞外科,咱们这儿安排不了。"汪家炎慢条斯理地说,"咱们下边有三个分院,你要愿意的话就到分院去,如果不愿意到分院可以留在县医院内科。"

王大宬想,这些年工作一直没有规律,生活上到处奔波,把自己折腾得够呛,还是规律一些好,而且在县医院怎么也比下边的分院强,想到这里他说："那我就搞内科吧！"

汪家炎说："那好，咱们内科也不错。哦，你还没地方住吧，带行李了吗？"

"行李在院办室。"

"就先凑合着住集体宿舍吧！明儿个早八点你到这儿来找我，我带你跟科里人见面。"汪家炎站起来把门打开朝外边喊："金大夫，快来！"

"来喽！"一个三十上下的小伙子应声从医办室出来，快步走进汪家炎的办公室，躬身点头问，"汪院长，您有事儿？"

汪家炎指着王大宬说："这是新来的王大夫，行李在院办室，你帮他搬到宿舍去。得空带王大夫把白大衣和听诊器领上！"

"好嘞！"金大夫频频点头，"让王大夫住哪个屋？"

汪家炎说："就跟外科古大夫住一个屋吧。"

"好嘞！王大夫，请跟我来！"

金大夫和王大宬一起离开汪家炎的办公室，到院办室抬起行李从病房后门出来穿过一片废墟，走到一排断壁残垣的房子前停下来，金大夫说："唐山地震把后院这一片全震坏了。你看，原来的房子都挑了顶换上了木板，这就是集体宿舍。"他推开一个房门进了屋，指了指靠门口用木板搭的床，"你来得还挺是时候，你看，其他床都有人，没有挑选的余地。"

金大夫帮助王大宬把简单的行李放在床板上热情地说："收拾完了你自己到食堂管理员那儿换饭票。带粮票了吗？没带我这儿有。"

王大宬说："带着呢，谢谢金大夫！"

金大夫说："谢啥呀，咱们是一个战壕里的！拿北京粮票、天津粮票也行,但不能换菜票。要想饭票菜票一起换,得拿通用粮票或河北粮票才行[注1]。你先收拾我走了,有啥事就叫我一声。"

金大夫走了,王大宬望着他的背影心里说:"这个小伙子,还挺热情!"

晚上,王大宬独自坐在床板上正在发呆,一个人推门进来说:"呦,新来的吧?家在北京还是天津?"

王大宬说:"怎么除了北京就是天津?"

"那还有错,家不在北京或天津谁到这儿来呀?"

"我是北京的。你是古大夫吧?你怎么住集体宿舍,家也不在这儿?"

"我叫古一迪,父母在天津,爱人和孩子在北京。"

"呦,这么说你也够麻烦的!"王大宬指了指另外两个床说,"那两个是什么人?"

"他们在白河都有家,离这儿一二十里,都是刚结了婚的小伙子,只是站个床位,一般都不在这儿住。这回可好了,咱们俩可以做伴儿了。看你这儿连个凳子都没有。"古一迪把另一个床边的凳子拿过来放在王大宬的床边说,"你先用,等他回来再还给他。"

王大宬说:"谢谢!哎?怎么你一家人分在三个地方?"

古一迪说:"我是天津人,在北京上的学。毕业了不知道什么时候分配就跟一个护士结婚了。没料到刚结婚就分到外地了,北京天津都进不去就到这儿来了,到现在自己连一个真正的家都没有!"

王大宬说:"看来你也是'飞鸽牌'的,来多长时间了?"

古一迪说:"三年多了!"

"都三年多了还没飞出去?成了'永久牌'[注2]的了,那你应该是白河通了!"

古一迪说:"白河通倒不敢说,起码是医院通了!你别看这小小的医院,情况复杂着呢,特别是你们内科,对汪家炎千万要提防着点儿!"

王大戬说:"你说的是汪院长吧,今天就是他接待的我,我看他蛮和善的,就是表情有些严肃,给人一种压抑感。'提防着点儿?'这话什么意思?"

古一迪说:"我让你小心你就小心,慢慢体会你就知道了。"

王大戬说:"我这个人是个直肠子。干脆,今天你就把医院的情况都跟我说说,我好注意,别刚来了就捅娄子。"

通过短暂的时间接触,古一迪凭感觉王大戬的秉性跟自己差不多,他说:"你要真想听,我就给你说说,免得你重蹈我的覆辙。"

古一迪毫无保留地把他所知道的情况给王大戬做了详细介绍。

汪家炎一九五五年中专毕业分到这儿,现在可称得上是医院的元老,是县里各级领导人心目中的"名医"。不论上下班什么时间,他经常带着血压计和听诊器出入各级领导人的办公地和他们的家门。虽说是副院长,但他大权在握说一不二,就是正院长事事处处也都礼让他八九分。书记院长换了一个又一个,可是汪家炎一直没离开过他的宝座,可谓一位名副其实的超重量级的人物。

内科万金钗是汪家炎的同学、夫人,是全院出了名的"5·29"[注3]。苏欣然家在天津,一九六八年毕业分配到宁夏,跟我差不多三年前调到这儿。内科力量够强的,除了苏欣然还有三个大本生,他们都正在搞调动,你能留在内科说明他们的调动弄得差不多了,今后大本生恐怕就剩下你和苏欣然了。

儿科章绍岩是本县人,一九六二年毕业于天津医学院儿科系,他的阅历之深在本县人中名列前茅，在儿科界是个赫赫有名的人物。他的秉性内向，从不张扬，每天埋头工作，对是非视而不见，从不参与也不过问，而且也乖乖地在汪家炎手下蠖屈求伸任其摆布。妻子和孩子一直在家务农，就是有再大的困难，对事情再不满意，他也从不吭一声。

古一迪解释说："别看内科儿科有那么多人，不管你什么学历，也不论你什么职称，业务不分上下级，由汪家炎一统天下；他兼任内科儿科主任，是内科儿科业务的首领和'权威'。可笑的是还虚设了一个副主任。"

听到这儿，王大宬插话问："什么意思，怎么是虚设呀？"

古一迪接着说："你想啊，副主任金千强在科里学历最低、资历最浅，也没有任何实权，只是汪家炎的耳目，也就起给汪家炎报报信，传传话，传传话……"

王大宬说："我明白了，你说的是不是金大夫啊？我看那人挺不错的！"

"你看到的是表面，那是个很精明能干的人，很有心计！你说就这种状态，有本事的人谁愿意受这份儿罪呀，只要有门路谁不走啊？"

王大宬说："我怎么越听越害怕呀？身上直起鸡皮疙瘩！其他科室是不是比内科要好一些？"

古一迪说："你还想听？你要愿意听，我就接着跟你说。"

添书迎是汪家炎的卫校同学，有一流儿的口才，分析问题、辨别是非处处到位。本来是个外科大夫，但不仅不会做任何手术，就连应付普通门诊也有困难，因为他有能说会道的特长，就让他当了医务科长，是汪家炎的左膀右臂。每天上班手里总少不了一杯茶，在办公室看看报、练练书法，还时不时到院子里换换新鲜空气、活动活动筋骨。不管是哪儿需要写个标语、条幅、牌牌什么的，在医院唯他莫属。他很会处事，经常找人谈心给人做思想工作，态度诚恳谦虚，平易近人，也时时处处为汪家炎歌功颂德。

云蒙元，五十岁，蒙族人。抗美援朝时期在朝鲜战场一线救护志愿军伤员。回国后在某军医学校受训八个月，结业后在部队医院妇产科工作，一九五八年转业到这儿。她行动敏捷手脚利索，天不怕地不怕敢冲敢打，伶牙俐齿有的放矢炮炮打响，是县里有名的"小钢炮"，现任妇产科主任。因为是少数民族，又参加过抗美援朝，也算是有功之臣，所以她还在县妇联挂名副主席，是汪家炎最难对付的人。

楚骧良一九六一年毕业于天津医学院，现任外科主任。其岳父原是本县管理教务的神职人员，并在教堂边主持一个诊所行医，是县里的知名人士。解放初，岳父的大部分家人迁居美国，妻子及一小女未能随行，楚骧良就入赘在这母女家中。"文革"前，一直保持与岳父的联系，是重点统战对象。这个人很有思想，是个"不安生"的人，经常把自己关在小屋子里搞些小发明小创造之类的东西。接人待物直言快语，经常提出一些汪家炎不愿意接受又不得不接受的主张，是汪家炎的强大对手，但他无权无势，汪家炎总会有办法对付他。

骨科佟雅温，一九六〇年毕业于天津医学院，原在天津某医院小儿骨科工作，有二十多年的工作实践，早已是训练有素、富有临床经验、专长小儿骨科的老手；一个意外原因，几年前携子与搞工的丈夫一起来到白河落户。她为人和善，事事处处对人温良恭俭让，与妇产科的女强人相比显然太软弱了。

古一迪说："怎么样？还想听吗？天不早了，你又刚来，早点儿休息吧，慢慢就了解了！"

第二天早晨，王大宬提前来到汪家炎的办公室门前等候。不多时，汪家炎从外走来，王大宬还没开口，他就亲切地问："收拾好了吗？要没收拾好就明天再来上班。"

王大宬赶紧点头说："收拾好了。"

汪家炎走进他的办公室换上白大衣，一边往外走一边说："来，跟我来！"

王大宬跟随汪家炎一起来到内儿科医办室，刚一进门，等候在室内的所有医护人员统统站起来。汪家炎指了指王大宬对大伙说："这是新来的王大夫，大伙帮助他尽快熟悉情况！"

王大宬礼貌地对大伙点点头说："请各位多多帮助！"

汪家炎面对大伙坐在主任的位子上，人们跟着纷纷落座。他不紧不忙地清了清嗓子对苏欣然说："苏大夫，王大夫就先跟你互助吧！"

苏欣然站起来说："好吧。"

苏欣然坐下，汪家炎紧接着说："现在交班！"

人们正在聚精会神地听取夜班护士叙述病人情况，汪家炎一抬头，见门外一个人隔着玻璃窗正向他频频招手，他随即站起身开门走了出去。

早交班突然中断了，护士在无声的情况下等了几分钟不见汪家炎回来，又接着述说病人情况。把重点病人情况说完了，她说："交班完毕。"

办公室内的医护人员十几个人你看我、我看你，没有声音。王大宬摸不着头脑，把在座的十几个人扫视了一遍，个个面无表情一动不动。他感到疑惑，不知到底发生了什么事。约摸半个钟头过去了，金千强看了看时间说："今天说不定汪院长有要紧事儿，交班就到这儿吧，不等了！"

说完，金千强先站起来，人们也跟着先后站起来，有的从病历架上取下病历，有的走出办公室去查房。

王大宬跟苏欣然查完房，回到办公室修改医嘱，王大宬轻声问："刚才交班的时候除了值班护士介绍病情，其他人怎么都愣在那儿不说话？"

苏欣然悄声说："一直都是这样，除了金千强谁敢乱说呀？"

王大宬好奇地问："怎么没交完班汪院长就不声不响地走了？"

苏欣然说："你没看见门外有人向他招手？肯定大大小小是个头头或是头头家属。常有的事！他什么也不说拍拍屁股就走，把大伙儿晾在这儿，也不一定什么时候回来。等他不是，不等他也不是，一般都是等半个钟头还不回来就不等了。"

王大宬"噢"了一声点点头，然后打开病历仔细查看医嘱，看完了一份病历后问苏欣然："这长期医嘱怎么变动这么频繁？"

苏欣然说："你仔细看看，这医嘱不是一个人下的。"

王大宬说："噢，明白了，就是说一个大夫管的病人是不固定的，今天你查明天我查是吧？"

"对。"苏欣然点点头。

王大宬说："主管大夫不固定，治疗方案变来变去，对病人恐怕不好吧？"

"汪院长说只有这样才能对病人掌握得更全面。"苏欣然说，"不论什么事儿，包括诊断和治疗，他的每一句话都是金口玉言，不准有任何异议。"

王大宬说："这么说……"

见金千强走进来，苏欣然赶紧拦住了王大宬。

常言道"人挪活树挪死"不无道理，但对于一个已经三十七八岁的人来说，挪到一个完全陌生的地方恐怕得需要一个适应过程。一个是西北的荒凉山区，一个是华北的广袤平原，两地的自然环境截然不同是显而易见的，但这里的社会环境和人文习俗与甘肃有着怎样的差异，王大宬一无所知。第一天上班所感受到的使他产生了忧虑，看来一切都要谨慎地从头开始，千万注意别让自己直言尽意信口开河的嘴巴随意张开。

医院的集体食堂最常吃的是棒子面窝头和高粱米粥，除了多一些蔬菜以外，与甘肃华城相比并没有多大差别。由于受唐山大地震的波及，医院还处于重建时期。地震棚的集体宿舍没有书桌没有座椅，环境发生了巨大变化，王大宬长时间紧绷的神经一时难以放松，不久连续几天出现了柏油便，他的胃病复发出血了……

刚到一个新单位就发病，王大宬觉得影响太不好，所以没做声响坚持上班。一天，汪家炎见他提不起精神，关切地问："怎么你这几天脸色不好，是不是病了？"

王大宬不好意思地说："我的胃不太好，可能对咱们这儿的饮食还不习惯，胃病发作了。"

汪家炎责怪说："有胃病咋不早说一声？这几年咱们这儿的伙食不好，以后你就到病人食堂吃饭吧！走，跟我来。"

汪家炎主动把王大宬领到病人伙房门口，对里边的人说："康师傅，新来的王大夫有胃病，从今儿起就在你们这儿吃饭！"

康师傅答应说："汪院长，知道了！"

汪家炎又对王大宬说:"要支撑不住就休息几天!"

王大宬感激地说:"没事儿,不用休息。谢谢您汪院长!"

汪家炎用两句话解决了王大宬的吃饭问题,使他受宠若惊,心里说,古大夫让我要提防着他,其实他挺体贴人的,我要用实际行动报答他!

第二天晚上,汪家炎突然来到宿舍,这是他第一次走进地震棚集体宿舍。古一迪感到很意外说:"汪院长?!今天您怎么到这儿来了?"

汪家炎说:"王大夫身体不好,我特地来看看。"

王大宬正躺在床板上休息,一见汪家炎赶紧站起来。汪家炎忙说:"快躺下,快躺下!好些了没有?病灶伙食比大灶好得多,咋样还可口吧?"

古一迪给王大宬使了个眼色说:"你看,汪院长亲自来看你!我跟你说过,汪院长特别关心人,没错吧?"

"汪院长您快请坐!"王大宬有些不自在和汪家炎一起坐在床板上,"谢谢您来看我!"

汪家炎亲切地说:"还谢啥呀,你刚来,身边又没有亲人。看看你我就放心了!以后有啥困难你就说,别客气,我帮你解决!这地震棚条件差了点儿,等咱们新医院建成了就好了!"说着,他站起来,"你好好休息,我走了!"

王大宬忙站起身,把汪家炎送出门外连忙说:"这儿不好走,您慢点儿!"

古一迪心里说:"今天太阳从西边出来了,不知道这汪家炎又在耍什么花招?"

送走了汪家炎,王大宬躺在床上闭上眼,心想,不知古大夫与汪院长有什么过节儿，我觉得他的看法有些偏激……

星期六晚上，王大成走进县中学教工宿舍，拜访父亲的同学白老师，述说了到白河以来的情况。白老师说："我在白河这么多年，教的学生也不少，可是就没有一个从政的，在你调动问题上也没帮上什么忙，总觉得有些惭愧。"

王大成说："看您说到哪儿去了？我爸常提起您，让我代他问您好，还说有空过来看您哪！"

白老师说："我是个与人无争与世无争的人，这么多年来生活还过得去。我看你的气色不太好，我跟你父亲是同学又是好朋友，有什么困难你只管说，千万别客气！"

王大成说："这几年家里事儿特别多，一直忙忙叨叨没得闲，到这儿以后环境变化太大了，还没调整过来，所以有些疲惫。"

白老师说："虽说咱们这儿离北京不远，但生活比北京差得多，现在又受唐山地震的影响……哎，你现在在哪儿住哪？"

王大成说："在医院的地震棚住。"

"哎呀，总住地震棚里怎么行啊，太不方便了！"白老师说，"依我说不如租个农民房住，爱人孩子来了也方便些。"

王大成说："农民房，好找吗？"

白老师说："这城边的农民有的是空房，租金也不贵，如果你愿意的话，我给你找！你现在是集体户口吧？生活肯定还有不少困难，只要我能帮的，一定会尽力帮助你的。孩子快上学了吧？上城关小学的事儿我包了！"

王大成感激地说："那就太好了，谢谢白叔叔费心！"

"还谢什么呀！在调动上我没帮上忙，怪你白叔叔没本事！如果能帮你做点儿事儿，我心里还好受些。"

"白叔叔，我知道现在调动工作是一件很难办的事儿，您别老把这件事儿放在心上。"

"是啊，等你安好了家我也就踏实了。哦，我还得提醒你啊，听说你们医院挺复杂，你刚来还是谨慎些好……"

晚上，王大崴怎么也睡不着。刚一来，古一迪就给我介绍了医院的大概情况，我还怀疑他是不是有偏见，今天白叔叔又提醒我说医院情况复杂，他到底指什么事儿说的？是汪家炎？我看医院的气氛是有些不寻常，可他的人还不错嘛！看看吧，不管怎么说，我还是当心一些好……

注释1：北京和天津的粮票仅含定量的口粮，另有食用油票，二者是分开的，通用和河北的粮票内包含定量的食用油。

注释2："飞鸽"和"永久"都是当年自行车有名的品牌。

注释3：一年内累计休病假超过半年将扣发一定比例的工资。有人利用这一政策休病假五个月又二十九天，差一天不满半年再上班，不扣工资。人们讽刺这类人为"5·29"干部。

02　共克时艰重起步　相濡以沫渡难关

经过彻底休整，孟玫玫的身体已明显好转，王大宬在县城附近租了农民房，一家人团聚在白河。因为是集体户口，不少生活必需品个人没有指标还有很多不便，但在友人和家人的帮助下，生活基本稳定下来。

这天中午，王大宬从白老师手里拿到了批条匆匆赶到煤场买蜂窝煤，送煤工帮着把煤卸在院门口。王大宬对孟玫玫说："你甭管，等我下班回来慢慢收拾。"

王大宬上班走了，孟玫玫一趟一趟往堂屋里搬煤。京京见母亲往返忙碌，也跟着搬起来。孟玫玫说："京京，你别搬了，帮妈妈把煤靠墙码起来，慢慢弄不着急！"

母子俩搬完了煤，孟玫玫对京京说："好好洗洗手，我去清理院子。"

扫净了院子一进堂屋，见京京还在码放煤块，地上还有一堆碎的。见母亲回来，京京胆怯地说："妈妈，我没小心……"

"哎呀你怎么搞的？你知道吗，这煤来得多不容易呀！"见京京两眼含着泪花，孟玫玫换了温和的口气，"京京爱劳动，妈妈不怪你。"

房东大嫂走过来见母子俩正在重新码放煤块说："呦，咋的了？没放好吧？"

孟玫玫说："是啊，碎了得有十多块儿，我们现在用煤还没有指标呢，实在太可惜了！"

房东大嫂说："你别着急，可以把煤沫子收起来送到煤场换整的。哦，我给你拿个筐来！"

房东大嫂帮着把碎煤收拾在筐里说："路那么远提着筐不好走，这儿有小推车！"

房东大嫂把提筐放在推车上说："你行吗？"

孟玫玫推起车说："我试试看，谢谢大嫂！京京，在家等我，别往外跑！"

京京走过来说："妈妈，我帮您，跟您一起去！"

"好好，一起去就一起去！"

以前，孟玫玫没见过这种推车，到这里以后常见有人用推车载物，推起来轻松自如。自己一实践才知道重心不好把握，推起来一摇一摆的挺吃力。煤场离家有二里多路，走至途中，听到身后有马车声，一紧张独轮小推车翻了，一筐碎煤撒在路上。

孟玫玫焦急地停下车，母子俩忙把碎煤收拾到筐里，接着向煤场走去。换好了整块煤，母子俩已经满头大汗，脸上衣服上也沾满了煤灰，但还是面带笑容。由于把握不好推车的要领，孟玫玫一直拿着劲儿，弄得全身就像散了架子。眼看就到家门口，突然感觉小肚子剧疼，刚伸出一只手要捂肚子，独轮车一下子翻倒了，刚刚换回来的煤块掉在地上摔得粉碎……

孟玫玫流泪了，擦擦脸上的汗，呻吟着蹲在门外。京京拉着妈妈的胳膊喊叫："妈妈！妈妈！您怎么了？"

听到门外的声音，房东大嫂从屋里出来，一边搀扶孟玫玫一边说："大妹子，你咋的了？你的脸色咋这么不好，病了吧？哎呀，是不是得到医院看看哪？"她回头向里边喊："二栓子快来！"

一个十五六岁的小伙子应声跑出来："妈，啥事儿？"

"快，背着婶子到医院！"

房东大嫂帮着儿子背起孟玫玫，一手拉起京京急速赶往医院。

进了门诊走廊，二栓子背孟玫玫直接走进急诊室。见来了急诊病人，护士大声喊："王大夫有急诊！"

王大宬正在看病人，听到喊声对病人说："对不起来了急诊，您稍等一下！"

他疾步走进急诊室一看，啊！妻子面色苍白，汗水湿透了衣衫，脸上衣服上沾满了煤灰。满脸泪痕的儿子见他进来，赶紧说："爸爸，妈妈肚子疼。"

王大宬掏出一沓钱递给护士小胡说："快，请帮忙取葡萄糖盐水，赶紧扎上液体！"他急忙转身对儿子说："到那边的诊室里乖乖等着！"又急忙对房东大嫂说："谢谢大嫂，谢谢二栓子！"

"哎呀谢啥，快忙吧！"大嫂说。

王大宬掏出手帕擦去妻子脸上的煤灰和汗水泪水说："玫玫，你怎么了？"

"我打碎了十几块儿煤，突然小肚子疼！"孟玫玫痛苦无力地说。

液体扎上了，王大宬拿起血压计给孟玫玫测量血压。护士见孟玫玫裤子上有血迹，突然说："王大夫您看！"

啊！玫玫她……"小胡，快请妇产科！"

云主任匆忙跑来，给孟玫玫查完了对王大宬说："你是咋搞的？两个多月身孕流产了！"

王大宬自责说："啊！怨我，都怨我……"

孟玫玫住进了妇产科，云主任处理完坐在她的床边说："王大夫也是，你怀孕了他还让你干那么重的活。"

孟玫玫说："这事儿不怪他，怀孕的事儿他还不知道。"

"怎么这么大的事你没告诉他？"云主任埋怨说，"可是他怎么也应该发现你的变化呀！真是的，这男人嘛，大多数都比较粗心！"

孟玫玫说："我的反应不明显。我们刚来时间不长，他天天忙了这个忙那个，我不想让她为我操心。"

云主任感叹说："好嘛，我的大妹子，你可真是个贤妻良母！"

孟玫玫住进妇产科，王大崴马上赶回门诊，京京坐在一个角落看着爸爸接待病人。看过两个病人王大崴说："京京，爸爸离不开，你去看看妈妈怎么样了，回来告诉我。注意轻着点儿，不能打扰别人！"

京京从妇产科回来，见爸爸面前没有人，他说："妈妈说她挺好，不让您担心。爸爸，我要告诉您一件事……"

王大崴问："什么事啊把脸绷得那么紧？"

京京低下头两眼含着泪花说："是我不小心把煤打碎了，不怨妈妈。"

王大崴听了儿子的话心里很不是滋味，他说："乖儿子，这点儿小事没关系。"

在妇产科观察了几天，孟玫玫出院了。王大崴让孟玫玫躺在床上说："要好好接受教训，有我，还有京京，什么事儿都不用你管。"

"别小题大做了，现在我没什么事儿！"孟玫玫反过来安慰王大崴。

"京京，你到西屋去写字，我跟妈妈说说话。"京京走了，王大崴亲了亲孟玫玫，"大月子小月子都是月子，必须好好休息！"他停了一会儿接着说，"我得批评你，这么大事儿怎么不告诉我？这下可好，咱们的女儿没了！"

"对不起，是我不好，对不起！"孟玫玫伤心地流出眼泪。

"女儿没了还会有，可是流产会伤身体的，你看多危险哪！"王大宬给妻子擦去眼泪，心疼地说，"以后再遇到做不了的事儿千万别蛮干，有我哪。"

休息一段时间，孟玫玫完全康复了。这天王大宬下班回来，孟玫玫见他的心情不错，她说："大宬，我想跟你商量个事儿。"

"什么事儿啊这么严肃？"

孟玫玫说："咱们来到白河时间不短了，基本上就算稳定了；这儿离北京也不算远，生活比华城和小寨沟方便得多……"

"你到底想说什么？是不是又待不下去了，想回山西？"

孟玫玫说："不回去总这么待着算怎么回事啊？所以……"

王大宬说："我明白你的意思。先别急，咱们是平民百姓别无所求，只要平平安安地过日子。现在你的身体没法跟过去比了，就是回山西一时也不一定能对口工作。等我有机会到县里问问，能不能把你也调到这儿来安排个工作，就在这儿安家了。"

王大宬知道，现在调工作很不容易。自己能来白河是原女友宋姗姗的父亲托人办的，也不知道是谁给帮的忙，这次再不能去麻烦人家了。现在自己已经是白河人了，干脆自己去闯一下。

这天，王大宬鼓足勇气找到县妇联，如实介绍了孟玫玫的现状，并说明了自己的心愿。那位女干部干脆利落地说："不行！白河目前不缺干部没法安排！照顾不了！"

王大宬是个很要脸面又倔强的人，面对这种情况竟不知该说什么，尴尬地站起身走了。

回到家，孟玫玫问："联系得怎么样？"

"真有领导的派头，严肃极了，几句话差点儿没把我给噎死！"王大成生气说，"算了！我最接受不了这种人，有什么了不起，好像谁求她是的！"

不是好像在求人，实际上就是在求人，不食人间烟火的书呆子对这最基本的常识一窍不通。

孟玫玫见丈夫心里不痛快，她说："你也不用急成这样，以后再说。这次我想把京京带上。你放心，我先回去试试，不行我就回来。"

"你那儿离县城好几十里连车都不通，孩子怎么走啊？"王大成说，"再说，孩子也快上学了，我看就别让他去了！你也少麻烦些。"

晚上，孟玫玫走进西屋对准备睡觉的京京说："京京，妈妈该回山西了，你愿意跟妈妈一起去吗？"

京京说："您为什么老说要去山西？"

孟玫玫解释说："妈妈的工作在山西，我得去山西上班呀！"

京京不解地问："您为什么要去山西上班？爸爸在这儿上班，您为什么不在这儿上班？"

孟玫玫无奈地摇摇头说："京京，你还小，你不懂！现在妈妈问你愿意不愿意跟妈妈去山西？"

京京眨眨眼反问道："爸爸也跟咱们一起去吗？"

"爸爸在这儿工作，他不能去！"

"我跟您去山西，这儿不就剩下爸爸一个人了吗？"京京说，"妈妈，我不想让您走。"

孟玫玫的眼睛潮湿了，抱住京京说："京京，妈妈真舍不得离开你！"

周日上午，孟玫玫正在收拾东西，突然在大学做教师的妹夫德明从北京来到白河，王大戍夫妇感到意外，王大戍问："德明，怎么今天跑这儿来了，看样子好像有什么事儿？"

德明激动地说："我特意来告诉玫玫姐一个好消息，昨天我们开会时获悉，晋中农大当前求贤若渴，正在四处寻找生物学方面的人才。下周二我到太原出差，如果你有意到晋中农大任教，我可以顺路陪你去看一下学校的情况，怎么样？你们赶快拿主意！"

王大戍说："你来得正是时候，她正准备回山西哪！玫玫，吃过午饭你就跟德明回北京，准备跟他去一趟看看情况！德明，你先坐下休息，我这就去做饭。"

德明急着说："哎呀吃什么饭呀！算了，玫玫姐咱们快走吧！"

王大戍说："看你急什么呀，先坐一会儿喘口气，吃了饭再走来得及，还有好几趟车哪！"

"算了，别让德明着急了！"孟玫玫转身说，"京京乖，妈妈跟姨夫到北京有事儿，听爸爸的话！"

京京点点头："京京听爸爸的话，办完事儿您赶紧回来！"

孟玫玫把京京抱住说："把事儿办完妈妈马上就回来，再见！"

"妈妈再见！"

孟玫玫在妹夫的陪同下来到晋中农业大学敲开了人事处的房门。一个年轻人开门出来问："你们……"

德明说："哦，我是人民大学的老师，从北京来，有事找领导谈。"

"请跟我来！"年轻人把他们引进一个房间指着办公桌后面的人说："这是我们祁处长。"

德明恭敬地对处长说："听说咱们学校需要生物学方面的人才，

我姐是北大生物系植物生理专业毕业的，来您这儿看看。"

祁处长看了看他们两个，热情地说："好啊欢迎！坐下谈，请坐下谈。"

孟玫玫和德明坐在椅子上，祁处长问孟玫玫："你现在甚单位工作？"

"在晋北小寨县一个公社做妇联工作。"

"哦，现在还没对口，可惜呀！"祁处长说，"一个省的又是对口，调动应该不难。"他看了看孟玫玫，"我们的环境还不错，就是缺少人才，你愿意调过来？"

"我下乡锻炼已经十多年，早该对口了，有这么好的机会当然愿意！"

交谈约半小时，祁处长说："现在是青黄不接，有些该开的课还开不成，科研也跟不上。如果现在调过来，还有几个月准备时间，暑期一开学就可以开课了。好啊，好啊！哦，还没问你的姓名哪！"

"哦，我叫孟玫玫。"

祁处长对身边的年轻人说："小黄，先拿一张表来让孟老师填！"

孟玫玫填好了表格交给了小黄。祁处长说："你跟单位先打个招呼，两周内我们就主动把商调函发过去。你别着急，回去等调函就行了！"

离开人事处，两人有意在校园里转了转，了解环境和校史。晋中农大是省重点院校，环境幽静宜人，多年来教学质量名列前茅。由于"文革"的重挫大大伤了元气。孟玫玫感觉很满意，怀着美好的憧憬，高高兴兴回到白河，把情况详细向王大峨说了一遍。王大峨喜出望外说："太好了，总算解决了，虽然咱们仍然分居，但能解决对口工作，前景肯定不错！事不宜迟，让妈过来陪京京几天，抓时间我跟你去一趟，一是看看环境帮你办理调动手续，二是好好感谢感谢人家！"

雷厉风行，王大崴陪伴孟玫玫提着点心盒，再次走进晋中农大的校门与祁处长会面。孟玫玫指着王大崴说："祈处长，这是我爱人。"

"祈处长好！"王大崴礼貌地说，"我特别跟她过来感谢您！"

祁处长热情地和王大崴握握手说："欢迎欢迎！"

宾主落了座，祈处长问孟玫玫："调工作问题跟单位说了吗？"

"先跟家里人说了，还没来得及回单位，我想肯定没问题。"

祈处长转身问办事人员："小黄！孟老师的商调函办好了没有？"

"办好了，正准备发呢，您先过一下目！"

祈处长接过商调函看了一遍，突然问王大崴："哦，还没问过你呢，你在甚单位上班？"

"我是医生，在河北工作。"王大崴未假思索如实回答。

祈处长说："噢？这还是个问题，你准备咋办？甚时间也调过来？"

对这突如其来的问话，王大崴没有丝毫精神准备，他稍作迟疑说："我回去争取尽快调过来。"

"那好，回去尽快让人事部门把你的材料给我们发过来，我们给你们一起办理调入手续。"

夫妻俩匆匆回到白河，王母关切地问："事儿办得怎么样，顺利吗？"

王大崴摇摇头说："咳，节外生枝！净顾高兴了也没过脑子，我不该急于出现。这重要的一步没走对！"

王大崴把事情的原委告诉了母亲，母亲说："你们打算怎么办？好容易调到这儿了，再往山西走？"

王大宬看着不做声的孟玫玫说:"好好权衡一下利弊,你说怎么办?"

孟玫玫痛快地回答说:"我看算了吧!"

王大宬说:"我说也是,别再折腾了。刚在这儿稳定下来了再往山西走,划不来。"

第二天,王大宬走进卫生局,将事情的前因后果向陈局长做了汇报,他说:"能不能请您帮忙给晋中农大写个便函,表明咱们卫生局同意我调过去。"

陈局长说:"怎么,刚来没多长时间就要走?"

王大宬说:"我已经安家落户了怎么会走呢,我给您写个保证书,坚决不离开白河!"

陈局长说:"算了,写什么保证书啊,我明白你的意思。可是咱们卫生局没有人事权,就是发函也没用!"

王大宬说:"甭管它有用没用,就试试看吧。"

卫生局的便函发出去了,一个月、三个月没有反响。晋中农大人事处不是白吃干饭的,书呆子的小小把戏怎么能骗得了要害部门的领导?无庸置疑,晋中农大人事处恐怕早已揣测到孟玫玫调去后充其量也就是个歇脚的过客。

对口调动的事前功尽弃,全家人白白高兴了一场,孟玫玫还是走了。她的工作岗位在山西,她上班去了,她应该去。

孟玫玫刚走,从来没想过的现实问题出现了,京京还不到上学年龄,怎么安排?必须妥善解决。晚饭后,王大宬说:"京京,爸爸跟你商量个事儿好吗?"

京京带着疑惑问:"您说什么事儿?"

王大戌看着儿子说："我去上班你怎么办？"

"我跟您到医院去！"

王大戌摇摇头说："天天在那儿会影响人家工作的，你的心也会玩儿野了，这样不好。"

京京说："我听话，我不乱跑，还能在那儿写字。"

"我觉得不好，我不同意。"王大戌耐心地说，"我想有两个办法。一个是把你锁在屋里，另一个是不锁屋门，可是不许你跑到外边去！你选一个。"

京京低着头半晌没吱声，王大戌关切地问："京京怎么不说话？"

"要是奶奶在这儿就好了，我想奶奶！"

王大戌说："京京长大了，奶奶身体不好，不能老让奶奶为你操心！"

京京说："要是妈妈不走多好啊！"

"你都快上学了，应该学会自己管理自己，不能总有依赖思想。"见京京不说话，王大戌说，"你要保证不到处乱跑，爸爸可以不锁门。其实一个人在家完全可以，咱家有收音机，有小人儿书，有歌本儿还可以拼地图、写字……"

京京最后点点头说："那您就锁门吧，我不出去！"

"京京是个乖孩子，真懂事！"王大戌表扬说。

这天下班前，王大戌对来院不久的路遥遥说："路大夫，我想麻烦你一件事！"

"王老师，您别客气，有事儿您尽管说！"

"明天我夜班，就一个孩子在家我不放心。"王大戌不好意思说，"晚上请你跟他做个伴儿，你看……"

路遥遥痛快地说："哎呀就这点儿事啊，小事一桩！我年轻，啥负担也没有。以后这事儿我全包了！"

"我爱人在山西工作，带孩子不方便。想把孩子放在我妈那儿，可是她身体不太好。况且孩子也快上学了，先让他适应适应环境。你能帮我这个忙，太感谢你了！"

路遥遥说："王老师，我来时间不长，从您身上学了不少东西。您那么认真带我，这么快就能独立接待病人了，还不知道该咋感谢您哪！"

"帮我解决了大问题，我就不说客气话了。哦，得跟你父母把事儿说清楚别让他们为你担心。"

路遥遥笑笑说："我一个大小伙子，他们有啥不放心的！"

03　七零八落回归路　披发跣足再启程

王大宬费尽了周折从边缘山区来到白河并没有什么奢望，只想在这里安个家平平安安过日子。现在看来，想落户白河并非易事，孟玫玫仍在漂泊中方向迷茫，琴剑飘零度日还没有尽头，一家人什么时候才能团聚到现在还没有明确的答案，生活上还有好多困难等待解决。没多长时间，他了解到仅在内科就先后调走好几个，剩下的人，凡是家乡不在白河的，即便是双职工，工作也不很安心，那些单身的人一个个都在暗地里寻找出路。

　　一天晚上，王大宬回诊室来取忘记带回家的学习资料，一进门诊大门发现两个诊室里还亮着灯。拿到了资料，他的关门声惊动了诊室里的人，两个诊室的门几乎同时打开了，分别站在门口的是古一迪和苏欣然。

　　王大宬觉得奇怪问："呦！你们这是干什么呀？"

　　古一迪说："准备考研呀！"

　　"什么，考研？"王大宬提高声音问。

　　苏欣然说："怎么，今年招研究生的事儿，你还不知道？"

　　王大宬很惊讶："啊？没听说呀！都招什么专业，在哪报名？"

　　古一迪回诊室拿出一份县教育局的招生公告递给王大宬说："你看！专业还不少呢！"

　　王大宬接过公告一看说："啊！这是什么时候的事儿啊？"

"这不是，看这儿！"古一迪指着公告落款时间说，"都一个多月了，你真是两耳不闻窗外事，一心只读圣贤书啊，快抓紧时间报名吧！"

自到白河以来，王大戚除了集中精力于工作，一直在为生活奔波，还没来得及"读圣贤书"呢。毫无思想准备意外听到这个消息，他一下子愣住了，过了一会儿说："哦，让我好好考虑考虑。"

古一迪说："还考虑什么呀，考研可能就是一条出路。管它能不能考上，闯它一下试试！时间还来得及快准备吧！"

王大戚有些气馁说："在山窝窝里待了十年，怎么跟人家竞争啊？"

古一迪鼓气说："你好好看看，还有基础专业呢。报名！咱们一起考！"

来不及过多想了，也来不及跟妻子商量，就像古一迪说的那样，说不定就能闯出一片新天地。豁出去了，报名！

选好了专业报了名才知道，离考试时间只有二十几天了，考试科目还不少，从哪里入手啊？王大戚为难了。突然他想起了去年考上协和医科大学基础部的同学夫妇，干脆先找他们聊聊再说。

在不宽敞的院子里密布着几幢木板房，要拜会的同学曾写信告诉王大戚，其中的一幢就是他们的家，这是学校特地为夫妻研究生安置的住所。找到了同学的住处，走进房间一看，只有两张上下铺的双人床，除此之外就是一家四口人生活中常用的杂物。

十年没见面的老同学寒暄了几句后，王大戚见两个孩子正趴在床下铺写字说："这就是你们的一双儿女吧？光线这么暗，这样下去将来还不都成了近视眼？"

男同学说："现在管不了那么多，今天是星期日，反正也没地方去。"

王大戚叹了一口气说："咳，想不到今天咱们都混得这么惨，实在令人感叹！"

女同学说："别提了，这一年遇到的麻烦事儿真够让人头疼的！来这儿快一年了，现在就算稳定下来了。快坐下，说说你的情况。"

"看到你们今天的样子，我倒想先了解一下你们这些年是怎么过来的。"

"话说起来就长了，我简单跟你说说过程。我们俩分到天山牧场，那牧场大得可以用无边无际来形容，我们几乎天天骑马奔驰在草原上出去巡诊。"男同学说，"你听说过'五一六'[注1]吧？"

"不就是两派互相攻击对方是'五一六'反革命分子的事吗？"王大咸说，"'文革'[注2]时期那些乱七八糟的问题，可能至今也没弄清楚到底是怎么回事儿。"

"说得没错！一九七三年，我们学校给牧场发了一个清查'五一六'分子的函件，原本是让我们提供线索追查谁有可能是'五一六'分子，牧场领导根本就没理解文件精神一下子紧张起来了，认为我们俩是从北京去的，起码是'五一六'可疑分子。"男同学解释说，"牧场总部紧邻边境线，说把我们'五一六'可疑分子放在边境不安全，万一闹出什么事儿来可不得了。就因为收到清查'五一六'的一个文件，牧场就把我们调到远离边境的一个养马场。赶巧，我们刚到养马场没多长时间又听说要给'五一六'分子平反。我们就找领导要求平反，领导说根本就没有给我们定为'五一六'分子的材料，不存在平反问题。我说那可不行，牧场领导把我们搞得人不人鬼不鬼，问题不说清楚还怎么让我们在那儿待下去呀？这时正赶上伊犁卫校招募教师，也可以说是因祸得福吧，我们在牧场和养马场共待了五年，趁这个机会就调到卫校当了教师。当了五年教师，在新疆度过了十个年头又考回来了。"

王大宬说："可想而知这十年的生活有多么艰难。这两个孩子也得跟着你们到处游荡。"

女同学说："两个孩子都是在牧场生的，因为牧场地广人稀，平时很少有人到卫生所看病，除了管药的人留在诊所，主要靠我们俩出去巡诊。有一次我怀着老大到一个牧民点儿巡诊，突然肚子疼起来了，那时离预产期还有二十多天，可是感觉就像要临产似的。我赶紧让几个牧民分别到其他牧民点去找他，老大就出生在牧民家，就是他给我接生，别提多狼狈了。后来老大还得了肾炎，现在还没痊愈。老二还好是在卫生所生的，也是他给接生的。"她深深吸了一口气接着说，"听到这次考研的消息可把我们给乐坏了，甭管费了多少周折考回来了还是挺高兴的，可是因为这俩孩子，你绝对想象不到带来多少麻烦事儿。刚到学校报到就遇到两个问题，一个是没地方住，学校及时给搭了木板房临时解决了，可是两个孩子的户口学校没法解决。我们俩加入了大集体户[注3]，孩子在大集体里算什么呀？没户口就没法上学，更重要的是'粮户'[注4]是绑在一起的，没有户口就没有粮票，没有粮票人吃什么呀？真把人给愁死了。没办法，只能回新疆解决这个难题。他又特地为这件事到了那边派出所，人家说没法解决，从没听说过没有家长单给孩子立户的。你知道走一趟有多难哪，单程光坐火车就是三天四夜，还得换汽车绕来绕去颠簸八百公里，顺利的话一来回路上也得用半个多月时间。"

王大宬急忙问："怎么，白跑一趟？"

女同学又深深换了一口气说："学校的同事也跟着着急，一个同事想了一招说干脆把孩子户口落在她家，就看派出所是否同意了。我们跟派出所好说歹说,他们也没别的好办法就同意了,就等于名义上在那儿认了一个同事做孩子的监护人。从此以后孩子的粮票就发到同事家,她再想办法把新疆的粮票兑换成全国通用粮票,每月给我们寄一次。天无绝人之路吧?总算有饭吃了!"

"我的天哪,这事儿要是放在我身上,非得折腾成胃出血不可!"王大宬说,"那孩子上学问题解决了没有?"

"没有户口把上学也给耽误了,到处托人还不能算正式学生,叫什么'借读'生,折腾了一溜够凑合着找个学校插班上学了。"女同学说,"你别忘了,现在我们俩人也都是学生!"

"那以后怎么办?"王大宬又问。

死生契阔心如铁,风雨飘摇鬓欲丝。闲云潭影日悠悠,物换星移几度秋。人再怎么努力也无法用双手把已流逝的时间抓回来。男同学说:"你可真是的,还说什么以后啊,过一天算一天!我们是来读研的,不能光图虚名,主要精力得放在学习上。等三年毕业了人都过了不惑之年,真正做事业的最佳年龄段早就过了。"

王大宬说:"是啊,折腾了大半辈子!逝去的青春不会复返。那你们毕业以后应该就留在这儿了吧?"

"应该是吧,她考的是生化,我考的是生理,现在这几方面的人都青黄不接,还得再熬几年。"

王大宬说:"看来你们俩虽然一直在一起,可是比我们分居的也没好过到哪儿去。"

男同学问:"你的情况怎么样,现在还分着哪?"

"我调到白河还不满两年,我说把孟玫玫也调过来人家还不要,说没法安排。"王大宬说,"一言难尽,不说那些了!这不,刚听说有考研的事儿。临床科目我不敢报，就报了一个流研所的'医学微生物学'，研究方向是'布氏杆菌病发病机制'。考试科目，英语肯定是跑不了，别的科目手里的资料虽然老了些，但还可以参考；还有一门'免疫学'，好像这几年刚刚兴起，现在学术界也只有零零散散的资料，连正规出版物还都没有，我拿什么准备呀。所以我就来找你们求助。"

男同学说："你说的那个布氏杆菌病我也听说了，估计挺难考的，不如再换个别的专业。"

王大宬说："说得倒挺轻巧，那专业哪有那么好选的。孤注一掷，不换了！考研也就是为了找出路碰碰运气而已。"

男同学拿出了他们考研时的复习材料递给王大宬说："这是英文复习题，还有去年的考卷给你参考。关于'免疫'问题，过去的概念也就在微生物学里简单提了一下，现在单独分出'免疫学'，这方面的资料，我只有一个简单的讲义，其他的我也没有。"

"到你这儿就已经到顶了，如果你这儿没有，其他地方肯定就没有了。试试看吧，反正也没抱多大希望。"王大宬站起来说，"不打扰你们了，等着听我的消息吧！"

同学夫妇和两个孩子一起把王大宬送出木板房的家门。

王大宬把能搜集的材料视如珍宝，拼命学习，除了上班时间外不分昼夜苦苦奋斗了一把。考完试耐心等待了两个月，和古一迪、苏欣然一样收到未被录取的通知书。

王大宬再次到协和医科大学会见两位同学，开门见山说："向二位汇报考试结果！"

男同学说："不用汇报，我知道，没戏！"

"你怎么这么小看我！"王大宬说，"除了英文没过分数线，其他几门都八十分以上，免疫学竟然考了九十多分！"

"不管你考的怎么样，反正没戏！"男同学肯定地说，"我说让你换一个专业，你不听。现在跟你说，你报的那个'布氏杆菌发病机制'全国只要一个名额，这个名额就是给一个在职的人设置的！明白吗？"

"啊！全国就招一个人？白河教育局就发了一个招生公告，根本没说什么专业招几个人！"王大戚很平静地说，"倒也没什么可说的，我英语没考过关。我的考生号好像是第十九，就是说全国至少也得有几十人跟着陪绑了！看来只招一个人的事儿你早就知道，干吗不早告诉我？"

"见你那执着劲儿，我怕打击你的积极性！其实就是你换一个专业也来不及了。"他说，"这样也好，通过这次准备考研，你起码学了不少东西。"

"是啊，阿Q精神挺好。"王大戚说，"现在再也没有什么非分之想了，就在白河踏踏实实干下去了！"

注释1："五一六"指的是"文革"期间的一个组织"首都五一六红卫兵团"，据说是反对周恩来的。后来毛泽东在全国清查"五一六反革命阴谋集团"有大批人被打成"五一六反革命分子"并遭受迫害。

注释2："文革"即1966年5月开始至1976年10月为止的"文化革命运动"。

注释3：有些工作单位有一个总体户头户口（即集体户）把个人没有或不能单立户口的人报在同一个集体户口里。

注释4：每个人的口粮多少用粮票标识出来，与个人的户口绑在一起，按户口发给个人。没有户口就没有粮票，没有粮票就不能买粮食。

04　百感交集回故里　深思熟虑潜心机

雄鸡一声天下白,"文革"的阴云已经散去,河清海晏舜日尧年,社会呈现一片温馨祥和的氛围,对过去执行党的方针政策中所出现的偏差、失误等问题全面进入了"纠错"阶段。就在这个大好时期,一对夫妇携两儿一女扬眉吐气从新疆"打道回府"来到了白河。

在新疆度过了二十三个春秋,今天终于重返故里,鲁大山百感交集,深深沉浸在回忆中。

一九四二年,自己刚十三岁,父母家人丧生在日本的炮火中,因自己在山上放羊才侥幸留下一条性命。十五岁那年听说白河一带活动着一支抗日的队伍,自己从京城北部的山区只身投入到革命队伍中,在部队的卫生培训班结业后留在卫生队,是个生龙活虎敢冲敢打的红小鬼。在几次大小战役中,一个人承担前线阵地的救护任务,成为一名优秀的卫生员。由于自己勤奋好学,工作表现突出,解放后被组织保送到医学院学习,一九五三年毕业又回到白河,留在只有十几个工作人员的县卫生院担任副院长。

一九五五年夏末的一天,鲁大山换上白大衣正要走出办公室,突然有人敲门。一开门见比自己小不了几岁的两男两女站在门外。"哦,你们是来报到的吧?"鲁大山兴奋地说,"昨儿就听说了,给卫生院分来了新人,欢迎你们,快请进!"

鲁大山坐在办公桌边,一个男生把介绍信递过来,鲁大山看了看介绍信，"哦"了一声抬头一看，感觉这个人的表情有些呆滞。心想，小小的年纪怎么暮气沉沉的一点儿精神都没有？他顺口说："汪家炎，承口卫校；你们都是一块儿的？"

"不是。"汪家炎指了指站在身边的一男一女说，"这是添书迎，这是万金钗，我们仨是一块儿的。"

添书迎和万金钗赶紧把手里的介绍信递给鲁大山。鲁大山接过介绍信，把视线投落在另一个女生的脸上，那女生的脸色突然绯红不安起来，她把介绍信递给他没做声。鲁大山把目光从她的脸上移向介绍信看了看说："乔玉环，津唐卫校，哦，好好，津唐卫校，乔玉环……"

一年过去了，乔玉环和鲁大山成了一家人，接着万金钗嫁给了汪家炎。

一天，鲁大山把汪家炎叫到办公室把脸沉下来说："我说汪家炎，你是怎么搞的？一点儿责任心都没有！"说着从抽屉里拿出一张写满了字的信纸，"告状信！告你的！太不像话了！"

由于鲁大山成长的特殊经历，做事任性，在职工们面前不注意小节甚至出言粗鲁，对此汪家炎早就极为不满。他认为鲁大山不把人们放在眼里，尤其是对自己一点儿也不重视，今天又劈头盖脸把自己臭骂一顿，但他不敢出声。心想，君子报仇十年不晚，别看你现在这么猖狂，我汪家炎总会有出头的那一天。

一九五七年六月，正值大鸣大放时期，《人民日报》发表了《这是为什么？》的社论，随之形势发生了变化，反右运动开始了。素日寡言少语的汪家炎认真分析了当时的形势，认为自己的机会来了。他很快把鲁大山两年来的言行经过精心加工整理出来，并列出条目走进卫生局局长办公室，见屋里没有其他人，他走近局长轻声说："局长，这是鲁大山的材料，简直太猖狂了，他从来就没把您放在眼里！"

汪家炎把材料放到局长的手里，看了看他的神色说："除了这些材料，您过去瞧瞧吧，还有他给您贴的大字报哪！"

局长说："给我贴大字报，还有这事儿？"

汪家炎说："有空您过去瞧瞧就知道了，您忙您忙，我先走了。"

卫生局长仔细看了汪家炎整理出来的材料，其中有不少是针对卫生局工作不满的言论。他回忆几年来鲁大山的表现，觉得工作能力挺强，表现也还不错，就是有时候不听话，甚至还顶撞过自己。他再仔细看看汪家炎送来的材料，又想想鲁大山的表现，他真的发怒了！这个鲁大山，目中无人，是得给他点儿颜色瞧瞧！反右运动开展这么长时间了，卫生口还没弄出来一个右派来，指标还没完成，这顶右派的帽子干脆就给他戴上算了！在这种背景下，鲁大山被划成了卫生口唯一的右派分子。

二十七八岁的鲁大山自参加革命以来，第一次跌倒在他前进的征途上。他万万也没有料到，把他绊倒在地的就是平时对他承颜候色，表现得十分乖顺的汪家炎，沉痛的教训使他铭记在心。就鲁大山的秉性来说，无论如何也是不服气的。但是，就算是你有千万张嘴，对如此重大的政治事件引发的结果，除了默默忍受外没有任何其他选择。

在运动中，汪家炎表现一向积极，对局长忠贞不二倍加殷勤，运动结束了，局长安排他接替了鲁大山的副院长职务。

鲁大山在人们的监督下，一步一步艰难地继续书写他的人生。在小小的卫生院里活动，人们低头不见抬头见，汪家炎不免经常出现在他的眼前。每当见到汪家炎那副傲慢的神态时，他那双充满怒火的眼睛就像发出炙热灼人的光，直射到汪家炎的脸上，使其不由自主地产生强烈的恐惧感。

一天，卫生局局长来到卫生院巡视，汪家炎把局长恭迎到办公室。局长问："最近鲁大山表现得咋样？"

"还能咋样？您瞧瞧他那凶巴巴的样子跟先前没啥区别！"汪家炎看看局长的脸色，"虽然他整天不言不语，可是他那不服气的相您还瞧不出来？"

局长说："这倒可以理解，轮到谁身上心里也不可能痛快。"

"局长，您还不了解他？就凭他那个厌脾气，时间长了不定会给您捅出啥大娄子来！"汪家炎站起来靠近局长小声说，"听说有不少右派要往新疆发配哪，不如……"

局长觉得鲁大山本来没什么大问题，把他划为右派是有些勉强，心里一直有愧疚感，听了汪家炎的话，他犯起了嘀咕：汪家炎说的也有道理，鲁大山那炮筒子脾气，要真惹出点儿啥事儿来麻烦就大了。对，干脆把他也弄到新疆去，以后就省心了。

草树知春不久归，百般红紫斗芳菲。和往年一样，冰消了雪化了，小溪流的水在轻轻的声音伴随下开始涌动。嫩绿的柳丝在摆动中吐出了新芽，一个极美的春天来了。春天的气息令人舒爽，使人陶醉。然而有几个人却没感到一丝的惬意，他们心情沮丧，脸上倍显凝重和深沉。

"玉环，把包给我，慢慢的，慢点儿！"鲁大山从妻子手里接过包袱，心疼地扶着她上了大卡车。

车上除了鲁大山乔玉环夫妇以外，还有一对夫妇和一个二十出头的小伙子五个人，其中三个右派，两名配偶。在上级统一安排下，大卡车将把他们直接送往新疆某边陲小镇，在那里一边工作一边接受改造。

没有几个送行的人，只有一对中年夫妇含着泪拉着小伙子的手叮嘱着："孩子，想开些，要照顾好自己，以后注意做事别再任性了……"母亲把手松开转过身眼含的热泪滚下来。

大卡车开动了，乔玉环哇的一声大哭起来。

鲁大山紧紧抓住妻子的手安慰说："玉环，别哭别哭，刚有孕三个月，别哭别哭，你瞧他们都不哭……"

鲁大山从痛苦的回忆中走出来，见自己生活过十几年的白河发生了很大变化，心里感到一丝欣慰。

既然鲁大山是当年在白河县被划成的右派，如今回来了，理所当然就得按照政策给人家彻底平反，包括家属在内所有成员的工作、生活必须给予妥善安排，丝毫不得含糊。

二十多年前，鲁大山乔玉环小夫妻俩轻装离开白河，今天归来已是五口之家，县落实政策办公室将一家人临时安排在县招待所。汪家炎与他们夫妻不共戴天，得知他们突然归来，犹如一股强大的杀气扑面而来，他压抑不住心中的惶恐，辗转难眠。作为医院的领导，汪家炎不得不硬着头皮到招待所看望他们。一见面，他态度温和地说："老鲁、老乔，你们可回来了，欢迎你们！"

鲁大山没想到汪家炎突然出现在他眼前，严肃冷漠地说："呦，你是汪家炎吧？这么多年了你咋还在这儿呐！"

汪家炎说："哦，我一直都在这儿嘛，不在这儿还能到哪儿去？前几天我还在念叨你们呢，我代表医院来看望你们！你们从远道儿来，先在这儿住着好好休息，等医院腾出房子来就搬过去。你们歇着，你们歇着，我先走了！"

奉上级指示，两天后医院设法腾出了两间半房，鲁乔夫妇搬进了医院，大儿子很快安排了工作，女儿和小儿子走进了学堂，一家人在白河重新安了家。

一切安排妥当，夫妻俩躺在床上激动得睡不着觉。鲁大山说："玉环，你跟我在外面奔波了二十多年，没少吃苦受罪，实在对不起你，今天总算又回来了！"

乔玉环说："事儿都过去了，说这些还有啥用，从头再来吧！"

"是啊，我感触太深了！这儿的变化挺大，咱们从头再来好好干！"鲁大山满意地说，"你瞧，组织上对咱们还挺照顾，刚回来几天就全安排好了。这回可好了，离你娘家近了，看望老娘也方便多了，现在可你的心了吧！"

乔玉环不无担忧地说："你别把事儿想得那么好，没想到这么多年了汪家炎这小子还在这儿，是他把你害得担惊受怕二十多年，我也跟着你吃挂落[注1]！我看只要有他在，咱们就得不了啥好。"

鲁大山满不在乎地说："难道我还怕他不成，他再阴险又能把咱们怎么样？现在世道变了，不是二十多年前了！"

乔玉环担心地说："但愿汪家炎能有良心发现，咱们也能平平安安地过日子。"

"一定，一定会的！"鲁大山亲了一下妻子安抚说，"好了，操劳那么长时间了，今天总算是安顿下来，好好休息吧！"

一切安排妥当，夫妻俩走进医院办公室。汪家炎和挂名的白书记、迟院长都站起来迎接。汪家炎上前引荐说："这是鲁大夫和乔大夫，这是白书记，这是迟院长。"

白书记说："早就听说了，鲁大夫、乔大夫，欢迎你们，快请坐！"

人们落座后，白书记亲切地说："都收拾好了吧？有啥困难尽管说，我们尽量帮助你们解决。"

鲁大山说："别客气，给我们分配工作吧！"

白书记看了看迟院长，迟院长说："老汪，你给安排一下吧！"

"我看不急，大老远的来了，多休息几天再说吧。"汪家炎慢条斯理地说。

鲁大山看了他一眼不耐烦地说："行了，快给我们安排工作！"

汪家炎说："那好吧，我不知道离开咱们医院以后的情况，您是不是回外科？"

鲁大山没做回应，汪家炎说："那好，迟院长，您带鲁大夫到外科楚主任那儿去，我带乔大夫到内科。老乔跟我来吧！"

鲁大山跟迟院长走了，汪家炎把乔大夫带到内科病房他的第二办公室，自己坐下来说："老乔，**快坐快坐！**还记得吧，咱们还是同一时间来的呐。这时间过得真快呀，**转眼快三十年了**，咱们都老了……"

仇人相见分外眼红，乔玉环没有坐，**心想当年我跟鲁大山在这儿过着小康生活，硬是让这个缺德的汪家炎给搅坏了，这令人刻骨铭心的事怎么可能忘了呢？看你那臭德行，人五人六的跟我装啥洋蒜哪！真是倒了八辈子的血霉，现在还得听他的！**想到这儿，**她带着浓浓的唐山口音没好气地说："你少跟我扯过去的事儿，让我干啥你快说！"**

鲁大山和乔玉环夫妇回到白河成了汪家炎的一块心病。几天来他一直琢磨着怎么对付他们。见乔玉环在他面前一点儿示弱的迹象也没有，心里说，这个不识好歹的娘们儿，这么多年还没改造好！今儿你们既然回来了，就别怪我不客气！在我汪家炎手底下想翻天？没那么容易！想到这儿，他说："你还没跟我说你都能干啥哪？"

乔玉环满不在乎地说："干了这么多年，我啥不能干哪？安排我干啥我就干啥！"

汪家炎心想，让你干啥就干啥，好啊，你就慢慢等着瞧吧！这时他紧绷的脸放松下来温和地说："那好，我先跟你说说这儿的情况……"

简单介绍了情况，汪家炎把乔玉环带进医办室。医办室内，主班护士把执行完医嘱的病历分别交还给各位医生手里，医生们都在认真地书写病程记录。见汪家炎带乔玉环进来，忙活的人们赶紧站起来。

"大伙都坐吧！"汪家炎指了指乔玉环，"我给大伙介绍一下，这是乔大夫，是咱们医院的老人儿了，从今儿开始上班。"然后对一个青年女人说，"小乔，你那儿少一个人，就让老乔跟你互助吧！"

汪家炎交代完了退出医办室，小乔走到乔玉环身边拉起了她的手说："乔大夫，我应该叫您乔老师。太好了乔老师，欢迎您！"

乔玉环说："我算啥老师啊？耽误了这么多年，我还得向你好好学习哪！"

小乔几乎跳起来说："哎呀！我跟您还是老乡哪！这么多年了，您的口音咋儿一点儿也没变？"

"咋儿？你也是唐山人？你说咋儿那巧哎？"一听小乔说话也带有浓浓的唐山口音，乔玉环马上激动起来，"你没听说过嘛，'乡音难改，故土难离'！我二十那年到白河来，又在新疆呆了二十几年，今年快五十了；这家乡口音这辈子也改不了了！"

说到这儿，她掏出手绢擦擦湿润的眼睛，小乔关心地问："乔老师，您咋儿了？"

乔玉环说："你没听说过嘛，'老乡见老乡两眼泪汪汪'！咋儿也没想到我在这儿见到老乡了，咱们俩还都姓乔，五百年前咱们肯定是一家子，我太激动了！"

一老一小带有唐山味儿的一番对话，把大伙引得哄堂大笑，打破了刚才严肃拘谨的气氛，小乔也忍不住笑起来。收起了笑容，她说："乔老师，我刚把病程记录都写完了。走，我带您领白大衣和听诊器去！"

俩人领了东西回到医办室，乔玉环穿好了白大衣对小乔说："走，我跟你看病人去！"

小乔说："您着啥急呀，您坐下，我先跟您说说情况。"

在一个角落坐下，小乔放低了声接着说："不知道汪院长咋儿跟您说的，咱们查房不太固定。咱们两人互助，每天换一组病人。"

乔玉环说："你说啥？咋儿还老换病人哪？"

小乔说："一直都是这样，汪院长说这样有利于值班大夫全面掌握病人情况。还有，咱们平时查房只管查内科病人，值夜班是跟儿科合在一块儿轮流大排班。今儿我查的是结核和肝炎，共九个病人。"

乔玉环说："咋儿的，这儿还收传染病？"

"咱们这儿肺结核病人挺多的，可是医院没有传染病房，所以就在内科开设了一个有八张床的大房间专门收治结核病人，还有一个小房间收肝炎。来这儿住院的大多是开放性肺结核[注1]和有症状的肝炎。"

乔玉环问："开放性结核、有症状的肝炎都是传染性很强的，有啥防护措施没有？"

"有啥防护措施啊？门口连个洗手盆都不放！"小乔咕哝说。

乔玉环提醒说："那平时可得小心一点儿！肝炎经口传染还好说，那肺结核是呼吸道传染！哎，别人都是两个人互助，你咋儿就一个人？"

小乔解释说："原先还有一个后来调走了。也就是我年轻，我都好长时间没休息了！"

在小乔的帮助下，乔玉环很快适应了新的环境，精神饱满地投入到工作中。

这天早交班后，汪家炎说："有个事儿跟大伙说一下，原来结核和肝炎病房没有固定人，现在人手配齐了，老乔大夫工作环境也熟悉了，从今儿开始就固定下来，以后这两个病室就不用轮换了；就由两个乔大夫管，值夜班还跟以前一样照样参加。"

汪家炎说完离开医办室，人们面面相觑不知发生了什么事……

一天早上查过房，医生们都在记录病程，小乔无力地对乔玉环说："乔老师，还有两个病程记录没写，辛苦您写吧，我一点儿力气都没有了。"

乔玉环关心地说："咋儿不舒服了？我看你这几天精神不太好。"她伸手摸摸小乔的额头，"哎呀，你发烧了吧？快试试体温！"

乔玉环给小乔测了体温说："三十七度五，咳嗽不咳嗽，得结核了吧？"

小乔精神紧张起来说："啊！结核？我不咳嗽！"

乔玉环关心地说："结核不一定都咳嗽，我给你听听。"乔玉环给小乔做了胸部听诊，"听倒是没听出啥来。走，我跟你去做个胸透吧！"

胸透结果证实，小乔果然患上了肺结核。小乔中专毕业后分配到白河县，两年前与在天津远郊工作的同学成婚，没想到两地分居成了婚后的老大难问题，只能各自孤身煎熬度日，想生个宝宝也成了奢望，想到这里，她哭了……

丈夫亲自来白河把患病中的小乔接走了，管理肺结核和肝炎病人只剩下乔玉环一个人。得了肺结核至少要治疗休息三个月，乔玉环本想找汪家炎说说，应该重视传染病的管理，采取保护医护人员的措施。

她一再要求自己保持平静，不要把个人的恩怨带到工作上，尽量避免因为过去的事与汪家炎发生摩擦或冲突。她想，人家小乔一个人干了几个月啥都没说，我一个人也照样能把工作干好。算了，别让人家说我乔玉环事儿多，说我没能耐……

注释1：受到牵连，受了影响。

注释2：指咳痰、咯血中带有结核杆菌，咳嗽时排放细菌的时期，具有极大的传染性。

05　图谋小利熏心欲　唾骂仇人怒目睁

医院新址很快建好了，环境有了较大改观。医院旧址作为家居住房分给了职工。大多数人改善了居住条件，个个喜在眉梢。虽然工作步调没多大变化，但从人的感觉上似乎一切都很新鲜，人们面带着少有的笑容到新医院上班，医院内外呈现一派新气象。

喜事一件接着一件，今天又从县里传来了好消息，要涨工资了！涨工资对个人来说是重大事件，人们盼望已久了！

县医院和其他部门一样，自"文革"以来只有三年前曾提过一次工资，但涉及面仅是工作人员的百分之四十，大多数人的工资二十年来一直都没调整过。经过了解才知道，这次调整工资的政策与三年前那次一样，提级的比例还是职工总数的百分之四十，自己能不能涨这级工资不容乐观，还得激烈地竞争一番才能见分晓。

"文革"前涨工资都有文件划出具体的"线线、杠杠"，凡是在"线"以上的，每人涨一级皆大欢喜。这两次涨工资的方法与过去显然不同，国家的意图是好的，想通过工资调节机制鼓励先进奖勤罚懒，并对工资偏低者给予一定倾斜，但实际效果却与设计者的初衷偏离太远，或者说完全是两码事。

尽管人们一起在基层工作谁也没有什么特殊的发明创造或公认的突出业绩，但哪个人先进，哪个人后进，每个人心里还是有数的。文件条文写得虽然很清楚，但是却很抽象，谁该涨谁不该涨，没有具体的考量尺度，执行起来只能凭良心，所以难免让那些见利忘义、贪图便宜、拉帮结派、打击异己的领导人有空子可钻。

调整工资的消息，汪家炎当然第一时间先知道，晚上按捺不住兴奋睡不着觉。他翻了一个身对万金钗说："虽然上次咱俩都涨了一级，可是涨得太少了，这次怎么也得想办法再涨一级！"

万金钗说："那当然！你是院长，这事儿好办。再说了，谁不知道全院数你最辛苦！"

"我倒好说，我是在担心你，你老休病假，上班时间太少了！"

"休病假咋了？我身体不好上班又那么累该休就得休！你是院长，这点儿小事还用得着担心！"

汪家炎说："上次给你涨一级就特别勉强，你的票数太少，这次再涨别人肯定会更有意见，何况这次他们两个回来了，那乔玉环可不是好个对付的！"

万金钗满不在乎地说："右派分子的老婆，你还怕她？你手里的权是干啥的？"

"怕倒是没啥可怕的，关键是一年到头你就没上几天班……"

听到了调整工资的消息和具体政策，乔玉环对丈夫说："因为受你的牵连，我的工资早就比别人低了一级。听说三年前的百分之四十给汪家炎他们两口子又都涨了一级，现在已经比我高两级了。根据文件精神，这次肯定有我，这级工资就算拿到手了。"

鲁大山说："按道理应该是这样，可是你要有精神准备，这次调整并不是人人有份，万一没有你，你也别太在意，有没有这级工资咱们照样过日子。"

乔玉环说："那得看具体情况，我一个人管了几个月的传染病房，而且一直出满勤干满点没得休息，谁能说个'不'字？她万金钗上班三天打鱼两天晒网谁不知道？如果这次涨工资没有汪家炎两口子，我还就真忍了，他们俩要是再涨就比我高三级了，明摆着不合理，我绝不答应！"

鲁大山说："你瞧你，我直给你打预防针，你就别犯犟了！咱们刚回来时间不长，又是汪家炎那小子掌权，要真没有你的份儿，我瞧就算了，为这点儿小事儿犯不着跟他们较劲儿！"

乔玉环较真儿说："这是国家政策，咋儿是小事儿啊！我早就做好了思想准备，反正我不怕他们！"

根据上一次给百分之四十的人提工资的做法，领导决定首先还是要走群众路线，第一步由各科室采用不记名"划票"的方法推荐提级人名单，以体现出调整工资的公平性。乔玉环对王大宬说："这个办法好是好，可是咱们刚调过来没多长时间，完全靠'人缘'票，对咱们肯定不利！你比我来得早还好一点儿。"

王大宬说："不管用什么方法对咱们都不利，只能顺其自然了。"

涨工资这类工作，无论在全院还是在科里，汪家炎肯定是要亲自抓的。与三年前一样，他亲自主持了内儿科的划票过程。可以预期的是，他的夫人万金钗是个出了名的"5·29"，不记名划票所得的票数肯定不多，这在他心里明镜儿似的。统计完划票结果，汪家炎说："这是第一次划票，为了充分走群众路线，大伙回去再好好酝酿一下，明天下午进行第二次划票！"

第二天大伙集中在一起再一次行使权力，划票的场面激烈紧张，统计结果与前一天有相当大的出入，被推荐者在场时和不在场所获票数相差极为悬殊，但万金钗的票数仍排在后面。

划票结果是在汪家炎亲自监督下统计出来的，他说："为了充分表达每个人的意见，除了在科里划票，以后还要分小组划票，必要时在全院范围内划票。

依照汪家炎所说的，一连几天在不同规模的人群中反复多次进行了划票，但无论用什么方法计算，万金钗的票数总排在乔玉环的后面。每轮划票后，把票数最多的前几名提出来，名次居后的人再进入下轮划票，每次的备荐名单都有较大的变化，但不论怎么变，名单里总少不了万金钗。

最后一轮备荐的人只剩下乔玉环、万金钗等几个人，在会上划完了票，汪家炎亲自端着流动票箱，非常正规而庄严地——走到每个科室值班人员的面前，眼看着这些人在万金钗的名字前划了钩放进票箱。在一次关键的布榜名单中没有乔玉环的名字，不少上次没提工资的人也没上榜。

见布榜名单中有不少上次提了级的人，上次没提级这次又没上榜的人反应极为强烈，纷纷到县里反映情况，发泄不满。几次布榜中，王大成的名字时有时无，尽管这次榜上有名，但他还是把一些连续涨工资和没涨工资的关键人物列了一张明细表，注明现在的工资数额和每次提级的时间，交给了县政府办公室。

县委县政府有关负责人认真听取了人们的反映，不得不直接参与了医院的调级工作。调整工资最后确定的名单公布了，与医院原来公布的名单有不小出入，但确定的名单中还是没有乔玉环。工作人员在公布涨工资人名单时，医院的白书记、迟院长和汪家炎已经会集在院长办公室一起静观反响。

见鲁大山突然推门走进院办室，白书记赶紧站起来说："老鲁，快坐！"

鲁大山没有坐，他说："正好几位领导都在，我是来说事儿的！不用多说废话，因为我的右派问题，老乔已遭受了严重打击，目前她的神经已相当敏感和脆弱，为了慰藉她，我愿意把自己这级工资让给她。"见几位领导人不做回答，鲁大山强力克制自己，"请几位帮忙商量一下，免得让她歇斯底里发作起来影响不好。"

白书记看看迟院长，迟院长看看汪家炎，白书记说："老鲁，这事儿不好办！提工资是件大事，不是做……"

白书记的话还没说完，鲁大山火冒三丈，使劲一拍桌子吼道："少跟我来这一套！你们这些人，一点儿人性都没有！"说完，一甩手走了。三位领导的眼睛都直了……

鲁大山当即决定自己返回新疆，说走就走雷厉风行，他跑到县委组织部愣是把关系给迁走了，第二天一早就撇下妻子儿女们拔腿扬长而去！

乡音不易改，故土更难离，骨肉归来喔，孰知凄惨兮！

二十几年前，鲁乔夫妇忍辱到了新疆边陲小镇，两年后又调到乌鲁木齐远郊一家小医院，人地两生又是右派分子的身份，受人歧视不难理解。夫妻俩人在特殊的背景和强大的压力下生儿育女苦苦挣扎，又熬过了几年，鲁大山终于摘去了右派分子的帽子并逐渐打开了局面，生活慢慢稳定下来，一家人其乐融融还算称心。

人不管走到哪里最割舍不下的就是乡情和亲情。二十多年过去了，形势发生了巨大变化，乔玉环对丈夫说："老鲁，现在右派问题已经彻底'解放'了，咱们还是回白河吧！"

鲁大山对妻子多年来的心愿再清楚不过了，他说："你的心境我理解，可是咱们到这儿已经二十几年，环境咱们也都适应了，况且现在咱们对白河两眼一摸黑，我看就在这儿算了，在哪儿不是过日子啊！"

乔玉环不满地说："你说得倒挺轻松，我还有八十岁的老母亲和伤残的兄弟在唐山老家，这儿太不方便了！虽然你们家已经没有亲人，你没啥可挂念的，可是白河培养你长大成人，白河也算是你的老家，难道你就一点儿也不想？"

鲁大山见妻子如此执着，他说："你说得倒也是，我怎么不想啊，可是孩子们都是地地道道的新疆人，他们的心情肯定跟咱们不一样。"

乔玉环说："这我都知道，老大还看上了个维族姑娘……"

"是啊，这事儿太不好解决了！"鲁大山无奈地摇摇头。

"不能光为他个人着想，他要实在不愿意走就让他留下，反正我是铁心了！"

鲁大山说："开个家庭会商量商量再说吧。"

乔玉环提醒说："我先跟你说清楚啊，开会也是走形式。你得表示支持我，咱们一块儿给孩子们做工作！"

鲁大山摇摇头说："这……你这不是让我为难吗？"

"现在你知道为难了？"乔玉环有意激惹丈夫，"你不想想当年我为难不为难？"

鲁大山愧疚地说："是啊是啊，我欠你的太多了，太多了！"

乔玉环听了丈夫的话，有些后悔说："你也不必这样，我只不过想让你表态支持我而已。"

为了回白河的事，不知开了多少次争论不休的家庭会，乔玉环硬是顶着丈夫和孩子们的反对坚决回到这里，并为光明的前景而做着美梦。但是，她万万也没料到，她设计的美好前景与残酷的现实相距太远了，原来这只是她的一厢情愿，一个不现实的梦幻。对乔玉环来说，今天的一幕给她当头一棒，彻底撕碎了她的心，打碎了她的梦想！

乔玉环深知丈夫的秉性，他决不会寄人篱下，屈膝于他人。与丈夫同呼吸共患难二十多年，虽然道路并不平坦，但一直形影不离。如今，丈夫独自脱身而走，乔玉环气急败坏失去了理智和自控，早晨上班一进医生办公室就前言不搭后语地叫嚷起来，不一会儿就躺在地上，哭着喊着滚来滚去……

同事们站在乔玉环旁边束手无策，眼看这种情况，王大宬蹲在地上拉住她的一只胳膊说："乔大夫，您冷静一点儿，别这样，别这样，冷静一点儿。"

无论怎么劝也没用，正如鲁大山所说的，乔玉环的歇斯底里真的发作了。

苏欣然在一旁说："这怎么办哪？他儿子好像在珐琅厂上班，给他打个电话吧！"

乔玉环的儿子接到电话马上赶过来，一边劝说一边拉起母亲把她带回了家。

傍晚，家住老医院和附近的人们下班陆续回来，见乔玉环站在老医院大门外，面对众人不停地挥动着双臂，指名道姓痛骂汪家炎："他汪家炎算个啥东西！除了会溜须拍马、搞阴谋诡计打小报告还会啥？一九五七年他诬陷我们老鲁把他弄成右派，硬把我们给逼走了，今儿看我们回来他眼红受不了了，利用他副院长的权力仗势欺人！谁不知道他老婆万金钗是出了名的"5·29"，她有啥资格连续提两级工资……"

街上的行人不知道发生了什么事，纷纷停下了脚步围拢过来议论着:"这是谁呀,还是个唐山人,她说的是不是县医院的汪院长啊?"

"这人竟敢在大街上骂汪院长,胆子真够大的,精神肯定受了刺激!"

"我看汪院长那人挺不错的!"

"你知道啥呀,你看的是他的表面,知人知面不知心!"

没多一会儿观者群集,把大门口堵得水泄不通,这小小的县城被搞得沸沸扬扬。

丈夫离家重返新疆,子女们上班上学还没回来,同事们的劝说她根本听不进去。不幸的一家人,曾遭受过右派问题的严重打击,现在又一次被这无情的现实所击溃。

更可卑的是汪家炎家住在另一个地方,对这天傍晚所发生的一切一无所知。虽然他表情贫乏,但夫妻俩又双双提了一级工资,怎么也掩饰不住心中的喜悦,早晨上班满面春风地走进医院。他突然发现,人们见了他似乎带着一种异样的神情,有的甚至躲躲闪闪避开了他,他对此大为不解。正当他带着疑惑走进内科医办室时,迎面相遇的恰好是冤家对头乔玉环。乔玉环一见汪家炎的面,脸色突变大声吼叫:"狗屁院长不要脸!真不要脸!"

面对这种局面,不仅没有丝毫精神准备的汪家炎表现尴尬、吃惊,在场的其他人也都惊呆了。汪家炎的权势再大,对此时的乔玉环又能奈何?

下班时间到了,人们三三两两聚在一起,一边窃窃私语议论一边走出医院大门。

"哎,昨儿晚上的事儿听说了没有?"

"你说的是乔大夫在老医院门前痛骂汪院长的事儿吧?哎呀,我看除了汪院长本人不知道,其他人没有不知道的!听说今儿早上乔大夫在医办室见到他还面对面直接骂他'不要脸'哪！"

"真的？！你听谁说的？"

"'好事不出门，坏事传千里！'这种事想包都包不住。"

"我看那乔大夫也够厉害的！"

"狗急了还跳墙呢，何况是人呢？听说她早年受过刺激，有时候精神不大正常，逼急了她什么事干不出来呀？"

"'人为财死鸟为食亡'，话说得一点儿也不错。就因为提工资的事儿闹得！"

前半夜想想自己，后半夜也该想想别人。可是，汪家炎贪得无厌只想自己，就那点儿蝇头小利迷住了他的心窍和双眼，在两次为百分之四十的职工提升工资这个事儿上，可以说他费尽了心机。

"其实，自私是人生下来就有的本性无可厚非，可是自私不能太过。一个人不是孤立存在的，如果事事处处都只为自己着想而忘了身边还有其他人的存在就不合常理有悖人性了！"

"说的是啊，你说万大夫一年才上几天班呀？一连两次涨工资，别说是老乔大夫受不了，就连我都看不过去！"

"我看汪院长跟乔大夫犯了同样的错误，都是异想天开。听说乔大夫闹死闹活要回来，结果怎么样？把自己的家弄得四分五裂，残缺不全。"

"你说这鲁大夫也是，那么大岁数了也不冷静点儿，把一家人抛下拔腿就走，也不考虑考虑后果。"

"说的是啊，把这么大的事当成儿戏。不过从这事儿看来也能说明一个问题，说明鲁大夫一家在新疆的基础搞得不错，要不然哪儿能那么随随便便，说来就来说走就走，想咋样就咋样，谁买他的账啊？"

"就别说新疆了,咱们县里咋也那么痛快就同意给他办手续呢?我觉得不合常理。可见这个鲁大夫就不是一般人!"

"再说汪院长吧,当着那么多人的面让乔大夫臭骂一通,那脸还往哪儿放啊!他可能没料到算来算去丢尽了自己的脸面,今后还咋为人师表,咋做人哪?"

"哎呀,这还用你替他担忧,什么'脸面'哪、'师表'啊,这些对汪院长来说都无所谓,两口子钱拿到手了是真的!现在最关键的是他能耐再大也没啥办法对付那受过刺激变了心态的乔大夫……"

06　涉世开篇寻故旧　拨云见日获新生

一天下午，王大宬出门诊，一个病人刚走开，又一个人坐在他的面前。他看了看来者问："您哪儿不舒服？"

来者和他面对面望了一会儿说："你是不是王大宬啊？"

王大宬感到纳闷儿说："是啊！你是……"

来人激动地站起来握住了他的双手说："咱们是汇文中学的校友，你是我的师兄，我叫张登高！"

王大宬随着也站起来兴奋地说："哦，我说怎么有点儿眼熟呢！你怎么到这儿来了？！怎么知道我在这儿？"

"我是从安家坊来的，组织上安排我到这儿来任职。在安家坊我就听说白河县医院有一个北京汇文中学毕业、名叫王大宬的大夫。"张登高向四面看了看说，"我在这儿不影响你的工作吧？"

王大宬说："马上就下班了没有病人。干脆，一会儿到我家看看去，我租了农民房，离这儿不远。"

下班后，王大宬把张登高带到了自己家，一进西屋门，张登高惊讶地说："嚯，这么高级，还有沙发哪！"

王大宬说："我在这儿落户了，家嘛就得像个家的样子。玫玫，这是我中学同学，从安家坊调来的。"

孟玫玫招呼说："哦，欢迎，快请坐！"说着拿起暖壶倒了一杯水放在茶几上，"抱歉，家里没有茶，喝杯白水吧！"

张登高说:"都是同学客气什么呀!"他指着在屋里玩耍的京京问王大宬:"这是你们儿子吧?"

王大宬说:"是啊,京京叫叔叔!"

京京看了看张登高说:"叔叔好,我叫京京!"

张登高蹲下来对京京说:"哎,京京真乖,几岁了?"

"六岁。"京京说完就跑出去了。

王大宬拉着张登高的手说:"快坐下,我还没问你呢,让你来这儿干什么呀?"

"让我当副县长。"张登高平平淡淡地说。

王大宬吃惊起来说:"啊?副县长?!有眼不识泰山,到白河当官来了,得祝贺你呀!"

"当什么官儿呀?继续锻炼吧。"

王大宬关切地问:"你是怎么到安家坊的?"

张登高说:"毕业后先到农村插队劳动,两年以后抽上来在地区行署工作。"

"哦,原来早就当官了!"

"什么官儿啊,干了几年,一直是个'小催巴儿'[注1]。"

王大宬说:"'小催巴儿'?'小催巴儿'就是当大领导的前奏曲,你们是国家的栋梁!"

张登高说:"栋梁之才总是少数的。大多数是柴火棍子,是给别人当梯子作垫背的!"

王大宬问:"哎,后来你学了什么专业?"

张登高说:"你别看受'文革'的影响没学多少东西,我也算是北大中文系的毕业生!我爱人是生物系的。"

"呦，你跟孟玫玫还是同学哪！哎玫玫，快来！张县长是你的同学！他爱人也是你们生物系的！"

"哎哎，老兄，口下留情，别总是'县长县长'的行不行！"

孟玫玫听见他们的对话，应声走进西屋问："你爱人也是生物系的？叫什么名字？"

"赵雅楠，六三级的。"

"赵雅楠？知道知道，是个文艺骨干，挺有名气的，经常见面！"孟玫玫打趣说，"我说怎么见你有点儿眼熟呐，坦白说，肯定没少往生物系跑吧？"

张登高笑着说："当然了，那还用说。要不然怎么能抓住心上人呢？"

王大宬说："怎么越说越近哪，我们俩是中学校友，你们俩又是北大同学，他爱人跟你还是一个系，太巧了！哎，你爱人现在在哪儿工作？"

"在安家坊环保所，是个小技术员。"

"技术员？够意思了，就算'对口儿'了吧？孟玫玫到现在还没对口。在公社当什么妇联主任，回来看看，过几天就走。"

张登高说："目前夫妻分居的、工作不对口的很普遍，正在想办法解决。这事儿还急不得，等合适的时机我给你们问问。"

王大宬说："那你怎么办哪，'副县长'在白河得待多长时间？怎么也得干几年吧！"

张登高说："我怎么能知道啊，这是组织上考虑的问题。"

王大宬开玩笑说："这么说你够革命的，把自己完全交给党了。看来咱们谁也主宰不了自己呀！哎，玫玫，今天咱们得请张县长吃饭，你看看咱们还有面呢，快去城里换点儿面条来，咱们吃一锅子面吧！"

张登高说："你们粮食够用吗？在这儿吃饭，我可没带粮票！"

王大宬说："欠着，先欠着吧！"

张登高说："老兄，我还有件事得求你帮忙哪！"

王大宬说："大县长说什么哪？你说，只要我能做的，照办就是了！"

张登高不好意思地说："你看，我刚来谁也不认识，我现在抽烟连火柴都没有，能不能……"

王大宬说："哦，明白了。没想到一个大县长还这么惨！我们医院有个小卖部，如果能买上我就给你送去。我得把话说在前边，我可没把握，不敢保证啊！"

这天，汪家炎带一个人走进诊室对王大宬说："这是尹大夫，先在门诊上班。"又对尹大夫说："有什么问题就问王大夫。"

汪家炎走了，尹大夫坐在王大宬对面。王大宬给来诊者检查完了说："我看问题不大。"他把开好了的处方递给病人，"您去取药，吃两天药就会好的。"

病人走了，王大宬望着尹大夫问："您是……"

尹大夫说："听说你调到这儿也没多长时间，我也没什么跟你保密的。现在有了政策，不管什么原因，对没发挥一技之长的人都酌情给安排工作。实话告诉你，我是落实政策的右派，叫尹鸿斌，一九五七年齐鲁大学医学院毕业。"

王大宬说："呦，看来您肯定没少吃苦啊！"

尹鸿斌说："可不是嘛，二十多年了，一言难尽！"他看了看周围，没有候诊的病人，"一见面，我就觉得你是个朋友。干脆，我开诚布公地把我憋了多年没地方说的事都跟你说说，说完了我心里也就痛快了！"

尹鸿斌毕业后分在当地一家医院内科工作，没多长时间就赶上了内科团支部改选。周末下午，团支部召开会议，支部书记说："不少人反映咱们内科死气沉沉，主要是因为我年龄大，今年都三十出头了，拉家带口的比不了你们，所以我强烈呼吁改选，找个年轻活跃的人担任书记。组委和宣委年龄还可以，我觉得可以暂时不换，如果大家认为需要变动，也可以一起改选。下面请大家发言。"

支部书记做了开场白，十几个人的团支部会议热闹起来。一个说："我觉得书记干得不错，再多上点儿心就好了。"

另一个说："我觉得孙大夫当书记挺好，可是正如他自己所说的，现在都有孩子了，家庭有了负担，我同意他卸任。我觉得戴护士长当宣委干得不错，她现在也没什么负担，可以不动。"

孙书记说："咱们先议论一下书记吧，我说新来的尹大夫工作挺好，人也活泼，他当书记肯定合适！"

戴护士长说："我同意！"

人们纷纷回应表示同意，大伙鼓起掌来。

尹鸿斌说："不行不行！我刚来一个月，还不熟悉情况呢。"

孙书记说："客气什么呀，过一段时间就熟了！行不行你个人说了不算，不记名投票。小戴，写上三个候选人的名字，咱们当场统计票数！"

经过不记名投票，刚进医院一个月的尹鸿斌当上了内科团支部书记。支部会散了，三个支委留下来研究下一步工作。尹鸿斌说："今天是咱们新支部委员会第一次会议。我是新来的，你俩干好几年了，情况都熟悉，得多多帮助我。咱们一起把工作搞好！"他看了看两个支委,"刚才孙大夫说不少人反映咱们内科死气沉沉的,我看不仅是内科,就是全院气氛也不够活跃。我觉得这跟医院领导有关,跟宣委的工作关系最密切,戴护士长你觉得呢?"

"你别'护士长护士长'的好不好!这么严肃怎么活跃得起来?就叫我'小戴'!"

尹鸿斌说:"好好,小戴同志!哎,等有时间咱们一起向医院党支部去呼吁一下,你先多动动脑子,内科带个头儿,把那些结了婚的但还没有孩子的人先凝聚起来跟其他科室联手搞些活动……"

尹鸿斌和戴护士长在一起工作一段时间,两人关系很融洽,无话不谈。下班了,他对戴护士长说:"今天是周末,你要没有要紧事就晚一点儿走,咱们一起好好研究一下今后的工作。"

两人并肩走在甬道上,尹鸿斌兴奋地说:"咱们给华书记提过那么多次意见,他都当成了耳旁风,根本就不理你那一套。现在正搞大鸣大放开,号召咱们写大字报给他们提意见,我看应该刺激他一下,让他重视青年工作!"

"我也有这个想法,可是我不敢。"小戴悄声对尹鸿斌说了一阵,然后叮嘱说,"我看你也得小心点儿才好!"

"他都有爱人和孩子了,怎么对你还有那种意思?太不道德了!"尹鸿斌说,"你什么意思?不愿意咱们俩保持关系?"

"这你还不明白,我为什么把这件事告诉你?你放心,他找我谈了几次话转弯抹角地暗示我,我都明确地回绝了。"

年底,医院召开职工大会,华书记宣布了右派名单及处理情况。提到尹鸿斌时他说:"内科的尹鸿斌,免去团支部书记职务,留在内科继续工作,在医院的监视下接受改造以观后效!"

大会散了，尹鸿斌在原地愣了好长时间，他低着头慢慢走出礼堂。

"尹大夫！"身后传来了小戴的声音，"想开点儿，咱们严格要求自己，好好干就是了！"

尹鸿斌没做声，继续默默地走路……

不管人戴什么帽、穿什么衣，老天爷赐予每个人的本能是一样的。尹鸿斌虽然被划为右派，但他还是个鼎盛发育的小伙子，七情六欲还是有的，追求异性是自然而然顺理成章的事，并不例外。

一天傍晚，他和恋人小戴偷偷约会，还没来得及说话，突然赶过来两个人一边连声叫骂："臭右派，癞蛤蟆还想吃天鹅肉！找死！"一边拳打脚踢耳光相间，打得他鼻青脸肿，吓得小戴高叫一声晕倒在地。

尹鸿斌见心上人的情况痛在心里，大声喊："小戴！"他刚躬身去搀扶，两个打手用武力把他挡了回去。

回忆到这里，尹鸿斌说："我诚心实意想把工作做好，才给书记提意见和建议。接受不接受是一码事，谁知一下子给我弄成了右派。那时我年轻气盛，又遭受奇耻大辱，我觉得那儿没有生存空间了，于是不辞而逃，投奔到这儿的乡下，我有一个孤寡婶母在这儿。"

听到这里，王大宬说："那您靠什么生活呀？"

"说的是啊，我没在农村待过，也不会种地，怎么生活呀。后来在天津父兄的资助下我开始学养猪。"尹鸿斌说，"没过多长时间，村里的人就知道我是个民间少有的医学院毕业的大学生，一有人得病就找我看。一传十、十传百，很快就在十里八村出了名，于是在养猪的同时重操旧业，当上了农村医生——就是现在的赤脚医生，我是穿着鞋的赤脚医生，一干就是二十多年。"

王大宬听着尹鸿斌述说过去，好像他还挺轻松。王大宬问："您就一直是一个人？"

"人的命天注定！打了十几年光棍儿，一个在公社当妇联主任多年的老姑娘了解到我的处境，嗨，对上眼儿了！"尹鸿斌说，"你知道吗？公社妇联主任算是国家干部，领导知道这件事以后就找她谈话说：'你是共产党员又是国家干部，找谁不行啊，怎么非得找一个右派？！'她说：'他早就摘了帽子改造好了，谁不知道啊？'领导说：'不管咋说，摘了帽子也还是右派，今后你的妇联主任还咋干哪？'她说：'不能干我就辞职行了吧？'她对我挺同情，我也想娶老婆，她从一个国家干部变成了农民跟我结婚了。我四十一岁才真正有了家庭生活，我的儿子今年五岁了！"

自从恢复了工作，尹鸿斌满怀信心地迎接着每一天。随着"纠错"工作的进展，针对每个人过去的问题给予甄别处理。眼看到了落实政策的扫尾阶段，可是他的问题却还没得到解决。一天闲来聊天，他说："全县有数儿的几个右派，都——平反、昭雪、找工龄、补发工资，有的还给家属安排了工作，可是我的事儿一直也没有动静，不知哪儿出了什么故障。"

王大宬问："您跟哪些人有来往？"

"过去谁敢来往啊？只是听说。从落实政策以后才开始有接触，见了面就互相问问情况。一打听才知道，别人的问题都彻底解决了，就剩下我一个人。"

"您没去落实政策办公室问问？"尹鸿斌摇摇头没说话，王大宬安慰说，"您别着急，等有机会我找人给您打听打听。"

尹鸿斌带着怀疑的眼光问："到哪儿去问哪，你有人？"

"嗨，别提多巧了，我还真认识一个人。"

第二天一大早，尹鸿斌已经坐在诊室，王大宬一进门就对他说："您的事儿我给您问了；张县长说，这个工作分两步走，第一步是落实政策，先给有一技之长的人安排工作，充分发挥他们的专长。第二步是平反昭雪解决源头问题。这项工作有严格的政策性，办理平反等问题是根据每个人的原始材料，经过一系列程序解决。他说：'解铃还须系铃人'，就是说您的平反问题属于原单位的工作。因为您不是在此地划的右派，本县也没有您当时的档案，所以没法解决。"

听了王大宬的话，尹鸿斌终于弄清楚了，他说："看来一点儿指望也没有了。为这事儿我写过多次申诉书，但都石沉大海没有回音。据说原来医院的党支部书记权力比过去大多了，不仅已经升格为党委书记，还兼任卫生局党组副书记和副局长。还听传说，他们认为我不是被除名的，而是自己逃跑的，所以不存在什么平反、昭雪之类的事。到哪儿去说理呀？他们就不想想我为什么要逃跑啊？"

王大宬表示同情说："这么说确实一点儿指望也没有了！那您打算怎么办？"

"怎么办？没法办！"尹鸿斌说，"还听说我那个女朋友终于让那个没有人性的华书记糟蹋了。她精神上受到了严重创伤，直到现在还是一个人孤寂度日。她太可怜了，她的不幸使我现在还有沉重的负疚感。"

说到这里，尹鸿斌有些激动，他摇摇头感慨地接着说："你说，这胳膊怎么也拧不过大腿呀，上边有好政策，下边不执行还蛮有说辞，我只有自认倒霉了！但是我并不后悔，当年如果不跑回来，就是当右派不被人整死，文化大革命也得把我斗死、折腾死。不管怎么说，这次出来工作对我来说还是一件大喜事！"

王大宬说："是啊，看来您是个十分豁达、坦诚、健谈的人，您就想开点儿吧！"

尹鸿斌说："想不开又能怎么样？当年我才二十几岁，怎么也不能往绝路上走啊！能活到今天我已经很知足了，我都有儿子了。我看现在就挺好，我相信今后会越来越好！"

注释1：指领导手下的随从、小干事，一种随便开玩笑的说法。

07　直言无隐真心话　笑里藏刀暗伤人

查完房，王大宬和苏欣然一边改医嘱一边交流看法，王大宬打开一份病历指着长期遗嘱说："你看这个怎么改合适？"

苏欣然看了看为难地说："你认为该怎么改就怎么改。"

王大宬说："可是这个医嘱是昨天才改的，再给改了怕不太合适！"

"怎么弄都是为难事儿，内行人一看就知道，不改好像对病人不负责任，反复改来改去对病人也不利！"苏大夫摇摇头说，"一直都是这样，这活根本就没法干。你都看见了，原来咱们内科的力量还是挺雄厚的，这才多长时间哪，有路子的都走了；别人都往外跑，你反倒往里调，你来之前怎么没先了解一下情况啊！"

"我到哪儿了解去呀？那时候又不认识你！再说了，分居那么多年我往哪儿调啊？"王大宬说，"咳，这话说得有点儿远了，就说现在吧，这种管病人的方法就一直没人提过异议？"

"汪院长要这么干就得这么干，谁提意见谁倒霉，谁还敢提呀？再说了，提了也没有什么用！"苏欣然一抬头见金千强走进办公室，马上放低声音说，"哎小心点儿，他来了！"

"看你们俩喊喊喳喳的说啥悄悄话哪？医嘱改完了没有？"金千强走过来对苏欣然说，"汪院长说改完医嘱让你到他办公室去一趟。"

苏欣然愣了一下说："汪院长叫我？知道什么事儿吗？"

"他就让我给你带个话儿，啥事儿我哪儿知道啊？"金千强说。

苏欣然感觉摸不着头脑，他叫我能有什么事儿？处理完了病历，她犹犹豫豫走进汪家炎的办公室。

汪家炎见她来了亲切地说："苏大夫，我等你好长时间了。"他指了指身边的椅子，"坐吧！"

苏欣然把椅子从汪家炎身边搬过来坐下说："您找我有事儿？"

"其实也没啥事儿，我就是想找你随便扯扯。"见苏欣然没做任何回应，汪家炎显得态度温和，"最近遇见啥困难没有？有啥事儿你就说别跟我客气，我会尽量帮助你！"

苏欣然想，汪家炎今天怎么突然发起善心来了？她说："没什么，我现在挺好的。"

"没事儿就好，没事儿就好。因为你刚离婚，我担心你情绪不好会影响工作！"汪家炎说，"哦，对了，王大宬来这么长时间了，你觉得这个人咋样？听见他说啥不满的话没有？"

苏欣然想了想说："我觉得这人挺好的，实实在在，有什么就说什么。"

汪家炎用疑惑的目光看着苏欣然说："我咋听说他对咱们这儿的工作不太满意？听到他说啥不满意的话随时跟我说，不能瞒着我。"

苏欣然说："我没听他说什么不满意的话，工作也挺认真的。"

汪家炎说："我看他的业务能力比你差得多，我为啥让他跟你互助啊？就因为你的业务比别人都强，让你好好帮助他、带带他。"

苏欣然说："您可别这么说，他毕业比我早，我觉得他的底子比我雄厚而且扎实，对我帮助也挺大。"

汪家炎说："是吗？我还没看出来。这么多年了我了解你，你就是太谦虚。好了，发现啥问题及时告诉我。你忙去吧！有空我就去看你。"

第二天早晨，过了交班时间汪家炎还没来，金千强说："今天汪院长有重要事儿，没有特殊情况就各自查房不交班了。"

人们各自干活去了，金千强过来对苏欣然说："汪院长特地嘱咐说，'干'字房间让你查！"

苏欣然和王大宬查过房，回到医办室修改医嘱。其他病人的都改完了，最后王大宬拿起'干'字病室县委王副书记的病历，把长期医嘱与入院诊断和检查资料核对了一遍，指着一张心电图对苏欣然说："你看，这张图胸前导联ST都有下移，T波全部倒置这么深而且对称。"

苏欣然说："这不就是典型的'冠状T'吗，是不是说明他现在有'无症状性心肌缺血'呀？"

王大宬点点头肯定地说："没错，也就是'隐匿型冠心病'。这类型病人因为没有相应的症状往往被人忽视，所以潜在的危害性更大！"他指着入院诊断说，"可是病历上除了高血压并没有冠心病的诊断。高血压的诊断也只有一个大帽子没写明是哪一期；医嘱里也没有治疗冠心病的药物。"

苏欣然看了看四周说："轻点儿声！咱们头一次跟他接触，或许了解得还不够；要不然咱们再去问问情况好不好？"

"对，我也觉得应该进一步弄清楚。"王大宬附和说。

苏欣然和王大宬再次走进王副书记的病室，苏欣然说："王书记，我再给您量一下血压好吗？"

王书记说："好啊！"他伸出胳膊，"今天汪院长怎么没来？"

苏欣然一边给王书记绑袖带一边说："不知道为什么没来，可能有什么要紧事儿吧！"

测完了血压苏欣然说："挺好，跟刚才量的一样。您平时有没有明显不舒服？"

王副书记说："经常头疼，有时候还晕乎乎的发沉发蒙。特别是工作越忙就越来劲儿！"

王大戌问："还有别的不舒服吗？"

王副书记想了一会儿说："别的……别的……好像没有什么。"

王大戌又问："您平常锻炼身体吗？比如说跑跑步什么的？"

王副书记说："以前早晨起来都活动活动跑一会儿，后来发现好像一跑步胸口就发闷，说不好那种感觉，歇几分钟就能过去。这种情况出现过好几次，后来就不跑步了。"说着他拿出一个小药瓶，"你看这是什么药？汪院长说他眼睛不好看不清楚。"

王大戌接过药瓶看了一下说："嘀，这说明是英文，是从意大利进口的。这是硝酸甘油——治冠心病用的。听谁说过您有冠心病吗？"

王副书记说："冠心病？没听人说过。这个是一个朋友送给我的，也没告诉我干什么用。你说我现在有冠心病吗？"

听了王副书记的问话，王大戌不知道该怎么回答，他看了看苏欣然说："汪院长怎么跟您说的，除了说您有高血压还说过别的吗？"

王书记听出来了，王大戌的话里有话，他说："好像没听他说还有什么问题。别管他是怎么说的，你们认为该怎么治就怎么治吧。"

王大戌与苏欣然交换了一下眼色说："我觉得您吃这个进口药挺合适。"

王书记用警觉的眼光问："你刚才不是说这个药是治冠心病的吗？"

"您就放心吃吧，肯定对您有好处！"王大戌没有直接回答他的问题。

王书记再次询问说："你的意思是说我现在就有冠心病？！"

王大宬尴尬地愣在那儿没有回答。

再次了解了王副书记的病史，王大宬和苏欣然回到医办室。护士长把执行完医嘱的病历返回来放在苏欣然和王大宬面前说："就属你们俩慢，都快十点了！王书记的医嘱咋还没下来？真难产！"

苏欣然说："着急了？我们比你还着急呢。病历不就在这儿吗？没什么可改的！"

护士长解释说："我不是怕耽误事儿嘛，没有改的更好，我们还省事儿呢。别像鸡拉屎似的一点儿一点儿叽咕！"

苏欣然和王大宬逐一打开病历记录病程。最后王大宬拿起王书记的病历又把病程记录认真看了一遍，然后递给苏欣然说："我不知道这个病程怎么写合适，还是你写吧！"

"平时这'干'字房间专门由汪院长查，不让别人管，今天他没来让咱们俩为难！"苏欣然摇摇头说，"医嘱咱们不敢改，可是这病程怎么也得写呀……"

王大宬说："我刚把病历看了一遍，有的记录好像跟病情也不符，你看看怎么写好？你是老手，还是你写吧。"

"干吗非得我写呀？你写！"苏欣然提高了声音说。

王大宬说："别忘了，汪院长可是指名道姓让你查房的！"

两人正在推让，一个病人家属推门进来，走到苏欣然面前不满地说："苏大夫，今儿您让吃这个药，明儿他又让吃那个药，都把病人给弄糊涂了！我说话您别不爱听，你们到底要干啥呀折腾来折腾去的，老跟药较啥劲哪？"

听家属突然发问，苏欣然一下愣住了，一时竟不知道说什么好。

王大宬赶紧解释说："您别发这么大火，这个问题我们也注意到了，这不是一个大夫的问题；您先回去，我们正在研究呢，看看到底怎么做对病人更有利。"

病人家属说："这可不是我一个人的看法啊，你们去问问，好些人都这么说！"

"好好好，谢谢您给我们反映的问题！"王大宬点头说。

病人家属走了，王大宬对苏欣然说："你看看，问题来了不是！"

"不怨人家说，这本来就是问题！"苏欣然无奈地说，"特别是因为牵涉到费用问题，咱们这儿长期医嘱不是由护士统一摆药再统一按时发，是每天由病人家属拿现金取药；可不是吗，今天取两包这个药，明天换两包那个药，拿回来由病人个人掌握，怎么不乱哪？"

王大宬说："咱们先撇开怎么收费怎么摆药的事儿，频繁修改长期医嘱的问题不能拖着不解决！"

"怎么解决？你有本事解决？"苏欣然反问。

"我去向汪院长提，要想解决这个问题，首先得解决大夫管病人的办法。"王大宬有信心说，"还有，接触肺结核和肝炎病人一点儿防护措施都没有也不行。每天接触那么多咳血病人，感染上结核是迟早的事，小乔就是个典型的例子。我觉得肺结核病室应该每天定时用紫外线照射消毒，强调大夫查房时戴口罩；还有肝炎病室，这两个房间外至少应该放一个脸盆，每天换一次洗手液，门把手缠上消毒纱布，定时浇洒消毒水，不能老这样凑合。"

"我提醒你要想周到了，谨慎行事！"苏欣然提醒说。

王大宬说："我在下边单独跟他说，不在会上当众提。"

下班前，王大宬敲开了汪家炎办公室的门。见王大宬进来，汪家炎赶紧站起来说："王大夫，找我有事儿？快来坐！"还没等王大宬回应，他接着说："你来这么长时间了，我早就想跟你扯扯一直没得空。你感觉生活上、工作上咋样，有啥说啥。"

见汪家炎态度祥和诚恳，王大宬把自己的看法想法竹筒子倒豆子毫无保留地统统说出来。汪家炎边听边点头，心想，这么多年一直都是这样弄，从来没人说过啥；这个王大宬事儿还不少，你刚来几天哪，就哇啦哇啦地说东道西，有啥了不起呀！得想办法压压他的气焰，哪能让他这么随便！想到这儿他说："看来你是个工作很认真的人，你提得都挺好，容我好好想想，只要能做的，咱们尽量做。"

王大宬见汪家炎当面表示对他的肯定，心想，其实汪院长对群众的呼声还挺重视的，不像别人议论的那么不讲情理。这回好了，以后工作肯定会有所改进。他满意地站起来说："汪院长，我的想法都说了，我走了。"

汪家炎说："好吧，马上就下班了，回去吧。以后有啥意见和建议随时找我。"

苏欣然见王大宬面带笑容回到医办室问："怎么样，都提了吗？有什么反应？"

王大宬说："该说的我都说了，他认真地听完了，当时就对我的建议表示肯定。"

苏欣然赞扬说："汪院长还挺给面子，你真行啊！"

几天过去了，病房的工作照旧一如既往没有任何改变。处理完病人，苏欣然说："怎么回事儿？你不是说汪院长接受你的建议了吗，这么长时间了怎么一点儿动静也没有？"

王大宬感到困惑说："都是为工作，我诚心诚意提建议，他说只要能做的马上就可以做，谁知道怎么回事儿。"

苏欣然说："白高兴了一场吧？不能光听他说什么，得看他做什么。看来你所提的建议一件也做不到，所以一点儿变化也没有。"

听了苏欣然的话，王大成愣在那儿无话可说。

七八天过去了，王大成感觉很费解，汪家炎的态度不是很清楚吗？怎么，是我提得不对还是这些问题不好解决？

这天早交班后，汪家炎说："现在说个事儿，从今儿起肺结核和肝炎病房由老乔大夫和王大夫共同管，小乔大夫跟苏大夫互助管普通病人。"

做完指示，汪家炎起身走了。苏欣然看看王大成小声说："你看，昨天还说提了建议一点儿变化也没有呢，今天有变化了吧……"

08　重施伎俩原形露　弄巧成拙元气伤

汪家炎在苏欣然身上下功夫已经很长时间了，挖空心思寻找机会与她单独接触，问寒问暖表示对她关心，但始终也没能满足他龌龊的邪念。近来，又加紧了观察她的行踪。苏欣然对此已经有所察觉，对他早就有了戒备心理。

这两天汪家炎没来医院，由苏欣然和小乔给王书记查房。

王书记说："怎么，王大夫没来上班？"

苏欣然说："这是乔大夫，她跟王大夫换班了。"

王书记点点头说："哦，原来是这样，欢迎乔大夫！"

"您要是找王大夫有事儿，等他查完房我让他过来看您。"苏欣然试探着说。

"不用，我只是随便问问，别干扰你们的工作安排。"王书记赶紧说，"我觉得现在没什么不舒服，是不是可以出院了？"

"能不能出院，什么时候出院，您得问汪院长，由他做决定，我们可不敢随便说。"苏欣然一边解释一边打开血压计，"我先给您量量血压吧。"

从苏欣然的话语中，王书记似乎听出点儿名堂来了。他伸出胳膊说："好吧，那就等汪院长来了再说。"

马上就要下班了，汪家炎匆匆赶回医院，到病房拜访过王书记以后忙把金千强叫到他的办公室说："小金，今儿是礼拜六，晚上播放日本电视连续剧《血疑》，听人说故事情节挺感人；你把消息跟各科室都说一下，可以到会议室去看电视；大伙都紧紧张张忙活一个礼拜了，应该好好放松放松。"

金千强满脸堆笑恭维说："汪院长对群众太关心了，想得真周到！我这就去通知。"

晚上，会议室里早早挤满了人，电视剧还没开播，人们就集中精神无一例外地把目光投向那台9英寸黑白电视机的荧屏上。

一弯新月蒙着淡薄的面纱高挂在空中，一片片飘浮的浓云在下面缓缓移动

新月时而躲藏在浓云后边，时而面带羞涩露出笑脸，天空忽明忽暗。突然，一个模糊的人影走到会议室门口停下脚步，站在那儿犹豫了片刻，焦急地徘徊起来。一片浓云慢慢移开了，新月又一次露出了羞涩的面庞，月光随之倾洒下来，会议室门前突然亮了，光线投射在那人身上，清晰可见原来他是汪家炎。

他不进去看电视，他在干什么呢？一会儿他走到会议室窗前停下，扒在窗台上隔着窗从不同角度向里张望，像是在寻找着什么；屋里的人们都在聚精会神地看电视，没人注意他的形迹。张望了一阵，他悄悄地离开了。

在昏暗的天空下，汪家炎偷偷摸摸慌慌张张急切地赶往职工宿舍区，几次险些跌倒在坑洼不平的路上。来到宿舍前他细心观察了一阵，除了苏欣然的住室有灯光外，其他房间一片漆黑，汪家炎心里有了底数，急切地闯进了苏欣然的房门。

汪家炎的突然出现使苏欣然吃了一惊："啊！吓死我了，怎么不敲门？"

汪家炎笑眯着眼睛慢条斯理地说:"突然敲门我怕你受惊。别人都去看电视了,你咋没去呀?"

"哎呦,我差点儿给忘了,我这就去!"苏欣然看看时间提高了警惕说,"您到这来干什么?"

"我是特意来看你的!你就别去看电视了,现在这儿就咱俩人,咱们好好扯扯。"汪家炎不客气地坐在床上,没等苏欣然搭话,就接着说,"不知道你是不是体会到了我的良苦用心,我特意安排你到王书记那儿查房。给干部查房跟老百姓是不一样的,要多问候多解释,多体察他们的心理,给他们留个好印象。多跟他们接触接触保险没啥坏处。以后只要我不在,这'干'字病房就归你管了!"

苏欣然听汪家炎说话云山雾罩没有边际?天这么晚了他到这儿来肯定没怀好意!想到这儿她说:"汪院长,有事儿明天再说吧!天这么晚了,这样不好。"

"哎呀,啥'这'呀'那'呀的,现在就咱们俩人,有啥好不好的。紧张啥?你也坐下!我还有话要跟你说哪!这件事我早就想跟你说说,可是又没有合适的机会。"汪家炎说,"从你离婚以后,我看你很少回家,一个人在外边真不容易。你还打算不打算再找一个?是回天津找啊还是在这儿找啊?你要想在这儿找,我可以给你帮忙,你想找啥样的尽管直说。"

"谢谢汪院长,我现在不想找!"

汪家炎表示同情说:"可是你还不到四十,今后的日子还长着呐!你又没有孩子,一个人多孤单哪!再说了,咱们都是凡人,就跟我们男人需要女人一样,女人也需要男人。你没听说过嘛,'三十如狼四十如虎',短时间还好说,时间长了得有多痛苦啊,你咋能受得了?

现在你不找倒也好，还有我呢，我完全可以满足你！"

色塞了心窍的汪家炎此时已目乱心迷，胡言乱语刹不住车了。

苏欣然心想，以前我还以为他是个正人君子，谁知他是那么肮脏下流的人，平时他那人模狗样原来都是装出来的！想到这儿她说："汪院长，你胡说什么呀？"

"怎么是胡说呀，这都是大实话！"汪家炎一边解自己的衣裳一边说，"跟我学，这儿又没有别人，你就别强忍着了！"

眼看苏欣然高度警惕的事儿就要发生，她说："你要干什么？！竟然背着万大夫……"

"你就别提她了，她早就不行了，她不能把我咋样！我一直都在忍，可是一看见你就再也不想忍了！"平时行为举止迟缓的汪家炎一下子揭下身上的遮羞布，"你不是想出去进修吗？跟你说，你只要从了我，以后啥事儿都好办。快点儿吧，你就别渗着[注1]了！"

汪家炎急忙脱下衣裳，把双手伸向苏欣然。苏欣然本想，这终究不是什么光彩的事，尽量别把事儿闹大，应付过去就算了，谁知汪家炎邪恶忘形欺人太甚！她顾不得什么了，怒斥道："汪家炎你混账！"同时伸出手扇了汪家炎一个重重的耳光！

汪家炎欲火上攻，对这一耳光没有任何疼痛的感觉，一边用力扯苏欣然的衣裳一边说："你打我？就说明你愿意；来吧，快来吧！"

苏欣然一边与汪家炎厮打一边高喊："快来人啊，抓流氓！救命啊！"

突然门外响起了剧烈的雷声，随之电闪交相呼应下起雨来。苏欣然的呼救声完全被淹没在雷雨声中……

日本电视连续剧《血疑》的故事情节深深地吸引着人们的眼球，

室外电闪雷鸣一阵强似一阵，丝毫没有干扰看电视的人们，室内鸦雀无声。看着看着，一道强烈的闪光透过玻璃窗把会议室内照亮，一声霹雷的巨响声随之而至。下雨打雷是常有的事，人们并不在意，可是古一迪突然感觉右眼皮不时地跳动，同时心里感觉不安，他心里犯起了嘀咕。看看身边左右的人们仍把目光紧紧地投在电视的荧屏上，他悄悄拨开身边的人离开了会议室，从屋里出来才知道天正在下着倾盆大雨。

目光穿过密集下降的雨水，模糊可见宿舍区只有一个屋闪着灯光，古一迪知道那是苏欣然的房间。突然传来喊叫声，不知道发生了什么事，古一迪加快脚步应声破门进了屋，一眼看见汪家炎浑身上下一丝不挂的背影，古一迪明白了，伸手从背后抓住了汪家炎的头发怒喝道："汪家炎，混账东西不要脸！快把你的皮穿上！"

汪家炎一边抖动着身子穿衣服一边颤颤巍巍地说："古一迪你来得正好。你们俩早就有来往，我只当不知道。今儿个的事就咱们仨人知道，谁也别往外说，这样对谁都好。咱们商量一下，从今以后，你干你的我干我的，咱们井水不犯河水谁也别干涉谁！只要医院有啥好事儿，我保证你们两人都有份儿！你好好劝劝她，都是过来人，让她想开点儿，就咱们仨……"

汪家炎的话使古一迪火上浇油，伸手向汪家炎的脸上重重地打了过去说："下流无耻不要脸，快滚！"

古一迪用力把汪家炎推出了门，汪家炎跟跄向前跑了几步，在湿漉漉的地上打了一个趔趄，重重地跌倒在黑灯瞎火的院子里。偷鸡不着蚀把米，汪家炎万万也没想到，不仅自己精心策划的美事未能实现，反而遭到古一迪和苏欣然的斥骂，落得个如此的残局。他强忍着伤痛缓了缓气慢慢爬起来，全身带着泥浆一瘸一拐地走回家；走着走着，除了腰腿疼，两侧面颊也有火辣辣的感觉。他轻轻地摸了摸自己的脸，盘算着到家以后用什么说辞把现在这狼狈相在万金钗面前蒙混过去。

万金钗感觉身上不舒服没去医院看电视，她勉强支撑着从床上起来，下地倒了一杯水，一边喝一边心里骂自己的丈夫："这个没良心的东西，一点也不知道心疼我，明知道我不舒心，还非得去看啥电视连续剧。老不死的，良心让狗给吃了！正在气头上发泄不满，忽听门外传来断断续续的呻吟声。万金钗把门打开一看吃了一惊："啊，家炎，你咋的了？！"

"天黑，路不好走，一不小心摔了个筋斗……"汪家炎说，"快来扶我一把，这一跤摔得我够呛，全身都疼。"

万金钗把丈夫拉起来，刚把他扶进屋就一直向床边冲过去说："快扶我躺下！"

万金钗生气地把他拦住说："瞧你身上又是泥又是水，脏了吧唧的，咋上床？"她帮他脱去衣裳，拿过毛巾给他擦去身上的泥浆。

"快点儿吧，快点儿，我坚持不住了！"汪家炎全身发抖说。

"今儿我特别难受，你连吭一声都没有转身就走，回来弄成这个样子，你到底干啥去了？"万金钗不满地嘟囔着把汪家炎扶到床边。

汪家炎一骨碌躺在床上，有气无力地说："我不行了，我真的快不行了……"

他感觉脑袋里就像灌满糨糊，迷迷糊糊地闭上眼睛，就像腾云驾雾一样飘起来，弄不清到了什么地方。啊？！苏欣然！你在这儿等着我哪？过来，快过来！别躲了，我在这儿。汪家炎忘了劳累和伤痛沉浸在美好的意念中，听了他的呼唤，苏欣然扭扭捏捏地一下子投入到他的怀抱……突然他情不自禁高叫一声,接着又呼叫苏欣然的名字。俩人在梦幻中疯狂地云雨了一番,汪家炎把憋足了的一泡尿遗撒在床上,他得到了满足,深深地换了一口气,接着就像死人一样瘫在床上一动不动。

孩子们都没在家,万金钗见状吓得她一边摇动汪家炎一边呼唤:"家炎,家炎,你咋的了?"她摸摸他的额头,"啊?你发烧了?"

汪家炎在万金钗的呼喊中慢慢醒来:"啊!我刚才咋的了……"

注释1:渗着,拖延时间的意思。

09　同舟共济经风雨　节外生枝弄是非

汪家炎被古一迪推出门，苏欣然惊魂未定，用双手遮住了自己的胸部抖动着身子说："古大夫！这……"

古一迪镇静地说："苏大夫别怕，快把衣纽扣好了！汪家炎没把你怎么样吧？"

"没有，没什么……"苏欣然一边急着扣衣纽一边说，"丢死人了，没想到会发生这种事，真丢人！"

苏欣然伤心地哭了，古一迪安慰说："别这样，这不怨你！都是汪家炎那混账东西！因为他作践你自己不值！只要你不说我不说，汪家炎肯定不会往外说，别人谁都不会知道。把今天的事儿忘了吧，就只当什么也没发生。"

苏欣然担心地说："说得挺轻巧，这种事能忘得了吗？再说那汪家炎心怀叵测手里有权，他不是好惹的。"

古一迪说："你怕什么，小辫子在咱们手里，他再厉害又能把你怎么样？有我哪，他不敢！"话说到这儿，他摇摇头叹了一口气，情绪低落下来。

见古一迪陷入沉思，苏欣然带着疑惑问："你在想什么，怎么不说话了？"

"我在想，咱们都是不幸的人才落到这种境地。"古一迪又沉默了一会儿说，"唉，家里的问题让人纠结，看来人人都有一本难念的经。"

"你可别学我,我是不愿意长期分居两地拖累他,不得不离开他。你能有一个完整的家不容易,一定要珍惜,千万可别轻易放弃!"

"你说得没错!可是我那口子几年前就另有新欢了。当然,我并不怨她,因为我不是合格的丈夫,也不是合格的父亲。"古一迪说,"我们已经分床两年了,到北京也只是为了看看儿子,要不是因为儿子,我们的问题早就彻底了结了!"

苏欣然同情地说:"这不能怨你,都是两地分居造成的。"

"不管什么原因造成的,反正不能长期这样下去。依我说,你还是在天津找一个,总比你一人在外边好得多。"

"哪儿那么好找啊,算了吧!就是因为一直解决不了分居问题才跟他分开,还在天津找仍然是两地分居。"

古一迪说:"如果你愿意的话,你就等我把事情弄利索了。"

苏欣然说:"可别因为我把你家弄得彻底破裂,我不能作为第三者破坏别人的家庭,那样我就成了千古罪人!"

古一迪说:"我的家庭早就破裂了,离婚是早晚的事,跟你没有任何关系!"

苏欣然动情地说:"要真像你说得那样,我就有靠山了!"

古一迪一下抱住了苏欣然说:"欣然,你我同病相怜,就让咱们在一起过吧!"

苏欣然在古一迪的怀抱里流着泪说:"一迪,我……"她擦擦眼泪,"哎,那以后咱们可就老在这儿受汪家炎的折磨了,能不能想办法离开这儿啊?"

"净说傻话!你的亲人我的亲人都在天津,我的儿子在北京。天津、北京咱们都进不去还往哪儿调啊?话又说回来了,'三十年河东三十年河西',他汪家炎也不能总那么得逞。我早就悟出来了,到哪儿都一样。"古一迪见苏欣然没有反应接着说,"我不是宿命论者,但无论如何人也不能跟命抗争!人生就像登山爬坡飘洋过海,顶峰高耸入云,海洋渺无边际,没有起点也没有终点。如果说有的话,一个人呱呱落地就是他的起点,等他离开了这个世界他就到了终点,咱们还不到四十岁,日子还长着哪……"

　　古一迪说得没错,都是老天爷造化好了的,命运波澜,人生在漫长的征途中说不定什么时候会遭受痛苦和磨难,什么时候又会得到欢乐和幸福,不管发生什么事都得积极地去面对!古一迪对人生的深切感悟和理解,博得了苏欣然的敬佩,她把头搭在古一迪的肩上说:"你说得真好!"

　　古一迪轻轻地亲了一下她的额头说:"以前我也一直打不起精神来,总有一种被人抛弃的感觉。啊,好久没有现在这么美好的感觉了……欣然,谢谢你信任我。我愿意永远跟你在一起。"

　　苏欣然说:"我相信你,可是还得容我好好考虑考虑。"

　　晚上汪家炎被古一迪推出门淋雨回家,一连几天没上班,在家也少言寡语,万金钗发现丈夫时常下意识地在脸上摸来摸去,一边摸脸还一边发愣。他的精神慢慢恢复了,一家人在一起吃晚饭。万金钗见汪家炎又在摸自己的脸,用筷子在碗沿上敲了几下说:"嗨嗨,我说你咋的了?无缘无故地老摸脸干啥?"

　　妻子突然发问,把汪家炎从懵懂中唤醒过来。他也知道自己添了这个毛病,自打被古一迪把他推出苏欣然房门的那天起,他总感觉两侧面颊时不时有些不舒服,发痒?不是;疼?也不是,是一种说不出来的滋味。他知道,这是苏欣然和古一迪送给他那两个大耳光的'后遗症'。每当想到这里，心里总念叨着："好你个臭小子古一迪，还有那不识抬举的苏欣然，你们等着瞧！"

万金钗看了看汪家炎的异样面孔大声说："我跟你说话哪，你到底是咋回事儿？"

"没咋，你嚷啥呀！"汪家炎不耐烦了。

万金钗说："我觉得奇怪，你原来没有这个毛病，好像你的表情也有些不对头。"

听了妻子的话，汪家炎有些心虚了；那天晚上，他被推出门摔在泥浆里还没爬起来就开始担心，回家后如果让万金钗看出什么破绽没法给她解释，他赶紧细心地摸摸两侧面颊，心里说，肿的不厉害，这么大雨，天又这么黑，她肯定看不出来，怕她干啥呀……

事情过去几天了，万金钗还是发现他有些反常，他不耐烦地应付说："行了行了，我摸摸脸又咋了，有啥好大惊小怪的！"

万金钗刚要说话，女儿淑清说："你们俩别老拌嘴行不行？烦死人了！"

事情虽然过去了，但汪家炎对苏欣然并没有死心。一天，他把苏欣然叫到自己的办公室，苏欣然问："找我有什么事儿？"

汪家炎说："你先坐下，跟你说个事儿，你几次说要出去进修，可是一直没安排得开，如果你觉得现在去合适，我就抓时间给你联系，你看咋样？"

苏欣然听说同意她出去进修感到格外高兴，这是她期盼已久的事了，今天终于等来了机会，她极力掩饰心中的喜悦。正要说感谢的话，突然她冷静下来。心想，汪家炎真让我去进修？是不是又在耍什么花招儿……

汪家炎说："你咋不说话？是不是因为那天晚上的事你还在恨我？"见苏欣然没有回答，他摆出一副可怜样，"那天的事儿我也觉得对不起你，今天就给你赔个不是行了吧？我觉得你这个人挺好，因为我太心切了，所以……"他看了看苏欣然的脸色，"其实，咱们都是过来人，说话也用不着遮遮掩掩。我呢还不到五十岁，能力不比二十几岁的小伙子差，我想对你来说这也不是啥坏事儿，怪我那天太鲁莽了，以后……"

汪家炎说着说着现出了原形，苏欣然明白了，这哪儿是想让我去进修啊，明明是拿进修当诱饵让我上钩，黄鼠狼给鸡拜年没安好心！想到这儿，苏欣然猛然站起来不辞而别。

汪家炎连忙说："哎，别走啊，我还……"

苏欣然没有赏他的脸，连头也没回。汪家炎心想，看来这么好的一块肥肉我肯定是吃不上了。他咬了咬牙心里说："如果没有我的份儿，你们俩也别想得逞！"

一天晚饭后，古一迪没事在宿舍躺着，开着收音机，两腿搭在一起，随着收音机里播放的乐曲声轻轻地哼唱着；突然后勤老张敲门走进来说："嗬，一个人还挺自在啊！"

古一迪说："今天你怎么到这儿来了？夜猫子进宅无事不来。又让我跟你看谁去呀，病人在哪儿？"

老张说："今儿来不是求您给人看病的，我是奉命来跟您说个事儿。"

古一迪说："干吗这么严肃啊，什么事儿？"

老张说："古大夫，那我可要说了！"

古一迪觉得奇怪："哎我说老张，你平时说说笑笑的是个爽快人，今天怎么吞吞吐吐的？快说，到底什么事儿？"

老张说："领导说这房子就您一个人住，让您抓时间赶紧搬家。"

古一迪觉得有些不对劲儿，他说："搬家？往哪儿搬？"

"界壁儿[注1]刘大夫那儿还有一张床。您啥时候搬我来帮您！"

古一迪说："住得好好的为什么要搬家，谁的主意？"

老张说："汪院长说把房子腾出来有用。"

古一迪说："有用？留那么多破烂地震棚干什么？"

老张说："这……咳，您也知道，我只是个'听喝跑腿儿的'[注2]，这是汪院长的意思，让我来怎么通知您，我就怎么通知您。"

古一迪说："今天你不说出个一二三来，我就不搬！"

老张小声说："古大夫，您这不是让我为难嘛，让我怎么跟领导回话呀？"

古一迪说："这事儿不怨你，你怕什么？你告诉汪家炎就说我不愿意搬！"

"古大夫，真有您的！"老张没办法摇摇头，转身走了。

一波未平一波又起，几天以后的一个中午，老张又来到集体宿舍，敲开了苏欣然的门说："苏大夫，把您的东西归置归置搬到界壁儿去。"

苏欣然感到莫名其妙，她说："隔壁有人住，干吗让我搬家呀？又来新人了？"

老张说："这我可不知道，不光让您一个人搬，汪院长说要把单身宿舍的人都归到一起。"

苏欣然说："隔壁已经有两个人够挤的了，我这么多东西往哪儿放啊？"

老张为难地说："这……"

听老张让苏欣然搬家，古一迪和隔壁护士小文等从宿舍出来，古一迪走过来对老张说："'这，这'什么呀？怎么今天变卦了，又不让我搬了？"

"古大夫，汪院长让我通知苏大夫搬家，今儿个没您的事儿。"老张为难地说。

"怎么没有我的事儿啊？我想知道汪院长的葫芦里卖的什么药，他底想要干什么！"

小文说："是啊，住得好好的搬家干啥？你们后勤这几个人净没事儿找事儿搬弄是非！"

老张一下子把脸沉下来说："哎我说小文，你这叫啥话？我们后勤咋搬弄是非了？我们谁敢招惹你们这些姑奶奶呀？！"

古一迪说："小文，可别冤枉人家老张，他是老实人，是奉汪院长的指示来的；这事儿不能怨他！"

小文知道汪家炎是没人敢惹的人，她机敏地说："汪院长的指示？你就是打死我我也不信！汪院长特别体察民情关心群众，不可能出这种馊主意，腾出那么多破烂空屋子干啥用啊！"

"行了行了，别扯得那么远！"老张对小文说，"汪院长说了，如果苏大夫搬家不方便，让你搬到她那儿去也行；要不然你搬？我找人帮你！"

"照你这么说这真是汪院长的主意了？"小文假装糊涂，"我就是搬也不敢劳您大驾！说实在的，我跟苏大夫关系特别好，我不是不愿意跟她一块儿住，可是她那么大岁数了东西又多，我不愿意干扰她，所以我也不想搬到她那儿去！而且我们屋也放不开她！对不住您了，请回吧！"

"好好，小姑奶奶，我惹不起你！"老张无奈地说。

古一迪说："老张，听见了吧？苏大夫不搬！谁都不搬！你不是说这房子等着用吗？什么时候用什么时候再说！你告诉汪家炎让他放心，我们不会耽误他用房子的！"

老张弯腰点点头说："得，古大夫，还是您厉害！这话可是您说的，我就这么回话了！"说完，老张摇摇头无奈地走了。

老张走了，古一迪随着苏欣然走进她的房间，苏欣然紧绷着的心还没放松下来，用求助的眼光看着古一迪说："你看这事儿怎么办？"

古一迪安慰说："你看见了没有，谁都不同意搬。有我在，你甭怕！前两天通知我搬家，让我给顶回去了，今天又来找你的茬儿，明摆着是他汪家炎没安好心！现在有这么多破房子根本就没用，他这是暗地里给咱们使绊儿呢。"

"我直接在他的手底下，还真有点儿怕。"苏欣然胆怯地说，"他在白河经营了这么多年，根基深得很。不了解他的人都认为他是个正人君子，实际上是个奸佞人，县里的领导都是他的后台。咱们斗不过他，硬顶肯定不行！"

古一迪说："你说得倒也是，咱们得想点儿计策对付他！但是有一条儿，在他面前不能示弱。你表现得越软弱他就越嚣张。咱们团结起来拧成一股绳，让他看看咱们不是那么好欺负的！"

苏欣然说："你说下一步该怎么办？"

古一迪沉思了一会儿说："我问你，咱们俩的事儿你考虑得怎么样了？下决心了没有？"

孤苦伶仃的苏欣然时常哀叹老天爷把自己的命造化得这么凄苦。为了从孤单和寂寞中摆脱出来，她把所有的精力全部倾注在工作上，但万万也没料到竟然会遭到汪家炎的骚扰和凌辱。本来有心把自己的后半生托付给和她同病相怜的古一迪，但她左右为难下不了决心。今天汪家炎又想出了新招术，苏欣然自己势单力薄，又怎么招架得了？看来能保护她给她撑腰的只有古一迪了，想到这儿她说："你先别问我，先说你决定了没有？"

古一迪说："这还用问吗！我的事儿好办，就等你的一句话！"

苏欣然低着头说："一迪，我相信你！"

听了苏欣然的回答，古一迪激动得不知所为，他高叫了一声："欣然！"一下子把她抱住动情地说："你终于答应了！你说吧，下一步怎么办？"

苏欣然终于下了决心说："只要能跟你在一起，你说怎么办就怎么办，以后一切都听你的！"

"听我的？那好！"古一迪说，"我想尽快有个家，这种孤男寡女的日子太苦了，多一天也不想过！干脆咱们将计就计，等我策划好了就把咱们俩的事公开！"

苏欣然说："啊？你打算怎么弄？你可要想周到了！"

古一迪说："你放心我会的，你就等着瞧好儿吧！"

注释1：隔壁。

注释2：听别人指使的人。

10　倾心一见终无悔　难奈抉择两下分

古一迪的一番话和明确的表态，在苏欣然的心底激起了不小的浪花，使她久久不能平静。看来，今后要想平平安安过日子，也只有他才能给自己撑腰做靠山了。但在关系着自己前途命运的大事面前做出决策谈何容易？犹如水闸开启，十多年的往事一股脑儿涌上心头，躺在床上辗转反侧不能入眠。

　　那是医学院新生报到的日子，她带着沉重的行李走进学校。参加迎新工作的高年级同学方自喜热情地走过来说："看你满头是汗，我来帮你！"他把她的行李接过来肩背手提，"走，跟我来！"

　　苏欣然说："谢谢！"

　　"别客气，我是男生比你有劲！从哪儿来，怎么带这么多东西？"

　　"我是安家坊的，又不能老往家里跑，都是常用的东西。"

　　"你们女生就是心细。"方自喜说，"哎，你是什么系？"

　　苏欣然回答："医疗系。"

　　"哦，我也是医疗系。再过半年就该上临床课了，可能得搬到医院去住。哦，今天是报道的第一天，人多。"

　　走到新生接待处，方自喜对接待人说："哎，来一个医疗系的，你给查查住处。"他转身面对苏欣然，"把报到证拿出来给他。"

　　苏欣然取出报到证，接待人看了看说："苏欣然！"他一边自言自语一边查阅花名册，"在这儿呢！D楼302房间。哦，带粮票了吗？

通用的、河北的都行；换多少？"兑好了食堂饭票，接待人问方自喜："你带她去还是我带她去？"

"你在这儿忙，我带她去吧！"方自喜转身对苏欣然说，"继续跟我走。A楼是教工楼，BC是男生楼，DE是女生楼，我住C楼，咱俩是近邻。"

方自喜自言自语："苏欣然，苏欣然……"哎，怎么我俩的名字还有关联哪？他摇了摇头脱口而出，"有意思，真有意思！"

苏欣然说："你在咕哝什么？什么真有意思，有什么意思？"

方自喜心里说："'方'就是'刚才'，'苏'就是'苏醒'，刚醒过来就'欣然自喜'有意思。第一次见面，可不能乱说。"

见他没回答问话，她追问："你真有意思，你说什么'真有意思'！"

"随便说说，真有意思。"一边说一边帮助苏欣然安排好了床位，"自己慢慢收拾吧，过几天就熟悉了。我还要去接别的新生。哎，保持联系，我差不多都在图书馆二楼阅览室上晚自习，靠东南角那个地方。"

苏欣然说："今天你帮了大忙，谢谢你！"

"谢什么呀，应该的。再见！"

送走了方自喜，苏欣然一边收拾东西一边自言自语："他说'真有意思'，不知他在说什么真有意思……"

苏欣然带着笑声从梦中醒来，翻了翻身又迷迷糊糊睡去。

她和方自喜并肩走在校园里，他说："时间过得真快，半年来咱们天天都能见面，过了寒假我就搬到医院里去住，见面就不方便了。"

苏欣然说："这么长时间了，我一直没弄明白，我入学那天你说'真有意思'到底是什么意思。"

方自喜笑笑说:"保密,现在还不能告诉你。唉!我真不想到医院去住,我舍不得离开你。咱们说好了,每周末必须见面,我来找你,好吗?"

说话两年过去了,方自喜以优异的成绩毕业,得知自己留在附属医院工作的消息,按捺不住心中的喜悦,当晚与苏欣然在解放桥桥头约会,见苏欣然走来,他迎过去说:"欣然,先告诉你一个好消息,我留在附属医院了。"

苏欣然激动地说:"真的?太好了!我也该上临床课了,到时候遇到问题我可以直接请教你,可不能保守啊!"

夜幕已经降临,两人走在海河岸边,方自喜停下脚步说:"那当然,互相学习嘛,有什好保守的。"他拉起苏欣然的双手,"不管怎么说,等你一毕业咱们就结婚!此生此世永不分离!"

月光下,她望着他坚定的脸,她的眼圈红了。说:"真的吗?!"

"傻丫头!咱们第一次见面我不敢唐突,现在我告诉你,咱俩的名字合在一起就是成语'欣然自喜'!这名字就决定了咱们的未来!"他见近处没有人,一把拉过苏欣然紧紧抱住了她,"答应我,你一毕业咱俩就结婚!"他亲了亲她的额头,"第一次见到你就把我的心给搅乱了,差一点儿影响我的学习。从那以后我再也没把其他女生夹在眼里,知道什么叫一见钟情了吧!"

百姓不可预料的"文革"爆发了,学校停课了,时间拖延到超过了应该毕业的期限。如坐针毡的方自喜急切地与苏欣然约会说:"欣然,看来这运动仍然渺茫,天知道你什么时候才能毕业,咱们约定的婚期不能再拖了。好在婚姻登记部门还没瘫痪,不少同学在这段时间里结了婚,干脆咱们也抓时间把婚事办了吧!"

苏欣然说："也不知形势怎样发展，结了婚怎么办？"

"不结婚又怎么办？这不是你我能回答的问题。现在双方老人最关心的不只是你毕业不毕业的问题，而是咱俩的婚事；办妥一件是一件，好吗？我父母一直在追问这件事。咱们抽时间去你家跟你父母商量商量吧！"

世道乱轰轰的，有什么好商量的呢？双方父母见面共进一餐办了儿女的终身大事。按时间计算，积压两年的毕业生的分配工作紧锣密鼓地开始了，天津毕业生的去向是宁夏和内蒙两地农村。"结发为妻子，席不暖君床。暮婚晨告别，无乃太匆忙。"蜜月被无情地终止了，方自喜送新娘子到火车站，夫妻俩在月台含泪惜别。列车启动了，"自喜，我的天，牢记时时把你望！爱夫，你的妻，莫忘夕阳牵我手。"苏欣然思绪万千，控制不住自己潸然泪下……

苏欣然抽泣着从梦里醒来，泪水打湿了枕巾，下床把毛巾投了投水拧干擦擦脸，看了看时间凌晨三点整。第一次感觉夜间如此之长，她长长地叹了一口气，回到床上躺下来。夜光表的时针已指向四点，似乎有些困倦，一闭眼就迷迷糊糊走进一家公社（乡）卫生院。在毛主席发表的"知识青年接受再教育"的精神指导下，这批大学生先到工作单位报到，然后集中在农村插队劳动。经评定，苏欣然劳动一年合格毕业了，到单位重新报了到，获得了回家探亲的权利。

方自喜接到妻子探亲的电报，到车站把妻子接回家开始欢度终止了一年的蜜月。一个月弹指一挥间，夫妻俩又一次洒泪惜别，苏欣然再次孤身登上西行的列车，心境恰似："红藕香残玉簟秋，轻解罗裳，独上兰舟，云中谁寄锦书来？雁字回时，月满西楼。花自飘零水自流，一种相思两处闲愁，此情无计可消愁，才下眉头却上心头。"

离别的郁闷还没彻底驱散,苏欣然感觉爱的结晶已在自己体内萌动。方自喜收到妻子来信得知自己的种子已经发芽,激动得不能自已,一夜没有睡意。马上到了上班时间,匆忙吃几块饼干喝一杯白开水出了门。即将做父亲了喜忧参半,妻子一个人在山沟里工作,将来怎么办?怪自己没听妻子的话,应暂时放弃怀孕生子的计划,可是……

突然自行车前一个人摔倒了,接着传来男子的叫骂声:"嗨,干吗哪?没长眼哪!"

见一辆自行车压在一个女青年的腿上,方自喜匆忙下车,眼看着鲜血浸透了她的裤腿滴在路面上,双手扶着左腿啼哭。他明白了,是他把那个女子撞倒受伤,一边忙着帮男青年收拾散落在地上的东西一边连连说:"哦,对不起!对不起!"

男青年大喊:"光喊对不起有嘛用?赶快想办法!真是倒霉催的,遇见你这个愣头青!"

正是上班时间,车祸造成交通拥阻。方自喜匆忙掏出工作证递给男青年说:"哥们儿,你先拿着,我是市医院的医生。你别急,先别搬动她,我去找个电话亭打电话,让我们医院的救护车过来,你放心,一切由我负责!"

"说得倒挺轻巧,我能不着急吗?干着急又有嘛用!"男青年的火气小了些,"行了,你快去吧!"

原来受伤的女青年邱爱芳与那个男子郝步星是一对情侣,俩人筹备结婚购物,从商店出来刚骑上车就碰上了心不在焉的方自喜。邱爱芳被送到医院,急诊检查诊断左侧胫腓骨粉碎性、开放性骨折,伤处还在流血。方自喜对郝步星说:"必须马上手术!"

郝步星和邱爱芳虽即将成为夫妻,但万一手术出了麻烦或留下后遗症，怕自己不好向岳父母交待，急请岳父母赶来医院。紧急手术是唯一的选择，父亲用微微颤动的手在手术单上签下自己的名字。因为骨折损伤了血管出血较多致使伤者血压降低，医院里同型血库存量不足；为不贻误抢救时间，方自喜挺身而出献出了三百毫升鲜血，确保手术顺利完成。术后，邱爱芳被安排在单人房间。

忙了好一阵后，方自喜感觉右小腿痛，他拉起裤腿一看腿上一大片青紫和皮肤擦伤。亲人们把这一切都看在眼里，没再责怪他。方自喜对他们说："今天的事我很抱歉，这个病室由我主管，请你们放心，我一定尽心尽力！如果你们想陪床，马上就可以办手续。方便的话，每天下午三点以后可以来探视，要了解嘛情况还可以随时找我。"又对邱爱芳说，"你只管安心养病，我会常来看你。有嘛不好或者有嘛需要也可按床头这个按钮……"

忙到晚上八点，方自喜主动请家属进餐馆吃了晚饭，又把二位老人送走，然后对郝步星说："我知道现在说嘛也没用，可我还是要说对不起！恐怕要耽误你们办喜事了……"

"哥们儿，看得出你是个实在人，我也没嘛可说的了，这婚一准儿是结不成了，我自认倒霉，可是她的腿得多长时间才能恢复？"

"如果不发生并发症，至少卧床一个月，完全愈合得三四个月，愈合后还要进行功能锻炼……"

"正好人是你碰伤的，你又是她的主管大夫，我就把人交给你了，今后是好是坏、是死是活就全看你的了！"

忙了整整一天，方自喜又到病房问候了邱爱芳匆忙回了家，这时才想起还没给妻子写回信，他赶紧拿起笔……

苏欣然虽然在信中嘱咐丈夫精心对待创伤的病人，但几天来自己却寝食难安，一天在出诊途中突然腹痛，两个多月的身孕流产了，苏欣然硬是一个人吞下了这苦果，没有马上把不幸的消息告诉丈夫。

郝步星陪住了几天，然后每天下班都来医院看望，但时间长了来医院逐渐减少，也不像开始那样陪在床边。病区的四个住院医师轮流值夜班，二十天来方自喜一直和值夜班医师一样天天住在值班室，只要邱爱芳床边没人，他总是像护理员一样在床旁侍候。时间长了，邱爱芳心理发生了奇妙的变化，她问自己爱的是郝步星还是方自喜？爱情是妖魔鬼怪使人神魂颠倒，一天方自喜下班回家前来到邱爱芳床边躬身问候，思绪正处在混沌状态的邱爱芳突然搂着他的脖子说："我爱你！"

方自喜丝毫没有精神准备，心情紧张忙说："不，不能这样！我爱人刚怀孕！"

邱爱芳死死搂住她的脖子不放，这时，郝步星突然走进病房，方自喜十分尴尬说："哦，你来了！有嘛事随时找我，别客气！"

"我不会客气的，有事肯定找你！"

方自喜快速冲出病室，邱爱芳对郝步星说："你干嘛对人那样儿，人家对咱们那么热心，怎么也应该客气点儿。"

郝步星愤愤地说："对，你说得对，他不仅对你热心，我看他的心直冒火，我怕他把你烫伤了！"

"谁都跟你似的冷酷无情，人家方大夫下班了还来看我，你呢？经常把我一个人扔下就走！"

郝步星越发不冷静地说："对，他好！我不如他，干脆你嫁给他算了！"

"你说的是人话吗？"郝步星的话刺伤了邱爱芳的心，她知道自己思绪混沌，心有愧疚，哭着说，"你要是嫌弃我就直说，干吗跟我来这一套！"

郝步星知道自己说走了嘴，连忙抱住邱爱芳的头说："对不起！是我不好，因为我太爱你了，怕失去你，见他对你那么亲热，我受不了……"说着他亲亲她的前额，扭头看看房门没有动静，又去吻她。

她擦擦眼泪，伸出双臂搂住了他的脖子："步星，万一我残了，你还爱我吗？"

他没有丝毫精神准备，一句话让他心里"咯噔"一下，他迟疑了片刻连忙说："不许瞎说！你一定能挺得过去！"

"我要你回答，万一……你还爱不爱我？"

见她如此认真追问，郝步星不得不回答说："当然了，肯定会爱你的！"

她听到了肯定的回答，心花怒放，双臂再次用力搂住他的脖子，亲他的脸……她的神志再次渐渐模糊，似乎与方自喜抱得越来越紧，并喃喃自语："我爱你……"

他轻声回答："我知道，亲爱的我知道。"

听到回答声，她十分欣慰地说："我真的特别爱你——方……"

话还没说完，他把她的双臂从自己的颈项拉下来用力甩开，质问："你说嘛哪？！你……你爱他？"

她突然从意境中出来幡然悔悟，矜持地说："你……你嘛意思？"

"嘛意思，你自己清楚！"说完，他愤愤地甩手走了。

自邱爱芳住院以来，除了在班时间外，方自喜几乎每天下班后都来床边看护，原因很简单，因为是他闯的祸。可是她觉得他是个不可多得的人，在她的身体里流淌着他的血，她感谢他、崇拜他，他不在时就会心神不安。当局者迷,旁观者清,实际上她已经把爱潜移默化地转向了方自喜,她虽然清楚自己的情人是郝步星,但她的心却不能平静,以致下意识中胡言乱语,把隐在心灵深处的秘密暴露了,她哭了,流出了伤心的泪。

自从发生了那尴尬的一幕,方自喜如何对待邱爱芳左右为难,他思念苏欣然,但有时邱爱芳的面庞也在脑海里闪现,他已意识到这是危险的信号,冷静下来给妻子写信,先说明近期没按时写信的原因,更重要的是提出一个严峻的问题——设法调苏欣然进津,这时他还不知道妻子流产一事。

苏欣然不得不把流产的事告诉丈夫,夫妻俩痛心泣血,调动只是设想而没有眉目。

五年费尽周折,苏欣然调来白河县医院,她可以每周日值班,一月连休四天回津小聚,工作也算稳定,年过而立之年的夫妻俩决定生儿育女。没承想,一九七六年七月二十八日凌晨三点四十二分突然天崩地裂,刹那间唐山成了废墟,京津冀的医务人员全力投入到紧张的抗震救灾工作,生儿育女的想法成了泡影。

地震伤者以骨折最多,急诊、门诊和病房打破了界限,方自喜忙得不可开交。一个女病人在痛苦中突然高喊:"方大夫,我是邱爱芳!"

"啊!怎么……"

混乱中没时间细说,方自喜熟练地处理了邱爱芳的腿伤送进了病房。晚间,方自喜来看邱爱芳,她对他哭诉了灾难的经过。她和丈夫带着孩子到唐山探视郝步星的父母,探家时间已过,她主张赶紧回津,否则就超假违纪了,可是丈夫死不同意,坚持多待一天,没想到祸从天降,丈夫和孩子一起丧命,只有她一人被解放军救援队从坍塌的楼板底下扒出来。她继续哭诉："方大夫，你说就剩下我一个，今后我可怎么活呀！"

原本三口之家，现在孤身一人，精神被彻底摧垮的邱爱芳康复回家后心里总放不下方自喜，回想起七年前再看看今天，她不单对他心存感激，他已经成了她的精神寄托。方自喜对她悲惨的命运很是怜惜，每当她要求相见时，只要有空均满足她的请求给予抚慰。方自喜把再次与邱爱芳相遇的事如实禀告苏欣然，约会期间，他不会忘记妻子，心里默默地说："欣然，请你原谅，邱爱芳是个可怜人……"

地震波及到白河，医院职工全体出动，用木板取代震塌的房顶自救，同时接待本地和外来的伤者，与其他医院一样忙得一塌糊涂，没有假日和工休日。

夫妻俩结婚八年匆匆相聚匆匆离别，总共在一起的时间不满八个月，甚至出现了似曾相识的陌生感。一年后，抗震救灾基本稳定下来，终于恢复了夫妻每月两天的团聚，二人共同做出决断，坚持！再坚持！

眼看苏欣然即将奔向不惑之年，在锡婚纪念日这一天，二人面面相觑，各自的心情无法形容。苏欣然先开了口，她含着泪轻轻地说："自喜，分手吧！"

"欣然！"他紧紧抱住了她，"不！不行！我绝不同意！"

她不情愿地从他的怀抱脱开："谢谢你自喜！我决定了，明天就去办手续！十年了，长痛不如短痛！"说完，她快速离去。

"欣然！我的欣然！"方自喜张开双臂仰天长叹……

苏欣然一夜间思绪起伏感慨万千，跨越了十几年的欣喜悲伤，天大亮了。

11　惆怅陌阡多眷恋　彷徨路上了前情

在已破碎的家庭和婚姻问题上，古一迪矛盾重重、苦苦挣扎勉强维系了几年，不知耗费了多少精力，现在看来破镜重圆已彻底无望。事已至此，离婚的事不能再无谓地拖下去了，古一迪已把此事向苏欣然做了表白，确定了两人的关系，激动的余波还在荡漾。

古一迪与妻子的关系虽已走到了尽头，但他心里一直还爱着她，从没有埋怨或怪罪过她。一日夫妻百日恩，虽然二人离多聚少，但十多年里仍有不少美好的东西深深地刻印在古一迪的心底。今天虽然决定了断两人的关系，可那难忘的一幕一幕在脑海里再次拉开。

二年级放暑假了，同窗好友谭欢问古一迪："今年暑假，你打算回天津过还是在北京过？"

古一迪说："来北京都快两年了，我还哪儿也没去过呢，我想先在北京逛逛再说。"

"平时学习那么紧张，好容易有了自由时间，那就先到我家好好聊聊怎么样？"谭欢说。

古一迪欢快地回复说："好啊！你们老北京，家里有什么规矩没有？"

谭欢说："咱俩是谁跟谁呀？走，现在就去！"

今天是星期天，谭欢的母亲正好出门做客去了，只有妹妹谭笑在家。俩人正在高谈阔论，谭笑拿一把芭蕉扇走过来递给古一迪说："天太热了，扇扇吧！"

古一迪把目光投在谭笑的脸上，心理咯噔一下："啊，长得太漂亮了！"一时心里有些慌乱竟不知如何是好，他"哦"了一声，赶紧站起来客气地说："谢谢你！"

谭笑面对古一迪腼腆地笑笑说："看你说的，还客气什么呀！"

"怎么光给他，不给我？"谭欢看了一眼妹妹说。

妹妹瞪了哥哥一眼说："人家是客人嘛，你自己不会拿？"

谭欢对刚才古一迪和妹妹那短暂的一幕并没有在意，对古一迪说："哎，北京好多地方都值得你好好逛逛。颐和园离这儿就不远，想去吗？我做向导！"

古一迪兴奋地说："当然想去了！什么时候，现在吗？"

"好啊！"谭欢站起来喊："谭笑，我们走了！"

"妈中午不回来，你们不在家吃饭呀？"谭笑说。

"你自己管自己吧，我们午饭在学校吃。"谭欢回身说。

古一迪和谭欢并肩走在颐和园长廊里，谭欢仰着头边走边议论头顶上的画面，转头一看，见古一迪并没有被这精致的雕梁画栋所吸引，他不解地说："嗨，一迪！想什么呢？"

古一迪被突如其来的声音惊了一下，笑而不语。

"你笑什么，怎么不说话？"谭欢感觉有些莫名其妙，他拉住古一迪在长廊的木栏上坐下来，"怎么，你好像有点儿心不在焉，是不是对这儿不感兴趣？"

见古一迪仍笑而不语，谭欢坐不住了："你到底怎么了，怎么突然成哑巴了？"

"我在想……"见谭欢追问，古一迪不得不开了腔，"说了你可别介意啊，我在想……"

谭欢急着说:"今天你怎么了,怎么说话吞吞吐吐的!"

"我在想,你妹妹真漂亮,我头一次见这么漂亮的女人!"古一迪羞红了脸。

谭欢对准古一迪的胸轻轻打了一拳说:"好你个古一迪,竟敢打我妹妹的主意!"

"我先说了你别介意,我只是随便说说而已……"古一迪有些不好意思。

谭欢假装正经说:"哦,随便说说而已,那就算了,我还以为你真心喜欢她呢!"

听了谭欢的话,古一迪问:"你什么意思?要真心喜欢她又怎么样?"

"你要真喜欢,我就给你们做媒呀!"

啊!难道我要走桃花运了!且乐生前一杯酒,何须身后千载名?想到这里,古一迪精神亢奋高声问:"此话当真?"

谭欢说:"看把你美的!君子一言!"

古一迪赶紧站起来躬身说:"小弟这厢有礼了,请大舅哥成全!"

"好小子古一迪,你真够精的!这事儿就包在哥哥我身上了!"

古一迪玩笑起来说:"这下我可亏了,我比你还大几天呢,还得管你叫哥哥。"

"不愿意叫拉倒,现在还来得及!"谭欢有意说。

古一迪赶紧说:"吃亏我认了,我就叫你哥哥行了吧?"

"这还差不多!"说完,谭欢把自己家里的情况简要向古一迪作了介绍。

兄妹俩早年丧父,谭笑小哥哥一岁,做小学教师的母亲把他俩带大；谭笑说过，因为母亲有咳喘的毛病，自己想当护士，将来可以在家伺候母亲，所以初中毕业就考了护校，现在已有两年护龄了。她还说过，将来要嫁给一个大夫，这样家里既有大夫又有护士，可以少往医院里跑。

"她为什么要当护士，你明白了吗？"谭欢说，"所以我才敢说给你做媒；但我要先提醒你，我妹妹可是个机灵鬼！"

一九六六年谭欢和古一迪已完成了学业，由于社会动荡未能如期毕业分配。一年过去了，谭欢的母亲把兄妹俩和准儿媳、准女婿叫到家讨论他们的婚事，母亲最后说："你们都老大不小了，别再等了！趁我身体还好，选个好日子把你们的婚事一块儿办了吧。好在咱家还有这几间房，你们一家一间。"

非常时期，谭欢和同学佟彤、古一迪和谭笑从简办了婚事，古一迪在北京也算有了家。

新婚之夜，古一迪紧紧抱着新娘子，美滋滋地从睡梦中醒来，睁开眼一看天还没亮，接着又迷迷糊糊进入梦乡。

古一迪和谭欢佟彤夫妇毕业分配各奔东西，只有谭笑一人在家背着母亲独自落泪。

"古医生，你的信！"古一迪从同事手里接过谭笑的信急忙拆开阅读。啊！我快有儿子了！问人生，得意几何时，此时矣！妻子有孕时时激励着他，工作中掩饰不住喜不自胜的情怀。约莫又过了八个月，古一迪拿着"即将临产速归笑"的电报焦急踱步，他工作还不满一年不能随意探家，这是规定！

产房外焦急等待的是母亲和同事薄红颜，谭笑熬过了五十六天的产假该上班了，正好赶上母亲放暑假，新生命古儿暂由母亲看护。薄红颜见了谭笑说:"我就说这古一迪,这么大的事儿,他就不能请个假回来看看你?"

"当初谁能料得到是这样啊,埋怨又有什么用!"谭笑叹了一口气说。

"阿姨的课虽然不多,可是她身体不好,她帮你带孩子不是长久之计。"薄红颜说,"我看这事儿你得早拿主意,听说咱们医院的幼儿室还不错,喂奶也方便,赶紧写申请吧!"

古一迪好容易盼来了探亲假,先直接到天津拜见父母,当天又赶到北京与谭笑相聚。古一迪第一次看见儿子古儿已经三个月大了,他开心地把儿子抱起来摇摆着说:"乖儿子,要好好感谢妈妈!"

谭笑说:"你走了家里的事儿什么也不管,要不是我的好姐妹薄红颜夫妇俩的无私帮助,这日子不知会搞得有多狼狈。"

古一迪把儿子放下,紧紧地抱住谭笑吻了吻她的额头:"亲爱的笑,你太苦了!可是我没办法,我对不起你!"说完,古一迪把一年的积蓄塞进了谭笑的衣袋。

谭笑把面颊贴在丈夫的胸口里只有泪水,没有语言。听说古一迪回来了,薄红颜和丈夫裴亦成一起过来看望。薄红颜直言:"古大夫,我说话你别不爱听,你两袖一甩倒挺轻松,谭笑怎么办?你得赶紧想办法呀!"

古一迪低声说:"我很惭愧!听谭笑说你们俩给她帮了大忙,我先谢谢你们!"

"我们是好姐妹,用不着谢!"薄红颜爽快说,"快想办法,不能老这样下去!"

话说得没错,不能长此下去,可是古一迪又有什么办法可想啊!

古儿放在医院幼儿室，由姥姥帮忙带到周岁，因健康原因无能为力继续下去，不得不送进托儿所，但每天都得接回家。薄红颜一直都在帮助谭笑，如果赶上谭笑值夜班，薄红颜就把古儿接到自己家，第二天早上再交给她。

直到古儿四岁多，谭笑不得不找一家全托幼儿园，每周六接出来一次。这个周六薄红颜值小夜班，接班前对丈夫说："古儿的爸爸不在身边，谭笑一个人太苦了。今天你去替她接一下古儿，让她少跑些路还能早些见到儿子，早点儿回家。"裴亦成按妻子的嘱托，把古儿送到谭笑手里，谭笑不好意思说："除了麻烦红颜还麻烦你，谢谢裴大夫！"

"别这么说，是红颜嘱咐我的。快早点儿回家吧！"

谭笑带着深深的谢意领着古儿回家了。因入住全托幼儿园还不大适应，古儿不久就得了肺炎住院。世间的事往往就是这样，屋漏偏逢连夜雨，船迟又遇打头风。薄红颜对裴亦成说："你说这事儿，老天爷专找谭笑的麻烦，无论如何你也得想办法尽快把古儿治好，这样才对得起我的好姐妹！"

裴亦成说："这次古儿的病比较重，但是你告诉谭笑请她放心，古儿的床由我管，我会尽全力的。"

护士工作三班倒，总是东跑西颠忙个不停，薄红颜的高血压一直控制不好，一年来总算基本稳定了；三十有余的她渴望成为完整的女人，恳请丈夫同意，终于身怀六甲。不料，五个月时血压骤然升高，全身浮肿，诊断为妊娠中毒症。妇产科医生和裴亦成建议她终止妊娠，可是她宁死不从，结果酿成高血压肾病、肾功能衰竭，生命危在旦夕。薄红颜对守在身边的丈夫说："亦成，我没给你生下一儿半女，对不起你！别的事我不想不多说了，有一件事求你照办，我和谭笑在卫校上学时就是最好的姐妹，她现在太苦了，你要尽力替我帮助她关心她……"

薄红颜没有挺过孕育的大关，还没有见过天日的孩子也随她一起而去……

裴亦成按照妻子临终前的嘱托，一如既往默默地帮助谭笑。如果谭笑周六值夜班，裴亦成就把古儿接到自己家，周日清晨把他带到医院门口等谭笑下班。如果谭笑周六没有夜班，裴亦成就把古儿接出来，等下班时交给她，这样她可以少跑些路，省出一点时间。

周六下班了，裴亦成第一件事是就直接到幼儿园去接古儿。今天裴亦成牵着古儿的手走出幼儿园，见古儿一声不语，于是低声问："怎么今天古儿不高兴？"

"他们都说我没有爸爸，"古儿抬头问，"裴叔叔，我有爸爸吗？他在哪儿？为什么他老不来接我？"

"嗬，一大串问题！"裴亦成说，"小朋友不了解情况，别听他们乱说，你爸爸在外地工作，离这儿好远好远，所以不能来接你。"

"爸爸为什么在好远好远的地方？"古儿不解地问，"爸爸为什么不跟妈妈在一起？"

裴亦成不知怎么回答，他说："古儿，你还小，你不懂。"

"您是大人，您知道就告诉我！我认识爸爸吗？"

"认识，你当然认识！只是见面时间比较少而已。"裴亦成尽量解答古儿的问题。

"您认识我爸爸吗？"古儿继续追问，"他长得像我吗？您要是我爸爸就好了！今天回去我就跟妈妈说，让您给我当爸爸！"

裴亦成把古儿带到医院门口默默等谭笑出来，怎么下班时间已过还不见她的人影？传达室工友见裴亦成在门口徘徊说："裴大夫是在等小谭吧？她已经回家了！"

　　得知谭笑已经回家，裴亦成只好把古儿送到家里，走进谭笑的家门，见她正忙着做饭，裴亦成说："我说怎么在医院门口左等右等见不着你呢。好了，把古儿交给你，我走了！"

　　谭笑说："好长时间没给我妈做一顿像样的饭菜了，今天该打牙祭了，抓空改善改善。反正你回家就一个人，干脆就在这儿吃了饭再走吧！"

　　"你已经够忙活的了，怎么忍心再打扰你？"裴亦成不好意思说。

　　"看你说哪儿的话，你跟红颜一直都在帮我，我都没说过什么，你还跟我客气！"话说到这儿，谭笑停了一下见裴亦成有些不自在，"哦，我怎么提起红颜来了，抱歉！"

　　"没关系，她已经走了一年多。"他补充说，"是她叮嘱我要好好关心你帮助你的！"

　　谭笑说："她是我最好的姐妹，我也挺想她。好了，不说她了，你就在这儿吃了再走吧。"

　　古儿睁大眼睛听着妈妈和裴叔叔对话，这时接着谭笑的话说："叔叔，您就别走了，干脆就住在我们家算了，跟我们一起睡！"

　　听了古儿的话，谭笑和裴亦成突然愣住了，古儿见他俩的表情有些尴尬说："妈妈，我说错了吗？让叔叔跟咱们睡在一起不好吗？叔叔答应我，今天您不走了，我不让您走，我还想听您讲故事呢！"

　　谈笑无言，转过身接着做饭，裴亦成把古儿拢过来低头不语。

　　古一迪一年一度的探亲假，似乎感觉谭笑对自己的热度大减，煎熬长达一年时间，好不容易才相聚怎么会表现冷淡呢？他困惑不解，是自己对不起妻子，难道她……时移世易，如此长期分居下去怕会生变吧？古一迪不敢往下想了，他下定决心，拼命也得改变现状！

经过几年艰苦奋战，无论如何进北京天津是绝无可能的。千里之外的古一迪最终调到了距京津都不算太远的白河县，如果没有特殊情况发生，每个月都能与妻儿团聚两三天。接触多了一些，已经快满六岁的古儿渐渐与父亲熟悉了。

这天，古一迪到幼儿园接古儿，古一迪蹲在地上拉起儿子的双手问："古儿，想爸爸了吗？"

"我想爸爸，可是您老不在家，也不管我和妈妈。裴叔叔对我和妈妈很关心，每次都是裴叔叔来接我，我就把他当爸爸，让他跟我和妈妈一起睡……"

听了儿子的话，古一迪竟然不知所措，一把把儿子抱在怀里痛苦地说："对不起儿子，爸爸对不起你，也对不起妈妈……"

"爸爸，您怎么哭了？是哪儿不舒服吗？"古儿伸出小手给爸爸擦去眼泪，"您要不舒服，我带您去医院，妈妈和裴叔叔都在医院上班！"

古一迪一把抱起儿子，使劲亲他的脸："儿子，乖儿子！爸爸爱你，也爱妈妈！我对不起你们，对不起你和妈妈！"

男儿有泪不轻弹，只因未到伤心处。古一迪在似梦非梦中，把与谭笑成为夫妻的前前后后发生的事像过电影一样在脑海里演绎了一遍，从悲戚中醒来，迎接新的一天。

12　梅开二度同欢庆　戏弄卑人作笑谈

汪家炎对苏欣然问题上的失败很不甘心，又弄巧成拙地设计了单身宿舍搬家的闹剧，惹起一场小小的风波。不仅预想的目的未能实现，反而对古一迪和苏欣然的关系上起了推波助澜的作用，纠结在家庭问题中的古一迪决心与苏欣然结合重组新家庭。

下班了，人们纷纷走出病房，楚骧良把古一迪拦住了说："先别走，我有话要问你。听说你和苏大夫的事儿搞定了，什么时候吃喜糖啊？"

"主任，我正要找您商量这事儿呢。"古一迪试探说，"我想请您给我们主持婚礼行吗！"

"让我主持婚礼？当然可以了，没问题！"楚骧良说，"你可真沉得住气，怎么不早告诉我？准备什么时候办？"

古一迪说："时间嘛及早不及晚；我查了一下，下星期六是农历七月初七，就安排在晚上；把内外科可能来的人都请上，大伙凑在一块儿热闹热闹。"

楚骧良说："看来你早就胸有成竹了，可是哪儿有在晚上举行婚礼的呀？"

"哎呀您也知道，我们俩都不是第一次了，还讲究那么多干吗？"古一迪说，"白天大伙都上班不方便，晚上时间比较宽裕。您说是下班以后把人留下好啊，还是等大伙吃完晚饭再回来好啊？"

楚骧良说:"只要你们俩不讲究,我看怎么都行!"

古一迪说:"要我说干脆晚一点儿,免得时间太仓促。反正大伙住得都不算远,就吃完饭再跑一趟,您看怎么样?"

楚骧良说:"好啊!明天晨会完了,我替你向大伙正式宣布!"

"谢谢主任!"古一迪摇了摇头狡黠地笑笑说,"还有一件事得跟您一起好好策划一下。"

"鬼滑头,什么事儿这么神秘?说吧!"楚骧良说。

古一迪说:"有的事谁都不知道,我只能跟您一个人说。"他放低了声音,在楚骧良耳边咕哝了一阵子。

楚骧良听了吃惊地说:"啊?!竟然还有这种事!这个汪家炎太不像话了,他怎么能这样呢?真是人不可貌相!"

"所以我想跟您商量一下这婚礼怎么办好。"

古一迪又贴近楚骧良的耳朵小声咕哝了一阵儿,楚骧良听了频频点头说:"好,你这招儿可够绝的,就照你说的办,是得给他点儿颜色看看,让他头脑清醒清醒!"

古一迪和楚骧良商量好婚礼的程序,俩人直奔汪家炎办公室走来,正好与准备回家的汪家炎迎面相逢。楚骧良说:"老汪先别走,我们正要找你呢,有件重要事想跟你商量一下。"

"啥事啊?"汪家炎回身又把办公室的门打开,"进来说,你们坐!"

楚骧良说:"事情是这样儿的,古大夫不好意思跟你说,他和苏欣然的事都准备好了,想请你给他们主持结婚典礼!"

几天前就听有人议论说古一迪要和苏欣然准备结婚的事,汪家炎正在琢磨这件事,没想到这事发展得这么快,更没想到会请他做婚礼主持人,他知道自己根本没法出面做这件事,于是推辞说:"我哪儿有工夫参加呀，有你就行了！"

楚骧良说："你想啊，新郎新娘分别在内外两个大科，人数占全院的三分之二还多，我觉得你是咱们医院最重要的领导人，你当主持人是最合适的人选！时间安排在下星期六晚上，你肯定有时间。人家是特地来请你的，你怎么好推辞啊！"

古一迪说："是啊汪院长，这事儿非您莫属，我跟苏欣然诚心诚意特地来邀请您，您就赏个脸吧！"

汪家炎心里直打鼓，心想，古一迪这个臭小子唱的是哪一出啊？肯定没憋好屁！可是面对这种情景他再也没话可说了，于是勉强答应说："那好吧，我去就是了。可是，这婚礼还是由楚主任来主持吧！"

楚骧良说："好说好说，咱们两个共同主持！今天咱们说好了，到时候我来请你！"

七月初七晚上，会议室里挤满了人。古一迪一眼看见站在人群里的尹鸿斌，赶紧过去和他握手说："尹大夫您也来了，欢迎您！您家离这儿最远，谢谢您赏光！"

尹鸿斌说："你是医院里的活宝我能不来嘛！再说了苏大夫是我们内科的，我们是娘家人！你真够可以的，把场面弄得这么热闹，望尘莫及，祝贺你大喜！"

古一迪给尹鸿斌深深鞠了一躬说："谢谢,谢谢您！同喜,同喜！"

楚骧良在喧闹声中说："各位，各位请安静！古大夫和苏大夫的婚礼马上举行。我先说明一下，本来他们的婚礼是请汪院长主持的，可汪院长他太客气，非得让我来主持，他给我做后盾助威，恭敬不如从命，我就不推辞了。今天婚礼的程式很简单，一会儿由新郎和新娘亲自把喜糖送到每个人手里，每个人当着新郎新娘的面至少得吃一块儿，让我们大伙共同祝贺他们新婚大喜，甜甜蜜蜜好不好！"

人们齐声欢呼："好！祝新郎新娘新婚大喜，甜甜蜜蜜！"

古一迪和苏欣然站起来给大伙鞠了一躬，古一迪说："谢谢！谢谢大家！"

楚骧良说："好，谢谢大家！现在我给大伙提一个问题好不好？"

有人高声回答："好！"

"干吗给我们提问题呀，应该给新郎新娘提问题！"有人对楚骧良的主张提出异议。

楚骧良说："你说得太对了，我赞同你的意见！可是你先别着急，还不到给他们提问题的时候哪！我先问问大伙，今天是什么日子？"

"这还用问，七月初七牛郎织女鹊桥相会的日子，是古大夫和苏大夫新婚大喜的日子！"一个人大声说。

楚骧良故意问大伙又自己回答说："大伙说他答得对吗？答对了，一会儿有奖！今天我们借用牛郎织女的鹊桥，让古大夫和苏大夫来相会，大伙一起来祝贺他们相会！"在人们的掌声中他接着说，"不过咱们得提醒他们俩，相会以后赶紧走下鹊桥回家把门关好，别跟牛郎和织女似的，王母娘娘总盯着他们，只让他们一年见上一面马上就分开。"他看了看新郎和新娘，"你们的大红花咋还没戴上？现在请新郎新娘互戴大红花！"

古一迪和苏欣然拿起大红花分别戴在对方的胸前，楚骧良看着两位新人戴好了说："好，现在该满足刚才那位了，给新人提问题！哎，别着急，还是我先提吧。古一迪，你好好跟大伙交代一下，你是用什么花招儿把苏大夫给弄到手的？"他转过身面向大伙，"我提的问题怎么样？"

"提得好，提得好，让古大夫交代！"会场上一片掌声和欢呼声……

古一迪说："好好好，我交代，我老实交代！像我这么老实的人能有什么花招儿啊！"古一迪一开口，又是一片掌声和欢呼声。他瞟了汪家炎一眼说，"其实，我跟苏欣然的事是汪院长给撮合的；我们俩能有今天，一切都归功于咱们敬爱的汪院长！"他走到汪家炎的面前躬身说，"汪院长，我说得没错吧？"

听了古一迪的问话，坐在一边的汪家炎尴尬得不知如何是好。欢呼中的人们都感到莫名其妙，纷纷交头接耳低声议论起来。

尹鸿斌对王大宬说："怎么是汪院长给撮合的？听说古一迪还顶撞过他好几次呢，到底怎么回事？"

王大宬说："古一迪是个精明透顶的人，谁知道他的葫芦里卖的什么药，也许这件事的背后藏着什么隐情吧！"

旁边的人小声说："哎，你看！汪院长的表情怎么那么难看哪，是哭啊还是笑啊……"

另一个人说："你看，他没事儿总在脸上摸来摸去的干吗？"然后大声喊，"嗨古大夫！别含糊其词啊，把事情的原委交代清楚！"

古一迪说："我说得还不够清楚？看来你对我们还挺关心。本来嘛，我们俩的事儿苏欣然是坚决不同意的，她根本就看不上我！后来这件事不知道怎么让汪院长知道了，他就反复找苏欣然谈话，苦口婆心地跟她说嫁给我的好处，甚至还给她施加压力，迫使她不得不同意嫁给我了。你说，我们俩成了一家人是不是汪院长的功劳啊？汪院长的功劳大大的！我们得好好感谢他！"他拉起了苏欣然的手接着说，"欣然！我说得对不对？咱们是不是该给德高望重的汪院长鞠个躬啊！"

古一迪的这一招儿是苏欣然没有料到的,她怎么可能给汪家炎鞠躬呢?她心里很清楚,古一迪想借这个机会羞辱汪家炎。想到这儿,她打圆场说:"你今天怎么了?还没喝酒就发起酒疯来了!"

"因为我高兴,我实在太高兴了!"古一迪又一次面对汪家炎,"汪院长,我太高兴了,您说是不是?"

说完,古一迪转身从桌子上拿起两大包喜糖,递给苏欣然一包说:"你从右往左边发,我从左往右边发,咱们向中间靠拢。每个人都得发到了一个也不能漏!"说完,他首先走到汪家炎跟前,一边把喜糖分给汪家炎身边的人一边喊,"各位吃喜糖!请吃喜糖!"当他走到尹鸿斌面前时一边分发喜糖一边喊,"尹大夫,谢谢您吃喜糖!"

近处的人都发过了,又抓起喜糖向后面的人们手里递,然后又一把一把地扔过去:"哎,谁还没接着,喜糖每个人都得吃啊,没接着的人说一声儿……"

人们接到喜糖纷纷说:"谢谢!祝你们新婚大喜,幸福甜蜜!"

"同喜!同喜!"古一迪频频给大伙鞠躬,然后对楚骧良大声说:"谢谢主任为我们主持婚礼!喜糖吃了没有?甜不甜哪?"

"你客气啥呀!"楚骧良对古一迪使劲挤了一下眼,"喜糖哪儿有不甜的,特别是你跟苏大夫的喜糖更甜!"

汪家炎早就听出来了,古一迪一直在旁敲侧击地讥讽他。七月初七的天气本来就很闷热,一肚子火气的汪家炎已经满身大汗,豆大的汗珠从脸上掉下来。古一迪看了看他,突然尖叫起来:"呦!汪院长您怎么出这么多汗哪!噢,我明白了,您没吃着喜糖吧?哎呀,可惜糖都发光了!怪我都怪我,怎么没发给汪院长啊!哎欣然,你那儿还有没有剩下的,有一两块儿就行!"

坐在汪家炎身边的添书迎把一切都看在眼里，虽然他不知道内情，可是汪家炎是他交往了几十年的同学，对他太了解了。汪家炎平日寡言少语，但蔫儿主意却多得很。在卫校期间他不过十几岁时就特别会奉承女孩子，可是没人愿意接近他，只有那又娇气又懒惰的万金钗对他还有那么一点点意思。马上就要毕业了，汪家炎没有别的选择，只好跟万金钗搭上了。尽管他对她百依百顺，但她并不那么可自己的心。近来，汪家炎似乎有些反常，是不是对苏欣然起了邪念，让古一迪抓住了什么把柄，借这个机会挖苦他、戏弄他，要他的难堪？古一迪的鬼花样儿多得很，汪家炎哪儿是他的对手？见古一迪把汪家炎弄得这么狼狈，添书迎不得不为老同学两肋插刀，于是站起来给汪家炎解围说："哎，古老弟，今儿不仅你高兴，大伙都为你们高兴！累了大半天，该入洞房了！楚主任，是不是该闹洞房去了？"

婚礼的程式是古一迪精心策划的，随着事态的进展又不断有新的发挥，楚骧良见古一迪的目的达到了，于是小声说："你做得可有点儿过头了啊！"接着给他使了一个眼色顺着添书迎的话说，"好了古一迪，今天你出尽了风头，表现得不错！添科长说得对，走吧，该入洞房去了！各位走啊，闹洞房去喽！"

"走，闹洞房去了，闹洞房去了！"人们一边欢呼一边离开会议室，纷纷往集体宿舍走去，一场别出心裁的闹剧式的婚礼在一片欢呼声中结束了。

古一迪恨透了汪家炎，要不是添书迎给他解围，还不定会闹成什么样子。几十年来，汪家炎第一次尝到了"无地自容"的滋味，要是脚底下有地缝，他真想钻进去。

人们散尽了，汪家炎坐在那儿愣了好长时间没动窝，然后先擦去了脸上的汗水，接着又不停地在脸上摸来摸去……

　　添书迎一直在旁边看着他，见他不自在的样子说："老汪，今儿你……"

　　突如其来的声音使汪家炎吃了一惊："啊？！是你……"

13　掠取职别悄暗算　谋求道义愤难平

这一年对不少人来说都是刻骨铭心的,已经停滞多年的职称晋升工作迟于北京两年也开始松动了。由于种种原因,此前大批人员从来没晋升过职称,这次是个难得的机会。虽然一个基层医院该晋升的人员不多,但牵涉面并不小,地区行署卫生局安排晋升工作分两步走。第一步是医士晋升医师(初晋初),第二步是初级医师晋升主治医师(初晋中)。

下班回来,汪家炎掩饰不住心中的喜悦对万金钗说:"晋升工作马上就要开始了,咱们工作都快三十年了这还是第一次。"

万金钗说:"真的?咱们的资格最老,怎么也得有咱们俩的份儿吧!"

汪家炎说:"晋升资格的认定有具体文件,个人一般不好左右,但在最后决定能不能晋升,单位的意见是最重要的参考依据,说白了就是自己的单位说了算。按文件规定,还有那该死的老乔!她跟咱们同期。我看咱们都快奔五十了,干脆连妇产科的云蒙元还有老添一共五个人,大伙一块上算了,免得节外生枝再生是非。特别是老乔,她歇斯底里要是再发作,对咱们可是特别不利!"

听了丈夫的话,显然万金钗并不满足,她说:"那你当了那么多年的院长也跟大伙一样就一点儿照顾都没有?"

老谋深算的汪家炎对这个问题早就策划好了,他说:"不一样!下一步还有初晋中,那才是关键哪!"他心里说,"那个不识好歹的苏欣然要是乖乖地从了我,这主治医师肯定有她的份儿,没想到她跟我来这一套!谁让她没有这个福分哪,想升主治医师?别妄想了!"

初晋初考试在县卫生局举行,考完试,乔玉环兴高采烈地来找王大宬说:"考试题就一个病例分析。是个风湿性心脏病心力衰竭的病人,保险没错,我们三个人的答案完全一样!"

听了乔玉环对病例的详细叙述,王大宬提出了疑问:"您刚才说病人皮肤有出血点,还有脾肿大?风湿性心脏病即使发生心衰也不应该有出血点,心衰可引起肝肿大,但一般不至于造成脾肿大。还有一些问题也不能仅用单纯的风心病心衰解释。"

听了王大宬的话,乔玉环收起了笑容说:"咋儿?答错了?!照你这么说我们三个人都答错了?!"

王大宬说:"不能说全答错了,但答得不够完全,有重要的遗漏。应该说是个在风心病的基础上得了'亚急性细菌性心内膜炎'的病例。在风心病二尖瓣瓣膜上的坠生物中附有大量细菌,坠生物脱落使细菌播散,致使心内膜发生感染,从而加重了心力衰竭;同时也使体循环动脉系统发生栓塞,以致出现皮肤出血点和脾脏肿大等表现。现在这种病例相对来说比较少见,所以往往被人忽视。"

初进初工作由县卫生局出面组织,请地区卫生局帮助出题考试和阅卷,能否晋升由卫生局报县委组织部审批。据说因为他们一直在基层工作、工龄已长达二十五六年、答对了心内膜炎原有的基础病是风湿性心脏病,考虑以上三点才决定让他们三个人一起过了考试关;妇产科云蒙元考试勉强及格也过关;医务科长添书迎因为脱离临床多年,虽然答题不着边际,但考虑同样的原因和汪家炎的点头同意的情况下也晋升为医师。初晋初工作很快顺利圆满结束,五个人皆大欢喜!

紧接着进行初晋中工作，安家坊地区招待所住满了备考人员，紧张浓重的气氛笼罩着不安的人群。其实，官方已经考虑到这批人员的年龄结构和身体情况，为了给予人们充足的放松时间，时程安排得十分宽裕。尽管如此，由于情绪高度紧张和激动，特别是有高血压和冠心病的人彻夜难眠。

参加考试的人最年轻的也得有四十岁，其中内科王大宬、苏欣然和尹鸿斌、儿科章绍岩，还有外科楚骧良、古一迪等人都在这支队伍里。几个人正在院子里散步，王大宬问楚骧良："怎么没见佟大夫？"

楚骧良说："别提了，昨天晚上来一个骨折的孩子叫她去看，她爱人骑车带着她往医院走，路不平又没有路灯，自行车一下子翻了把她右手摔骨折了！正在这个节骨眼儿上，该着她倒霉！"

人们正在闲聊，突然发现汪家炎居然也混在嘈杂的人群里，楚骧良指着他说："嗨，你们看！他怎么也来了？！是不是昨天就到了？"

"他也是来参加晋升考试的？！"王大宬感觉吃惊。

古一迪说："他连医师证书还没拿到手，不可能晋主治医！"

王大宬说："是不是还有'破格'的说法呀？"

楚骧良认真起来说："'破格'？你得做出突出贡献，手里得有真东西才行！"

一向少言寡语的章绍岩说："我说老楚，你可真是书生之见，要求有'突出贡献'，你得看是谁！"

古一迪说："照您这么说，那妇产科云蒙元能饶得了他吗？"

章绍岩说："只要汪家炎能来，肯定挡不住云蒙元。这是参加考试又不是决定晋升，这点儿小事儿老汪肯定有办法对付。"他指了指人群中的云蒙元，"哎，你们看，那是不是她？"

第二天业务考试的考场上,一个两鬓斑白的男考生突然痛苦地把手掌捂在胸口上,监考人见他的额头上冒出了汗珠,连忙走到他的面前说:"您是不是犯心绞痛了,带药了吗?"考生指了指上衣口袋,监考人急速帮他把硝酸甘油掏出来,取出一粒放到他的手心上,并协助他放进嘴里。几分钟过去了,他缓了缓做了几次深呼吸,再次拿起笔继续答题……

监考人加强了巡回,突然见一个女考生面色潮红,监考人走到她的旁边问:"您有什么不舒服?"

女考生没有说话,从口袋里掏出一粒药含在嘴里,过了几分钟突然趴在课桌上。

正在答题的一个男考生见此情况说:"她是我们医院的,平时有高血压,她刚才含的可能是'心痛定'。"

监考人对女考生说:"我扶您到医疗站看看吧!"

她没抬头,伸出一只手摇动了两下表示谢绝。十分钟过去了,她仍爬在书桌上。监考人摸了摸她的脉搏,然后急忙走出考场把场外的救护人员叫来,静静的考场突然发生骚动,人们把目光投向那位女考生。

监考人见考场秩序出现混乱,大声说:"请各位大夫保持安静,继续您自己的答题!这儿有救护人员,外边有救护车。"

救护人员测量了这位女考生的血压说:"200/140毫米汞柱!"

监考人说:"啊?这么高!把她抬到救护车上去吧?"

救护人员说:"等等,稍微等等,先注射一针'利血平'吧!"一边说一边把针剂利血平抽进了针管给女考生注射。

注射完了降压药,监考人说:"不知她家里跟人来了没有,是不是把家属叫来?"

女考生的同事说："她爱人是外科的,在外科考场。"

救护人员又听了听女考生的心脏、摸了摸脉搏,再次测量血压,然后对监考人说:"血压慢慢降下来了,180/120毫米汞柱。我看就别打扰她爱人了,免得再影响他的考试。再等一会儿,咱们把她扶出去。"

第三天是外语考试,监考人说:"各位大夫,下面我说一下注意事项。首先跟大家说清楚,这次考不好没关系,外语成绩仅供晋升的参考,所以不要紧张。但是,晋升后两年之内应补上这一课,把外语提高到应有的水平。第二,如果您答得快,也得等十五分钟以后再离开考场。第三,和其他考试一样不许交头接耳。第四,如果您不准备答题也要填写单位、签上自己的名字再交卷。也就是说,只要您进了这个考场、领了卷子,卷子上边的考生单位和姓名必须填写完善。"

汪家炎和王大戍的座位一前一后紧紧相邻。领了考卷,王大戍见汪家炎用手指在英文试卷上搓来搓去,过了一会儿,无奈地签下了自己的名字。他看了看表,又在卷子上搓了搓,最后把试卷交到了讲台上。汪家炎刚转身要走,监考人看了一下表说:"哎,您先别走,还不到十五分钟!"一边说一边扫视了一下考卷,见是一张白卷,又赶紧补充说:"哦,走吧,您可以走了!"汪家炎第一个灰溜溜地走出了考场。

考试结束了,参加考试的人们怀着不同的心态回到自己的单位耐心等候消息。办事效率不算慢,两周刚过,县卫生局人事科卢干事到医院宣布,全县共有两名大夫晋升为主治医师,一是外科的楚骧良,一个是内科的汪家炎。

消息火速传开,舆论哗然。宣布名单后,所有参加考试的人纷纷走进卫生局询问情况。卢干事负责一一接待来访人员,王大戍踏进了卢干事的办公室,卢干事说:"局长交代过了,只能谈本人不准打听别人的情况。"

王大宬说:"我干吗打听别人哪,就想了解我的考试成绩,我想知道我没能晋升的原因。"

卢干事支支吾吾不知所措,他没有直接回答。王大宬说:"怎么,别人的成绩我都知道,有人外语得零分对吧?成绩对本人还保密呀?"

卢干事沉默了一会儿小声说:"我实在挺为难,我说了您心里有数就行了,可不能让别人知道!您的业务考试成绩本县名列第一,英文成绩98分。就不说业务了,您的外语水平可够高的!"

王大宬说:"哎呀,你不知道!凭良心说,我英文水平属于下等,因为考题太浅了,只是把一篇英语短文译成约三百字左右的汉语,如果考卷反过来出题变成汉译英,我离交白卷恐怕也就不远了。好了,我知道了,谢谢你!"

每个人都了解了自己的情况,王大宬、苏欣然、尹鸿斌和外科古一迪不谋而合走到一起,议论起了汪家炎。王大宬说:"反正我知道他晋医师的病例分析勉勉强强过了关,就不知道晋主治他题答得怎么样。"

古一迪说:"先不说他业务考得怎么样,连英文有多少个字母他都不清楚!"

苏欣然说:"这倒是真的,你别看他处方常写'APC',但是这三个字母分别代表什么意思他都不知道。"

王大宬说:"这我倒相信,他英文考试交的是白卷!可是你们没听说吗?这次外语成绩仅供晋升参考!"

古一迪说:"仅供参考也得参考啊!"

尹鸿斌说:"谁弄得清楚什么叫参考!就说这种规定,真让人啼笑皆非!什么'晋升后两年之内应补上这一课,把外语提高到应有的水平。'这叫什么话？两年以后再考一次试？不过关还把职称再给拿下来？！什么逻辑呀！"

古一迪说："他当医师还不满一个月，咱们当医师已超过十五六年、二十多年。要说是'破格'，他拿什么破格啊？无论怎么解释，也没法理解他能晋升，咱们反倒不能晋升。"

王大宬心想，圣人说过，'人不可以无耻，无耻之耻，无耻矣。'没承想，在严肃的晋升问题上，汪家炎可算是无耻之尤了。他说，"不管怎么说，咱们是弱者，但我特别欣赏鲁迅先生的那句话：'横眉冷对千夫指，俯首甘为孺子牛。'对这种欺人太甚的做法谁服气呀？反正我不服！"

古一迪说："服气？干脆，咱们就来个破釜沉舟给地区卫生局写信！同时把信抄送《人民日报》《光明日报》《河北日报》！"

说干就干，没多一会儿信就写好了。"卫生局：我们是初晋中的参试人员，现在我们提两个问题。第一，晋升主治医师到底有没有标准，标准是什么？第二，晋升考试有没有用？如果有用，为什么不按考试成绩晋升？如果没用，为什么要那么多白发苍苍的人带病去参加考试？考试前没人通知让我们去陪绑！"

几个人看了简信的内容一致同意，于是四个人署上真名实姓和工作单位，四封信一起发了出去。

信发出去还不满一星期，县卫生局到医院宣布王大宬被批准晋升为主治医师。

晋升主治医师对每个人来说都是一宗特大事件，特别是家属在农村的人，更与切身利益息息相关；主治医师妻子儿女的户口可以"农转非"成为居民，借此彻底改变家人的身份地位和社会待遇。

家在农村的章绍岩晋升考试名落孙山，他情绪低落摇摇头说："没考好，我知道没考好。考题出得太偏了！"

章绍岩闷闷不乐埋头继续工作，楚骧良对他的窘境十分同情，于是对王大宬说："无论是章大夫的学历、资力还是业务能力都是汪家炎所不能及的，他都能晋升章大夫却不能，显然太不合乎常理了！"

原来，汪家炎晋升主治医师是他毛遂自荐由县医院'内定'的，全县内科就拟定他一人晋升。王大宬说："同意您的看法，我也觉得章大夫应该晋升，咱们是不是把他的情况向县委反映一下。"

楚骧良说："有道理，咱们俩一块儿去！"

经过两次调整工资工作，县委对县医院有了进一步了解，听了楚骧良和王大宬的反映后，县委组织部直接介入了晋升工作。时隔不久，卫生局又宣布章绍岩晋升为儿科主治医师。

第三次宣布主治医师的事轰动了全院，有关人员纷纷找卫生局"要"职称。妇产科云蒙元不仅找了局长还找了组织部，她说："我不跟别人比，就跟汪家炎比，他能连着晋升我为什么不能？只要讲出道理来让我心服口服就行，如果讲不出什么道理来，或者让我晋升，或者把他拿下来！"

组织部和卫生局长知道来者不善，又说不出以理服人的道道，于是反复研究了云蒙元的背景，经请示书记和县长又宣布妇产科云蒙元成为主治医师。

乔玉环眼盯着万金钗没有报名破格晋升，心里感觉还比较平衡。虽然乔玉环并没有因为汪家炎连续晋升的事再歇斯底里，但结果远没有汪家英原来所设计的那么理想，把职称晋升工作演绎成了一场荒唐的闹剧！

14　蝎心暗地施奸计　正气明枪斥诽言

汪家炎在苏欣然问题上未能遂心所愿，接着又在她的婚礼上受到戏弄丢尽了脸，不免积压了火气。这次虽然破格跳级成了主治医师，但晋升工作并没有按他设计的那样运行，郁闷的心理和火气没地方释放。在白河混了这么多年还没有惨到过这种地步，一怒之下又把苏欣然和王大宬调换到一起主管传染病。

苏欣然已彻底认清了汪家炎的真面目，虽然有了古一迪做靠山，但事事处处不敢有丝毫的懈怠。

一天，女病人吴敏香因肺结核咳血[注1]住院。处理完病人，王大宬将其丈夫张孝臣叫到医办室交代病情说："为了让你对病情了解得更清楚，我详细跟你说一下。目前肺结核分十型，吴敏香属于第八型，也就是慢性纤维空洞型。要想彻底治好肺结核是很难的，发展到这个阶段就更难治了。"

张孝臣心情沉重地说："王大夫，我早就听说您的技术高，今儿可巧碰见您。我刚二十几岁，还有两个孩子，家里离不开她。我家虽穷，但就是砸锅卖铁我也要给她治！"

王大宬说："你的心情我完全理解。我们会尽全力的！可是她两侧肺都有空洞，空洞外面有一层厚厚的壁，就像一堵墙，药再好、用药量再大也不容易起作用。肺结核咳血，说明病变已经浸润到血管，如果再发生大咯血预后很不理想，你一定要做最坏的思想准备！"

张孝臣不安地说:"王大夫,她家兄弟多,万一出啥事我可惹不起!我把她妈叫进来,您得把情况跟她说清楚!"

张孝臣把岳母带进办公室,王大成又把情况说了一遍,最后叮嘱说:"肺结核通过呼吸道传播,现在是传染性最强的时期,谁要来看她一定要戴口罩,最好不要让孩子接近她!另外还有一件事得提醒你们,她现在贫血很明显,必要的时候得给她输血。输血肯定有好处,但有少数人可能发生反应,她的体质这么差发生反应的可能性更大!都听清楚了?"

张孝臣点点头表示理解,然后对岳母说:"您听明白了?听说王大夫是咱们这儿的名医,难得碰见这么好的大夫!"

岳母抹抹眼泪说:"大夫,我就这么一个闺女……"

说完,张孝臣把岳母搀扶起来,王大成对张孝臣说:"稍等一下,请你在病历上签个字!"

这天,汪家炎听见敲门声,开门一看是两个陌生人,他说:"你们是……"

其中一个人说:"您是汪院长吧?我是吴敏香的兄弟,这是我姐夫。"

"吴敏香?干啥的?"汪家炎问。

"在这儿住院的肺结核病人。"陌生人说。

汪家炎问:"你们有啥事儿?"

陌生人说:"听说您是咱们白河的名医,想让您给我姐瞧瞧!"

因为开放性肺结核传染性极强,汪家炎从没进过这个房间,也没给结核病人查过房。今天有人来找他,他不得不应付说:"肺结核不难治,没啥可看的!你们先回去,我忙完了就来!"

周日，苏欣然值班，正在办公室翻阅病历，突然传来护士小文的喊叫声："苏大夫，快！吴敏香又咯血[注2]了！"

苏欣然放下手中的病历匆忙跑进病室对小文说："把床头放低，让病人侧卧！"查完了病人她问站在床边的两个人："你们谁是她的家属？"

"我是她男人，"张孝臣指了指身边的人，"这是她二兄弟。"

"一个人照看病人，一个人快跟我到办公室！"

苏欣然坐下来说："现在急需做两件事，第一，赶紧输液、准备输血。第二注射镇静、止血和强力镇咳药。"说着把开好了的处方交给张孝臣，"快去取药交给护士！"她站起来把红色处方交给小文，"先肌注可待因30毫克，我去院办室让张秘书叫后勤去找血源、通知化验室配血。"

经过紧急处理，病人平静下来，咳嗽减轻了。两个小时后，鲜血一滴一滴输入病人的血管。小文说："苏大夫，快到值班室歇会儿吧，有事我叫您！"

"看好病人，有什么情况赶快叫护士或直接找我！"苏欣然嘱咐完家属走出病室，一边走一边擦了擦额头上的汗，深深换了一口气。刚走进值班室，她突然想起了什么：啊！这么重的病人随时都有危险，怎么忘了叫汪家炎？想到这儿，她再一次跑到院办室对张秘书说："还得麻烦你，病人情况危重，快请汪院长看病人！"

后勤老张跑到汪家炎家，上气不接下气地说："汪院长，病人正在抢救，请您快去哪！"

"啥病人？"汪院长慢条斯理地问。

"一个肺结核咯血的病人，折腾大半天了刚输上血！"

"先去找王大宬，我随后就到！"汪家炎面无表情应付说。

王大宬闻讯赶来医办室急切地问："病人情况怎么样？"

苏欣然正埋头记录病程，她放下笔说："我让人去叫汪院长，你怎么来了？"

"老张说是汪院长叫我来的！"

苏欣然说："他怕传染，又是普通百姓，我知道他不会来！反正我通知他了，要不然又得鸡蛋里挑骨头！你来得正好，刚才我把那支可待因给用了，处方在小文那儿，你给签个字[注2]赶紧给补上！"

两人正在说话，突然传来了小文的喊声："苏大夫，吴敏香在发抖！"

"你看，防不胜防，输血反应！"苏欣然一边说着，两个人一起疾步走进病室。

苏欣然把水止[注3]拧紧，对小文说："氢考[注4]100毫克走小壶！"

小文急忙把抢救车推进病室，取一支"氢考"敲开后抽出100毫克拿到苏欣然眼前重复说："氢考100毫克走小壶！"

苏欣然看了一下点点头，小文把药液注入了输液管上的小壶。

三分钟后，病人抖动停止了。小文拿来体温计夹在病人的腋下。

王大宬把在场的家属都叫到走廊，对着张孝臣说："刚才病人的表现就是我跟你说过的输血反应。你们都看见了，刚才用了药，现在不发抖了。一会儿病人可能会发烧，也可能没事儿了。现在跟你们商量一下还没输完的血是不是继续输。继续输有两种可能，一种可能顺利把血输完，另一种可能就是再次发生输血反应，如果再发生反应就不能再输了。"

"要是不输完，那剩下的血咋办？"吴敏香二弟问。

苏欣然解释说:"剩下的就废了!"

病人二弟发火了:"你说得倒挺轻巧!为啥出现反应?这事儿谁负责?血是我们花钱买来的!"说完,他气哼哼地走了。

张孝臣赶紧表示歉意说:"他脾气不好,你们别往心里去!"又对岳母说,"回头您跟二兄弟好好说说,这不能怪人家大夫,那天王大夫把这些都跟咱们说清楚了。您看咱们接着输行不行?"

吴敏香母亲无奈地说:"那就输吧。大夫,我闺女就靠你们了!"

早交班,苏欣然把吴敏香的病情及抢救过程作了详细说明,人们为此都捏着一把汗。

交完班,吴敏香二弟突然闯进汪家炎的办公室,汪家炎吃了一惊。他惊慌地问:"你有啥事?哦,你是那个咯血病人的兄弟吧,咋急成这样子?"

"汪院长,昨儿个我姐的事儿你知道不知道?差一点儿死了!那个姓苏的大夫还说把血给废了!"吴敏香二弟大声嚷,"为啥发生反应?这事儿谁负责?你说咋解决?!"

汪家炎一听,知道他不是针对自己来的,紧缩着的心一下放松下来。交班时,病人的情况他都听说了,他说:"这性命关天的事儿当然大夫有责任,可这事儿你得跟苏大夫个人交涉,医院不承担责任。输血反应对病人是个严重的打击!她才二十几岁,要闹出人命来不就把好好的一个家给毁了吗!"他看了看来人的反应,"你也别生那么大气,虽说这事儿跟医院没啥关系,我还是以院长的名义向你道歉!"

"我就想弄清楚这笔账该找谁算,我知道了!"

汪家炎幸灾乐祸地说:"有话跟她好好说!不能弄得太过火!"

人常说,人要是倒霉喝凉水都塞牙!这天苏欣然和王大成查房刚回医办室，吴敏香突然再次咯血。他们又马上返回病室，因血痰窒息病人停止了呼吸。

王大宬叫来护士，几个人经过人工呼吸和注射呼吸兴奋药等措施奋力抢救，但最终没能挽回病人的生命。王大宬遗憾地对家属们说："呼吸心跳都停了，没有希望了。抓紧时间给她穿衣服吧，过一会儿送到太平间。"

张孝臣一边哭着呼叫妻子的名字一边拿出准备好的寿衣，对妻弟说："二兄弟，快帮我给你姐穿衣裳。"

妻弟大声吼叫起来："大老爷们儿哭啥？你给她穿，我去叫家里人！就让她在这儿躺着，谁也不准动！你要把她搬走回来我跟你没完！"

临近中午，吴敏香二弟搀扶着母亲，后边跟着一伙人一起来到病室，围在吴敏香的遗体旁连哭带叫乱作一团。

汪家炎听到声音，知道发生了什么事，乘人不注意悄悄溜走了。王大宬和苏欣然闻声赶紧走过去，还没来得及说话，吴敏香二弟指着苏欣然大声喊："就是这个臭娘们儿，老三打她丫头养的！"

随着一声喊，几个人向苏欣然扑过来又抓又打。王大宬对苏欣然说："你快走！"他一边抵挡一边大声说："同志们，同志们！不能这样，不能这样！"

张孝臣使劲拉住妻弟劝说："二兄弟，二兄弟别介，别介！"

妻弟用力甩开姐夫怒斥说："滚开！回头再跟你算账！"见苏欣然已经离开，他高喊："走得了和尚走不了庙，我绝饶不了那个臭娘们儿！"

张孝臣赶紧走到岳母跟前急着说："您快跟二兄弟说说，别让他这样！"

"老二，别闹了！"母亲抹了抹眼泪说，"听王大夫咋说！"

听了母亲的话，老二停止了闹腾，其他人也都安静下来。

"同志们，请听我说！"王大成努力使自己镇静下来，"病人不幸故去，我们做大夫的心里也不好受，希望大伙冷静对待这件事。苏大夫在治疗和抢救工作中没有什么地方不对，你们不该这样对待她！"

"咋没有不对的地方？"二弟质问说，"输血反应就是她的责任！"

王大成说："输血反应的原因很多，实事求是地说，跟苏大夫没关系！如果不是苏大夫值班，换了我给她输血，照样会发生反应！"

"你甭替她说好话，汪院长都说大夫有责任，你咋说跟大夫没关系？"二弟理直气壮，"输血反应对我姐身体是个严重打击，要没有这事儿她还死不了哪！"

听了他的话，王大成感到惊讶，看来这事的背后好像有问题，我再说什么他也听不进去。这事本来应该由院长、主任和护士长出面解决。想到这儿，他出来找护士长说："护士长，你看这乱哄哄的得快想办法解决！"

护士长焦急地说："我有啥办法，金主任夜班，找汪院长又不在……"

王大成说："马上就该开饭了，同病室的病人还在走廊待着哪！看看领导谁在，要不就去找医务科添科长？"

添书迎跟护士长一起来到病房，护士长对室内的人说："这是我们医务科添科长！"

二弟不屑一顾地说："好啊！科长，你有啥说的？"

添书迎看了看病人二弟说："我跟大伙说几句。这位老弟，病人故去也是我们不愿意看到,可是她已经走了,该见面的亲人也都见了,尸体在这儿放着也没啥意义,咱们还是抓时间把她送太平间吧!"

二弟叱责说:"那不行!你得跟我们说清楚,这输血反应到底咋解决?"

添书迎说:"老弟,输血反应是常见的,跟大夫没啥关系。"

二弟气哼哼说:"汪院长都说大夫有责任,你根据啥说跟大夫没关系!"

添书迎突然愣了,心想,这个老汪怎么能跟病人家属随便乱说呀?看来他跟古一迪和苏欣然结了仇。老汪,这就是你的不是了,再怎么也不该用病人对付他们!想到这儿,老练的添书迎和蔼地说:"退一万步说,就算是大夫有责任,等调查清楚了该怎么处理就怎么处理,我们绝不会包庇她!再说了,你们有意见可以向上级反映,通过正常渠道解决问题,不能这样弄!你们看看,这屋里别的病人还在外边待着呢,他们也是来住院看病的,咱们咋能影响人家呢?"

听到吵叫声,其他病人家属纷纷从各病室出来,二弟见看热闹的人越来越多更来劲了,不依不饶说:"你就是说出大天来,也得等我们跟那个姓苏的算清了账再说!"

添书迎说:"老弟,我劝你别这样!你一定要这样我就没法管了!咱们可有治安条例,你们干扰医院的正常秩序,我只好叫公安局来解决了!"

张孝臣对妻弟说:"二兄弟,咱们……"

二弟嚷道:"尿蛋包,你怕啥?让他叫去!吓唬谁呀?"

"别再费口舌了,咱们走吧!"添书迎一边小声对护士长说一边走出病室,"这小子软硬不吃!看来不是个省油灯。"

护士长见同病室的另外几个病人还在走廊坐着,于是对添书迎说:"这几个病人还在这儿,您看咋办?"

添书迎说:"尽量给他们腾出个房间先住进去,怎么也不能让人家在外边待着!等汪院长回来再商量下一步咋办。谁让咱们碰上这么一块浑不讲理的料?哎,告诉苏欣然暂时躲躲吧,我看这小子是不要命的主儿,别再闹出啥事来!"

下午快下班了,汪家炎来到院办室,张秘书说:"您可回来了,添科长一直在等您!"

隔壁的添书迎听到动静赶紧过来说:"老汪,你到哪儿去了?那个结核咯血的病人死了,家属大闹病房!"

"大闹病房?"汪家炎假装糊涂地问,"为啥?"

添书迎说:"死者弟弟说他姐的死跟输血反应有关,要找苏欣然算账!尸体到现在还不让人动,影响同病室病人的治疗。我劝解了半天也没用,你再去看看吧!"

听了添书迎的话,汪家炎知道他暗地发出去的信号准确无误地射中了苏欣然,这一下可以让她名声扫地了。他说:"人刚二十几岁就死了,家属一下子接受不了也难怪。这事儿你都处理过了,我再去还有啥用!"

添书迎试探着说:"我看那是个浑小子,不行只好找公安局了!"

"你说咋办就咋办!"汪家炎表示同意。

晚上添书迎和护士长陪着两名公安干警来到死者的病室。人们大都离去,只有张孝臣及其妻弟躺在别人的病床上。见公安局来了人,他俩急忙起身下了床。

"你们谁是死者家属?"年长警官问。

"怎么了，你啥意思？"妻弟说。

警官说："没啥意思，死者的尸体不能老放在病房，这是卫生部门的规定！护士长，马上叫人把死者送太平间！"

"等等！我有话说！"妻弟大声说，"要送太平间可以，得先让那个姓苏的娘们儿答应给我姐披麻戴孝、磕响头！"

护士长和后勤老张把运尸体的平车推进屋，年长警官对年轻警官说："去再叫两个人来，把他带到局里说话！"

"是！"年轻警官应了一声走出病室。

张孝臣拦住妻弟："同志，别介！他姐死了他难过，心里不痛快！护士长，您慢点儿搬，别吓着她……"

晚上，汪家炎怎么也睡不着，他乐此不疲地策划着下一步……

两天后，汪家炎主持科会，讨论吴敏香输血反应和死亡问题。他说："前两天咯血病人意外死亡的事大伙都知道，甚至请公安局出面才得到解决，事情造成恶劣影响！因为涉及到某些人，今天召集大伙讨论一下咱们工作上究竟存在哪些问题？好，谁先说？"

汪家炎的开场白说完了，会场死一般的沉寂。苏欣然默默坐在一个角落，胸部随着呼吸一起一伏地活动，其他人都埋头不语。这种情况下，汪家炎一般会点名让金千强按他的旨意发言，可是金千强外出进修去了，没人给他捧场，汪家炎说："咋没人发言？大家畅所欲言，有则改之无则加勉嘛！"

这时王大成已经按捺不住了，他说："病人是我收的，从入院到死亡整个过程我都清楚，我没发现有什么不妥的地方。现在的主要问题是病人家属咬住输血反应不放。发热反应是输血反应中常见的，由致热源引起。致热源来自各种渠道，应该寻找原因，但哪个大夫也不会制造致热源。今天是你，明天可能就是我，谁也不敢保证自己永远碰不到输血反应。发热反应谁都会处理，苏大夫处理得没有什么不妥。"

听了王大宬的发言，苏欣然热泪一涌而出，压抑的情绪一下子释放出来。见没别人发言，王大宬接着说，"对这病人，也不能说我们一点儿责任都没有。空洞型结核是怎么来的？是因为开始治疗不彻底，反复发作慢慢演变来的。病人来咱们医院治疗过几次，最长的一次治疗不过两个月，如果当初治疗彻底，结果可能就不是今天这样。由于各种原因病人不遵医嘱是另一个问题，但对病人强调严格按疗程治疗是我们大夫的责任。"

人们都抬起了头，目不转睛地望着王大宬。他接着说："我现在有个疑问，死者的弟弟显得那么凶，是因为汪院长跟他说输血反应是苏大夫的责任，还说死亡跟输血反应有关……"

汪家炎激灵一下子睁大了眼问："你说啥？"

王大宬说："您别着急！我想，汪院长工作了几十年，不可能这点儿基本常识都没有，家属肯定是拉大旗作虎皮，想利用汪院长在白河的威望吓唬人！如果真像他说的那样，汪院长岂不是在有意识鼓动病人家属闹事吗？不可能！谁家死了人不难过？可是这个人是有意识闹事，口口声声说找苏大夫算账，甚至还说要让苏大夫给他姐披麻戴孝、磕响头！不仅影响恶劣，对苏大夫也是个严重打击。所以我建议，过一段时间把他找来当众给苏大夫赔礼道歉挽回名誉！"

苏欣然用手帕捂住嘴哭得泣不成声……

汪家炎精神紧张起来，他擦了擦额头上的汗说："这个家属，闹得有点儿过头了，是够可恨的！今天苏大夫就在这儿，大伙知道就行了，我看赔礼道歉的事就算了！"他的脸一阵儿红一阵儿白，努力使自己平静下来,"我来白河三十几年了,知道确实有个别人就跟那个家属似的坏得很,咱们就别再招惹他了!"

王大宬说:"汪院长的话给咱们敲响了警钟!虽然黑心肠的人很少,但要时刻警惕!人们常说大夫一脚在医院一脚在法院。如果遇到恶人,轻的让咱们遭受侮辱,重的咱们的两只脚就都到法院里去了!"

汪家炎本想借科会把苏欣然搞臭,没料到搬起石头砸了自己的脚,汪家炎的得意劲儿一扫而光……

注释1:咳血,即咳痰中带有血丝,血量很少。肺结核病咳血中带有结核杆菌,咳嗽时排放细菌。

注释2:咯血,即咳出的全部是血,比咳血的出血量大。

注释3:可待因是麻醉药品,主治医以上人员或指定医生才有处方权。

注释4:夹在输液吊瓶下边的胶皮管子外面的小物件,用来调控输液的速度。

注释5:"氢考"即"氢化考地松",一种常用激素。

15　学识浅显遮羞脸　蛮横无理龌龊心

王大宬接完夜班正在常规巡视病人，走进一间病室，见值班护士正在接待病人。王大宬问："怎么？来新病人了？"

"刚来的，我正要叫您去呢。"护士说，"这孩子十七岁，是汪院长让来的，说是胃溃疡。"

王大宬简要了解一下病史，给病人做了检查，对身边的病人母亲说："我看他不像胃溃疡，很可能是急性阑尾炎，我建议您去住外科。"

病人母亲说："孩子说他心口窝疼，汪院长说是胃溃疡。"

王大宬说："胃溃疡和阑尾炎都有心口疼，有时候疼得特别相似一时不好分辨，但发病过程不一样，疼的规律也不一样。"

病人母亲说："汪院长也这么说，可是他说阑尾炎应该发烧，这孩子一直没发烧。"

王大宬耐心说："绝大多数阑尾炎都发烧，但个别人可以不发烧，或发烧不明显。您要愿意在内科住，我就把他收下，但我先跟您说清楚，阑尾炎拖得时间长了有可能造成穿孔，到时候不仅病情加重，手术做起来也麻烦得多。他才十七岁，穿孔以后再做手术将来肠粘连的可能性大大增加。您抓紧时间决定，是住内科还是去住外科。"

病人的母亲感到左右为难，她说："住哪个科由大夫说了算，怎么能让我们自己决定？"

"您说得对，住哪个科应该大夫说了算！"王大宬说，"我的意见已经跟你说过了，应该住外科。"

她说："汪院长让我们住内科，你让我们住外科，到底让我们听谁的呀？"

王大宬说："至于听谁的就看您自己了，所以我才征求您的意见，您要听我的您就住外科，您要听汪院长的您就住内科。这孩子病情挺重的，不能再拖时间了！"

病人的母亲对身边一个十几岁的孩子说："去把你爸找来，快去！"然后对王大宬说："那就先住内科治吧！"

王大成耐心解释地说："我说这位大姐，怎么说您才明白呀。您要住内科按胃溃疡治疗，住外科按阑尾炎治疗，完全是两回事！当然内科也可以给他用抗生素，可是就目前的情况看恐怕控制不了他的病情！"他看了看家长怀疑的神情，没有再解释什么，赶紧开好了临时医嘱，开通了静脉、用大量青霉素抗炎、肌肉注射阿托品止痛，并请外科紧急会诊。

楚骧良应邀急会诊，检查完了病人说："赶快转外科、直接送手术室马上手术！"

楚主任亲自操刀手术，剖开右下腹，见除了阑尾病变外，还发现盲肠起始部呈暗紫色，周围还有少量脓液，他说："快，先试用温盐水纱布敷五分钟观察看看，看来这段肠管恐怕很难保住了。"

经盐水纱布温敷五六分钟，局部肠管颜色未能恢复正常，楚主任说："只好跟阑尾一起切除做回盲肠吻合[注1]了！"

病人进入手术室，父母饿着肚子焦急地在手术外等候。做完手术安排好病床，天已经很黑了。楚主任把病人的父母叫到医办室交待病情说："孩子得的是急性化脓性阑尾炎没及时治疗，结果造成阑尾周围脓肿，炎症进一步扩散使回盲部溃烂坏死。如果炎症控制不住进一步扩散蔓延，很可能会造成'菌血症'乃至'败血症'，现在得用大量抗生素进行预防。手术做得还算顺利，但腹壁切口Ⅰ期愈合的可能性不大。如果早点儿做手术，六七天就能拆线出院，现在看来至少得住一个月。"他带着责怪的口气说，"晚了，过了最佳手术时间！"

病人母亲看了看丈夫，然后对楚主任说："汪院长在家给他治了三天没好，今儿让我们到内科住院治。"

楚骧良摇摇头遗憾地说："咱们都是老熟人，说一句不该说的话，家离医院又不远，有病怎么不及时来医院看哪？唉……"

两个星期过去了，病人手术切口天天换药还没愈合。楚主任找到汪家炎说："老汪，阑尾炎的病人至今还没好，我认为应该组织内外科共同做病例讨论。讨论会由你主持！你定个日子吧！"

"我看你们外科讨论就行了，内科就不用参加了。"汪家炎应付说。

楚骧良说："病人是从你们内科转过来的，内科当然应该参加。你要不愿意主持就我主持！"

内外科共同病例讨论会开始了。楚主任说："阑尾炎的病人住这么长时间还没出院，原因比较特殊想必大伙都知道。刚才大伙又看了病历，也都查过了病人，不用我多说了。汪院长认为有必要召开内外科共同讨论这个病例，我也认为很有必要。汪院长责成我来主持讨论会，大家畅所欲言，说说我们存在哪些问题以及对下一步治疗提出个人见解。"

楚骧良见没人发言，他说："最先接触病人的是汪院长，要不然就请汪院长先说说？"

汪家炎心里明白，他这是利用这个机会来奚落自己，他阴沉的脸一会儿红一会儿白地说:"病人的母亲跟我说她孩子上腹疼,那天我特别忙,又是熟人,我就给他开点儿胃药,后来听说还没好,我没抓时间再去看他,就建议他来住院治疗。我想收住院时大夫肯定得好好检查,没想到病房大夫把他收到内科了,以致延误了病情。我没时间好好看,我有一定责任。病房大夫没认真检查,把阑尾炎误诊为内科病收在内科,今后应引以为戒!我就说这些吧。"

汪家炎一边发言一边不停地看金千强,每当他说话时,金千强也总不时地观察他的眼色,以便领会他的意思。金千强是个极聪明的人,对汪家炎的为人了如指掌,不管发生什么事在什么场合,不由得他不认真揣摩汪家炎的心理,这时他已经知道该做什么了,他清了清嗓子说:"我也说几句,我说得不一定对。我刚看了看病历资料,到现在还没看见内科接诊大夫写的病历。另外,接诊大夫的第一印象诊断就是阑尾炎,既然这样就不应该收在内科,以致处理延误了时间。这样的事今后不应该再发生……"

听了汪家炎和金千强的发言,古一迪心想,秃子头顶长大疮明摆着的,他们把责任推得一干二净,一唱一和倒打一耙!他再也坐不住了,他说:"不管怎么说,病情耽误了造成病人现在这样,我表示很遗憾!我的看法与金大夫不同。按规定,病人住进病房二十四小时才能算住院,病历书写要求在二十四小时内完成,病程记录写得很清楚,这个病人按急诊入院,在内科时间总共才二十六分钟就转外科了。在二十六分钟内,接诊大夫能干什么,应该干什么?采集病史、检查病人,做紧急处理,根本就不可能写完整的病历。另外,诊断病人是阑尾炎,临时医嘱也是按炎症处理的,而且及时请了外科紧急会诊,也谈不上延误病情。至于病人到哪个科室住院,病人和家属自己不可能弄得那么清楚,关键在于大夫怎么引导,跟病房接诊大夫没什么关系。我认为王大夫在接诊和处理病人过程中没有什么不妥的地方!"

苏欣然说:"我同意古大夫的发言,王大夫在病程记录中写得很清楚,他明确向家属反复交代了病情并建议病人到外科就诊,但家属没听他的。"

古一迪和苏欣然发言完了,会场上充满了火药味儿,无论楚骧良怎么引导也没人敢再发言。他说:"好,讨论会虽然发言的人不多,但发言都挺精彩。其实,收这个病人和处理病人的全过程,王大夫记录得挺详细,要不是他发现问题并及时请会诊,病人的后果比现在可能更糟糕!"他看了看涨红了脸低头不语的汪家炎继续说,"暂且不谈我们的业务水平怎么样,通过这个病例,警示我们要提高责任心!我们不能仅把'加强学习,提高业务水平和工作能力'停留在口头上,而是要实实在在地落实在我们的行动上。让我们用这个病例引以为戒吧!散会!"

病例讨论会散了,汪家炎灰溜溜地走开了,金千强也尴尬离去,王大成坐在那里深深陷入迷茫。作为医生,日常最主要的工作就是对病人进行诊断和治疗,对每一个病人都有明确的诊疗意见,时时刻刻都在实施自己的主张,业务上看法各异,不可能完全一致。与汪家炎的看法有别是不可避免的,今后在他手下还怎么工作下去?他已经觉察到,他将是汪家炎一个重点打击的对象,看来这里不是久留之地;离开这儿?刚没来多长时间,能到哪儿去呢?

可以想象,不快之事随之接踵而来。郁郁寡欢,忧必伤人,没过多长时间,王大成的溃疡病再次发作出血了,他仍然不做声响没有休息。

一天，王大宬在急诊值夜班。凌晨，天还没亮来了一个女病人，一进门就说："大夫，我想打几天青霉素，给我开五天的就行了！"

王大宬从来没遇见过这种病人，听到这命令式的声音，他提高了警惕问："您怎么不好要打青霉素？"

那人说："我嗓子疼！"

"疼几天了？"王大宬问。

"昨儿白天开始的。"

王大宬说："来，您对着灯光，我给您看一下。"

在灯光下，王大宬给她做了检查，发现咽部略有充血，扁桃体不大，其他没发现异常，他说："试试体温吧。"

病人有些不耐烦了说："我又不发烧，用不着试体温！"

王大宬说："我看这种情况没必要打青霉素，口服些抗生素就行了。"

病人对王大宬的话极为不满，她说："吃药不管事！我每次都打青霉素！"

王大宬解释说："您可以试试体温，如果发烧就可以考虑打针。"

病人提高了声音说："谁规定的，不发烧就不能打针？"

看她的来头不善，王大宬早就有了思想准备，他耐心地说："没有谁规定，您看天快亮了，如果您坚持要打青霉素，就等一会儿看门诊化验一下白血球，如果白血球高，也可以考虑打针。况且，打青霉素需要做皮试……"

还没等王大宬的话说完，她就急着解释说："我打过青霉素，不用做皮试！"

王大宬说："不做皮试哪行啊，特别是您用过青霉素更得谨慎，否则出了问题可不得了。"

病人吼叫起来："我见过那么多大夫，就你事儿多！做就做！"

王大宬说："要做皮试您得等天亮了，或者等看门诊。"

听王大宬这么一说，她的歇斯底里发作了："没见过你这种大夫？！对病人啥态度？"

工作十几年来，遇到这种情况王大宬还真是头一次，他压了压火说："你说，我对你什么态度？我应该对你什么态度？"

"你等着！哎，你等着！"她瞪了王大宬一眼，一生气转身走了。

下夜班了，王大宬正准备回家，院办室秘书来到门诊对王大宬说："王大夫先别走，书记叫您到办公室。"

王大宬问："什么事儿？"

"不知道，可能有人给您告状了吧！"

刚走进书记办公室，书记劈头问："今儿早晨你怎么对病人发态度了？"

王大宬说："没有啊！我从来不对病人发态度，这是我的基本原则。我对谁发态度了？"

听了王大宬的话，书记有些纳闷儿，他说："是不是有一个嗓子疼的病人要求打青霉素？"

王大宬明白了，他说："哦，您说的是她呀，一个蛮不讲理的人，真是恶人先告状啊，我没跟她发态度，是我耐心给她解释不给她用青霉素的道理。"

书记说："你满足她的要求不就完了嘛，跟她较什么真儿呀？有些人咱们惹不起！"

"这……"王大宬想，书记终究不是搞业务的，一下子没法跟他说清楚。

书记说:"别'这'呀、'那'呀的,听我的话,以后多注意点儿!去吧,汪院长等着你哪!"

王大宬从书记办公室出来走进汪家炎的办公室。汪家炎的脸吊得长长的,显然正在气头上,见王大宬走进来劈头大声说:"今儿你又给我惹了个大祸!"

王大宬心里明白,对于夜间遇到的病人从接诊到处理,自己没有任何过错。他想,因为在业务问题上书记是外行,所以没跟他做解释。汪家炎和书记不同,他是业务人员,应该把自己的想法亮出来跟他交流一下。想到这儿他说:"您是指夜间我接诊的病人吧?我特别耐心地给她解释,她反倒那么蛮横,真没想到天下还有这么不讲道理的人!"

听了王大宬的话,汪家炎没好气地说:"你知道她是什么人?!她爱人是县里的干部,是白河的栋梁!"

王大宬不服气地说:"她得什么病跟她爱人是干什么的有什么关系呀?不管怎么样她也是病人哪!"

"你听听,跟我还在辩解,你对病人的态度能好吗?"汪家炎缓和了口气说,"她不就是想打几天青霉素嘛,你满足她不就完了吗?以后还少惹麻烦。"

王大宬想,怎么他的说法跟书记如出一辙?书记是外行有情可原,难道汪家炎用药就没有一点儿原则?他诚恳地说:"汪院长,我不是要辩解什么。我是想跟您说说我当时的想法,乱用抗生素对她没有好处,根本用不着打青霉素,何况青霉素还得先做皮试!"

汪家炎说:"看来你还是嫌麻烦,她不是说用过青霉素没事儿吗?"

王大宬一听才知道原来汪家炎对青霉素的知识一知半解。他耐心地说："越是反复用发生过敏的可能性越大。就好像我原来不认识您，对您没什么印象和概念，所以见到您没有什么反应。今天通过跟您的谈话，您给我留下了深刻的印象，这就把您记住了，知道您是怎样的一个人。下一次再跟您接触，脑子里一下子就反映出来了，就是对您产生了反应。所以每一次用青霉素都不能忽视。"

原来汪家炎认为，只要过去用青霉素没发生过敏，以后就不会过敏，至少过敏的可能性不大，之所以重复使还要做皮试，是以防万一，并不知道因为发生过敏的几率更大而为之。汪家炎头一次听说这个道理，他将信将疑，但不敢表态。他说："是啊，你看皮试结果的时候认真点儿不就行了嘛！"

王大宬说："我耐心给她解释，判断皮试结果应该在日光下进行，我让她耐心等着天亮，她不听反而跟我嚷。"

汪家炎听完了王大宬的解释，心里想，咋做皮试还有这种说法？头一回听说。"他不再轻易反驳训斥王大宬，强硬态度也缓和多了，他说："哦，是这么回事儿啊？咱们这儿什么人都有，你还不了解，以后工作多注意点儿。好了，你忙了一夜，回去休息吧……"

注释1：回肠（小肠的一部分）和盲肠（大肠的一部分）的连接部称为回盲部，阑尾与盲肠的起始部相连，回肠和盲肠用手术重新接连在一起即回盲吻合。

16 智者何愁习武地　孙阳慧眼荐英才

路遥遥毕业两年多了，已经有了女朋友。下班了，王大戍走出医院，路遥遥从后边赶上来说："王老师，我女朋友的父亲有点儿不舒服，他说请您抽空去给他看看。"

王大戍欣然答应说："哦，你未来的岳父大人？！好好，他在哪儿上班，现在在家吗？方便的话咱们现在就去！"

"他是县教育局的。"路遥遥说。

"教育局干什么的？局长吧？"王大戍说，"你要个头儿有个头儿，要长相有长相，工作又踏实，我看只有局长的女儿才配得上！"

路遥遥难为情地说："看您说的！"

走进家门，路遥遥对男主人说："叔，这就是我跟您说的王大夫。"

男主人热情地伸出手说："欢迎欢迎，快请坐！"

王大戍跟他握了手说："我看您的气色蛮好的，有什么不舒服吗？"

"我身体一向都很好，就是想请你来聊聊，在家说话随便些。"

王大戍心里纳闷，没事叫我到他家闲聊，什么意思？

路遥遥给王大戍递过一杯茶，男主人说："小路常跟我提到你，说你的工作特别认真。他是个中专生，底子差，这两年在你的带领下进步挺快，真得好好谢谢你！"

王大戍说："医院里就是这样，老的带新的，这是我们重要的日常工作之一，我们都是这样过来的，还说什么感谢呀！"

男主人说:"小路可能没跟你说,我就自我介绍一下吧!我是教育局的,咱们还是当家子哪!"

"哦,我猜出来了,您是王局长!"王大戌说,"小路工作挺好,能有这么个好女婿是您的福分!我经常让他替我照看孩子,挺过意不去的。等他结了婚,就不能再麻烦他了!"

"哎,这点儿小事儿算得了啥,今后还得请你多费心带他!"王局长说,"听小路说你爱人是学生物的,现在还在山西农村工作,老这么分着也不是事儿,咱们县一中是省重点中学,如果愿意,欢迎她来县一中任教!"

听到这儿,王大戌终于明白了叫他来的目的,从心里感激这位热心肠的王局长。自己原本想把妻子也调到白河来,在这儿安家落户,可是通过两年多的实践,他越来越觉得不适应县医院的大环境。所以他已经改变了主意,不打算让妻子到这儿来了。想到这儿,他说:"谢谢王局长这么关心我!我爱人学的专业太偏,原来的培养方向是搞基础研究的,到县中学对不上口,恐怕也胜任不了教师的工作。"

王局长说:"是这样?学的是高精尖,教中学生物课是小菜一碟,就是大材小用了!你看这样好不好,再跟你爱人商量商量,她要愿意来的话我们随时欢迎!"

王大戌心怀感激说:"王局长,实在太感谢您了!回去我给她写信问问。哦,孩子快放学了,我得走了。"

有一天下午,县委王副书记又一次传唤王大戌到他的办公室,一见面就热情地招呼说:"快来坐,快来坐!我用了你开的药,头疼头晕已经好了,可是这两天又有点儿感觉。"

王大戌问:"您没停药吧?"

"有几天没吃了。"王书记回答。

"吃药有什么不好的反应没有？"

"没发现有什么不好。"王书记回答。

王大宬又问："没有什么不好您干吗停药啊？"王书记打开抽屉把药拿出来说："你看这个是你开的药，这个是汪院长开的药，你们俩开得不一样。那天汪院长给我量完血压说血压已经正常了，如果再吃药血压就该低了，所以让我把药停了。还嘱咐我如果以后再高的话，吃他开的药就行了。"

"怪我没把问题跟您说清楚。"王大宬想了想说，"高血压分两大类。一类是继发行高血压，就是由其他病引起的。另一类是原发性高血压，就是找不出什么其他原因的高血压，您没有使血压升高的其他病就是原发性高血压。高血压是长期慢性全身性疾病，可以说是一种终身病，除了极个别人，一般是不能彻底治愈的，所以必须坚持吃药。"

"这么说吃降压药就没有疗程了？"王书记问。

王大宬说："对，治疗高血压没有什么疗程的说法。您的血压降下来稳定了，是因为有降压药在起作用，一停药作用就没了，所以血压又高上来了。您的药吃吃停停，血压也跟着高低上下反复波动，对人的危害比不吃药还大，今后再用药也不容易使血压稳定。男人五十岁左右正是冠心病多发的年龄，现在您已经患有隐性冠心病了，高血压是冠心病的头号大敌，所以最好不要随便停药。"

听了王大宬的详细解释，王书记恍然大悟说："原来是这样，没人跟我这么仔细交代过，看来以后不能想吃就吃想停就停了。"

王大宬说："那当然了，好多人没认识到这一点，认为血压正常了再吃药血压就该低了，这种看法是不对的。降压药是把不正常的高血压降到正常,而不是把正常的血压降到不正常成了低血压,那种东西不能制成药品给人用!如果把它制成药给人吃,得有多危险哪!"

王书记频频点头说:"那你说哪种药好啊?"

王大宬说:"不同的降压药作用机理不同,副作用也不同,可以说没有好坏之分。至于用什么药合适,得根据每人的具体情况和高血压的病史、血压波动的特点做决定,只要吃了没有不良反应,降压效果也不错,对他来说就是好药。您用了挺好,我用了就不一定合适。"

王书记感激说:"今儿个把你叫来算是对了,又给我上了一课!"

王大宬说:"其实,要有时间的话应该把这些基本常识告诉给每个病人,这是大夫应尽的责任。"

经过几次接触,王书记对王大宬有了进一步了解,他想,都说汪家炎是白河的名医,我看他也就是腿勤、嘴勤,到处量血压、说好听话,"人外有人,天外有天"这话没错,看来王大宬更应该是名医了。想到这儿,他说:"说得好啊,当大夫的就应该这样!哎,我听说你爱人还在山西,现在你一个人带孩子在白河,怎么不把她调过来呀?"

听王书记也问起这件事,王大宬忽然想起县妇联那位女干部对他的冷漠态度,直到现在还耿耿于怀。他说:"咱们这儿没有她合适的工作。"

王书记问:"她是干什么的?"

"学生物的。"

王书记说:"咱们县一中是省里挂了名的,过来当老师不是挺好吗?"

王书记语重心长,王大宬试探性地说:"她学的是植物生理专业,所学的东西太偏了,在中学用不上;您要是能帮忙把她调到一所大学里去是我们求之不得的。"

王书记说："那你今后打算咋办，就这样牛郎织女长期分居呀？"

其实，王大宬心里也很矛盾，他说："先以事业为重吧，第一位的是安排好她的工作。"

王书记听得出来，王大宬不愿意把爱人调来白河。他想，如果人家真有本事，也别把人家给埋没了，干脆帮他做点好事吧。想到这里他说："想调到大学，安家坊师范学院愿意去吗？安家坊是咱们地区行署所在地，离咱们这儿也不远，比你们现在方便多了！"

王大宬的眼睛一亮说："安家坊师范学院？！当然好了！您有办法？"

王书记说："看把你高兴的，算你走运！安家坊师范学院现在的党委书记就是白河原来的县委张书记，刚调过去没几年。你们医院外科楚主任也认识他！我给你写个便信，让楚主任带你去找他，他肯定会热情接待。"

王大宬万万也没想到这次和王书记多说了几句话就有这么大的收获。眼看大喜事即将来临，他兴奋地接过王书记写好的便信，千恩万谢地离开了办公室，直接跑到邮电局给邓玫玫发了电报，让她速来白河。

王大宬陪着孟玫玫，由楚骧良引路抵达安家坊。仅仅几年时间，这里发生了巨大变化，市容市貌已是今非昔比。安家坊师范学院是安家坊唯一的一所高等学府。孟玫玫能否来这儿尚难预料，王大宬怀着忐忑不安的心跟随楚骧良走进学校党委办公室。楚骧良对年轻的工作人说："我们是从白河来的，找张书记。"

工作人员经过请示后，把他们引进书记办公室，一进门楚骧良对张书记点点头说:"张书记好,您还记得我吗?"

张书记看了看楚骧良说:"怎么不记得,你是白河县医院的楚大夫!"说着站起来与楚骧良握手。

楚骧良拿出县委王书记的便信,指着孟玫玫和王大戌说:"这位是王书记介绍来的孟老师,这位是县医院王大夫——孟老师的爱人。"

张书记分别与孟玫玫和王大戌握了手说:"请坐!"他看完了王副记的便信说:"北大毕业的,人才难得,欢迎啊!"然后对工作人员说:"快去把小高叫来!"

不一会儿工夫,一个三十多岁的英俊男子走进书记办公室:"张书记,您叫我?"

张书记说:"是啊,高秘书,给客人倒茶!"

高秘书彬彬有礼,把泡好了的清茶一一递到来人的手里,当他给孟玫玫递茶时,他俩几乎异口同声惊叫起来:"哎呀,是你!"滚烫的水洒在两个人的手上,茶杯"啪啦"!一声掉落在地……

邂逅相逢,妙不可言!孟玫玫和高心鹏脑子里同时映出十几年前在北大校园那令人难忘的一幕……

那一天,他向她表示爱慕,她毅然离他而去。心灵上受到严重打击的他失落感持续了好几年,直到他的新婚之夜脑子里还浮现出当年的情景。十多年后的今天,两个人竟然在这里不期而遇互相对视着发愣……

高心鹏突然醒悟过来忙解释说:"我们是同学,同学……"他一边捡拾打碎在地上的水杯一边说,"对不起,对不起!"其实,在场的人们并没有在意刚才的事,热水烫了手、打碎杯子的原因只有他们两个人知道。

张书记本来有意地把高秘书叫过来，见一见北大的同学，果然他们相识而且还挺熟悉，于是说："高秘书，快让孟老师填个表，建档备案。"

高秘书取来一份"干部履历表"交给孟玫玫，又递过来一支笔说："请你把情况填一下！"

孟玫玫接过表格和笔，坐下来把表填好了放在桌上对高秘书说："你看行吗！"

高秘书看了看说："在下面写上怎么跟你联系。"

"跟我联系不方便，就联系我爱人吧！"孟玫玫把王大宬的联系地址写在表格下边。

张书记对孟玫玫说："等我们研究好了，就让高秘书通知你，回去耐心等待，不要太着急。"

孟玫玫和王大宬、楚骧良分别与张书记握握手说："那我们就走了，谢谢张书记！"孟玫玫又和高秘书握握手说："麻烦你了，再见！"

高秘书似乎有些出神说："再见，欢迎你来……"

转眼间半年过去了，调动成败音问杳然，孟玫玫已经心灰意冷了。突然一天，王大宬收到高秘书的来信，说新学年已经开始，请孟玫玫按照信中所附的题目及纲要，于一个月之后到学校去"试讲"。王大宬立即打电报通知孟玫玫。孟玫玫风风火火赶到安家坊，到学校索取到确认的命题及纲要直奔北京，一头扎进了北京大学图书馆为"试讲"备课。

孟玫玫毕业已经十年有余，一直在农村工作，手里没有任何与专业相关的资料，从来也没有上过讲台；"试讲"，无论是对她的功底还是对她的能力都是一次严峻的考验。

一个月后，孟玫玫准时来到学校试讲。教室里座无虚席，孟玫玫自然地扫了一眼，见在座者中不乏三四十岁以上的人。她心里明白，这些人不是领导就是教师。他们严肃的目光无一例外投射在她的脸上，她提醒自己，这次试讲是调动成败的关键，一定要打好这一仗！不要慌，千万不要慌……

孟玫玫落落大方打开了备好的讲义开始讲课。没看一眼讲义，备好的资料有板书、有画图、有提问、有讲课小结，从头至尾一气呵成！下课的铃声一响，课程刚好讲完，时间掌握得很准确，在一片掌声中"试讲"顺利结束。

虽然试讲一举成功，效果不同凡响，但事情并不像人们想象的那么顺利。讲完课休息一会儿，高秘书把孟玫玫带进书记办公室。张书记说："听反映说你的课讲得不错。可是，以前学校是根据师资情况安排授课内容的，目前还没有设置你试讲的科目，我们得重新研究调整今后的教程。你知道，改变教学计划不是一蹴而就的事，所以这事你还不能着急，回去等我们研究好了马上通知你。"

光阴似箭日月穿梭，冬去春来又熬过了一年，孟玫玫终于正式调到安家坊师范学院开始了她的教师生涯。

17　亲人两地难团聚　故友重逢有旧情

孟玫玫来校任教时间不短了，这天晚上正在单人宿舍备课，突然听到轻轻的敲门声。她忙站起来把门打开，原来是高心鹏来访，她惊异说："是你？！"

高心鹏站在门外说："我来看看你，怎么你不欢迎？能不能让我进屋坐坐？"

"哦，请进！"孟玫玫不好意思说。

高心鹏走进屋顺手把门带上，看了看孟玫玫摊在书桌上的资料说："这么晚了还在用功，你怎么不知道累呀？"

"荒废了十几年，抓紧时间尽量多捡回来一点儿。"孟玫玫说，"你坐呀！"

高心鹏没有坐，他说："怎么也没想到，咱们俩在这儿相会了！"

孟玫玫说："能到这儿来，还得感谢你从中帮忙啊！"

"谢什么呀，一是工作需要，二是这里也有我的私心，不只是为了你！"高心鹏坦诚地说。

孟玫玫不解地说："有你的私心？不明白这话什么意思。"

从孟玫玫来到学校以后，高心鹏似乎终日神不守舍，几乎每天晚上都在她的住室外边徘徊，也不知道自己要干什么，今天终于敲开了她的门。

听了孟玫玫的问话，高心鹏说："我一直不明白，今天我得问问你，那年在北大校园我向你表示爱慕,你把我扔在那儿就走了,连头也不回,难道你就那么讨厌我?"

高心鹏突然提出这个问题,使孟玫玫感到十分窘迫,过了好一阵儿才说:"哎呀,事情过去十几年了,还提它干吗!"

高心鹏说:"为什么不提?你知道给我带来多大的精神创伤吗?从那以后我就留下了失眠的毛病,你对我的伤害太大了!"

这时孟玫玫才知道他是那么痴情的人,听了他的话她不知该说些什么,连忙说:"对不起……"

"一句'对不起'就行了?"高心鹏说,"我一连好几年都没谈朋友,后来我糊里糊涂地跟别人结了婚。不瞒你说,当时我脑子里想的还是你,好像是在跟你入了洞房……"

孟玫玫高声说:"高心鹏!你胡说什么呀!"

高心鹏惊讶了:"玫玫你别嚷,我一点儿也没胡说,都是我的真心话。我现在还想知道,当时你是怎么看我的,你就一点儿也不喜欢我?对我一点儿也不动心?"

他的话刺到了她的痛处,她沉默了一会儿说:"你也不想想那时候是什么背景?当时我那种处境,根本就不可能……唉,我不是说过了嘛,事情已经过去那么多年了,现在再提它还有什么用?"

从她说话的语气中,他意会到了她的意思,他失去了理智突然把她抱住了说:"我就知道你不会那么讨厌我,可是当时的形势就那样儿,人的心态完全被扭曲了,让人表达心声的权利都没有!"他停顿了一会儿,"可是你现在自由了,你有爱与被爱的权利了!"

高心鹏的举动在两个人之间擦出了火花。听了高心鹏动情的话语,孟玫玫几乎流出眼泪。一会儿,她突然惊恐起来,摆脱开了他说:"不,你说得不对，现在你我都没有自由！咱们都有了自己的家，有了孩子，不能这样！"

他再次把她拉到自己的怀抱中说："因为你有情我有意，上苍才安排咱们在这儿相会。天意，这完全是天意，是你我个人阻挡不住的！"

孟玫玫心慌意乱不知所为，高心鹏加劲抱着她用颤抖的声音说："玫玫，本来你就应该属于我的，我爱你，我一直都在爱着你！有家有孩子怎么了？有家有孩子也不能剥夺咱们的感情，现在有机会了，让咱们慢慢弥补好吗？"

高心鹏这时已经神魂颠倒，突然下意识地向她脸上亲去……

他的唐突，顿时使孟玫玫清醒了，她用力挣脱开了他说："不，你走吧，你走，快走！"她把他推出了门外，把门紧紧关闭、锁牢，双手捂在怦怦跳动的胸口上……

过了几天，张书记把孟玫玫叫到办公室说："孟老师，你来这儿快一年了，为咱们学校开拓了新工作。怎么样，工作上、生活上还有什么问题和困难没有？"

孟玫玫想，张书记找我谈话，是在关心我还是发现了我什么问题，她说："谢谢您的关心！我挺好，没什么困难。"

张书记说："我嘱咐过高秘书，你们是同学，让他多关心你、帮助你！"

一提高心鹏，孟玫玫心里"咯噔"一下，张书记是不是话里有话？她说："我对咱们学校已经熟悉了，各方面也都适应了，其实不用额外的关心！"

前些天高心鹏的爱人找张书记反映过情况，说自从孟玫玫调来以后，高心鹏好像变了一个人，长时间以来在家里家外都心不在焉，夜间夫妻通常的爱抚活动也基本中断。她留意观察了一段时间，发现他经常往孟玫玫的宿舍里跑，有时候挺晚才回家。

张书记知道高心鹏两口子的关系原本不太和谐，是不是高心鹏的爱人对此过于敏感？这类事本来就容易让人生疑，可是从孟玫玫的谈话中并没有捕捉到什么问题，不管怎么说也得提醒她今后多加注意。想到这儿，他说："高秘书是不是经常到你那儿去？"

孟玫玫说："同学嘛，一见面总有说不完的话。他常到我那儿聊天，说说我们学校和同学的情况。我跟他说过，有什么事儿就到办公室，别老去我的宿舍。请您也提醒提醒他，免得让人产生误会影响不好！我刚才说过，我对咱们学校已经很熟悉，不用他再问寒问暖了。"

"你说得挺在理，回头我说说他。"张书记转了话题说，"哎，现在谁给你带孩子哪？"

孟玫玫说："在我爱人那儿上学呢，我想把他带到这儿来，可是生活又不太方便。"

张书记关心地说："一个男人带孩子不容易呀！虽然白河离这儿不算太远，总这样下去也不是事儿啊！不知你们今后是怎么打算的？"

孟玫玫想，他既然主动提起这个事儿，干脆我就把情况跟他直接说了吧，于是试探性地说："我来时间不长，没好意思跟您开口。您要能帮忙，把他调过来当然好了！"

张书记说："有困难早就应该跟我说，我知道每周末你都紧紧张张来回跑路，一来影响工作，二来你们这样也不像个家，所以我得先问问你们有什么想法。如果你爱人愿意过来我就帮你们打听一下地区医院能不能安排。我知道咱们校医室他肯定不愿意来。"

孟玫玫兴奋地说："谢谢张书记！如果地区医院不能安排，到石油测管局医院也行。"

张书记说："其实，石油测管局医院比咱们地区医院还好，可是咱们地方上跟人家没什么关系，从来没打过交道，一时使不上劲儿！"

孟玫玫说："那就请您多费心了，谢谢您！"

张书记说："不用谢，两地分居不是常事，应该尽量解决！你是学校的职工，学校应该想办法帮忙。但是不能着急，现在不少单位都在调整，等有了信儿我就告诉你……好了，你忙去吧！"

在一次文教卫生口会议期间，张书记和卫生局周局长在同一房间午休闲聊，张书记说："老周，给你推荐一个人怎么样？"

周局长说："今天怎么关心起卫生工作来了？说说看，什么人？"

张书记说："我给你推荐的人还能错得了？年轻有为的内科主治医师——我们学校一个教师的爱人，现在白河县医院。目前普遍存在夫妻分居问题，不知道你们卫生口分居的多不多，我们文教口可不少，这次会上我准备呼吁一下，能解决的应该尽量解决。"

"同感，深有同感，就凭你的热心肠我不能不答应！"周局长提高了精神，"何况还是个主治医师，现在正是青黄不接时期，缺人才呀，你这不是雪中送炭嘛！"

张书记说："是吗，那咱们就说定了？！"

周局长肯定地说："你就把心放在肚子里吧！"

王大峸和孟玫玫原来一个在甘肃一个在山西，相距千里之遥，而且都地处山区。现在调到了一个地区，相距仅几十公里，相比之下可以说近在咫尺，每个周末彼来此往，可以匆匆相会，应该心满意足了。但人都是这样，得陇望蜀欲壑难填，时间长了总觉得不方便。

在王大峸调来白河之前，就有人怀疑他在白河"房无一间、地无一垄"又没有亲人，来白河的动机不纯，想借此地作为跳板调往北京，那时王大宬还真觉得有些冤枉。时移事变，情随事迁，这时的王大宬已经下定决心争取早日离开白河。想起几年前接待过他的那位女干部拒绝孟玫玫调来工作的事，他反倒发自内心地感谢她。

调往安家坊一事，王大宬已成竹在胸。他事先打听好了县委县政府领导的分工情况，一天晚上走进主管文教卫生工作的文副县长的住室。一进门他说："文县长，我是县医院的大夫，给您添麻烦来了！"

文副县长看了看王大宬说："什么麻烦事？坐下说。"

王大宬坐下来，憋了好长时间才说："我想调到安家坊去。"

"你说什么？想调安家坊？！"文副县长一下子把脸吊得长长的，"说得倒挺轻巧，哪有那么容易的事啊！为啥呀？"

王大宬把自己的情况向文副县长作了详细汇报，文副县长说："哦，原来你爱人是教书的，工作的事儿好说，我负责给你安排。咱们城关小学正缺老师呢，把她调过来正好！"

听了文副县长的话，一种受羞辱的感觉涌上王大宬的心头，一下子冒起火来！心里说，早干吗去了，我们想来你不要，现在又想要了，别说教小学就是教中学也坚决不干！可是冒火又有什么用？一个平民百姓你能怎么样，又敢怎么样？面对这位副县长，王大宬觉得实在没法再跟他说些什么，他猛然站起身，竟然忘记了跟文副县长打招呼，不辞走出了县政府大院。

王大宬的不恭行为，激怒了文副县长，在一个普通百姓面前丢了面子感到尴尬。他气愤地想：我工作了几十年，见到这么狂气的人还是第一次，要不怎么说是臭知识分子呢，纯粹是臭知识分子！

王大宬也生气了，他生自己的气。文副县长是大权在握的人，自己的命运就掌控在他的手里，自己与人交往的能力实在太差了，怎么就不能委屈一下嘴甜一些跟他好好沟通呢？这样下去今后可怎么办？

王大崴硬着头皮隔三差五就找一次文副县长，先后跑了有二十多次，事情陷入了僵局。突然，王大崴想起了校友张登高副县长，从年资角度来说，张登高还算是自己的小师弟，他不能见死不救！可是，他下车伊始还不便说东道西，不能给人家添麻烦！

王大崴正在困境中挣扎，听说从地区下来一位挂职锻炼的刘副县长，分管文教卫生口的工作。拨云见日，王大崴的眼前呈现一片曙光。就在新来的刘副县长上任的第二天晚上，王大崴鼓足了勇气找到他的房间叩门而入。

进门后，王大崴说："您是刘县长？我是县医院的大夫，名叫王大崴。"

刘副县长见王大崴走进自己的住室，马上站起来一边和他握手一边客气而礼貌地说："王大夫，请坐！您有什么事？"

王大崴开门见山地说："我是来请求调动的。"

刘副县长见王大崴似乎比自己年长几岁，他认真关心地说："调动？怎么回事？说说情况。"

王大崴一五一十把自己的情况详细述说了一遍，最后说："折腾了十几年，我已经四十出头了，至今还没有个安定的家，业务上也没有什么大长进，不能总这样混下去了。"

刘副县长认真地听完了王大崴的叙述，沉默了一会儿说："跟安家坊联系好了吗？"

王大崴说："师范学院的张书记说地区卫生局周局长答应给安排。"

刘副县长把王大宬的情况与自己联系起来做了对比。自己毕业于"文革"时期，先下乡劳动几年又抽调上来工作，至今与妻子天各一方过着两地分居的生活，我和他同病相怜。虽初次见面，但他推心置腹直言无隐，是个真诚的人。这是自己分内的工作，应该尽快帮他解决才对。想到这里他说："您的困难我特别理解，请您放心回去等着吧！"

王大宬感激地说："谢谢刘县长！那我就回去了。"

两天以后，王大宬再次走进刘副县长的住室，一进门刘副县长热情地招呼说："王大夫来了，快请坐！"

王大宬说："我来问一下情况。"

刘副县长说："看来您跟我一样是个急性子人！您就放心吧，档案昨天就发过去了！"

王大宬喜不自胜，他吃惊地说："啊，这么快！太好了，谢谢刘县长！"

刘县长说："您别客气，这是我分内的工作。我不喜欢办事拖拖拉拉！您赶紧抓时间盯住安家坊卫生局，夜长梦多别错过了机会！"

师范学院张书记把孟玫玫叫到办公室说："你爱人的情况我给你问了，档案收到了，但商调函发过去等了两个月没有白河的回音；现在又赶上地区医院开始整顿，暂时停办了。如果你爱人愿意到县医院工作，现在马上就可以办。如果想到地区医院就得耐心等一等。"

周末，孟玫玫把情况告诉给王大宬，三思之后王大宬说："那就再等等吧，不管从哪个角度考虑，我想到地区医院；你说呢？"

孟玫玫说："那当然了，这么大的事儿不在早几天晚几天，我也同意再等等看。"

事态的发展变幻莫测，仅仅又过了一个月，挂职锻炼的刘副县长调走了，领导班子重新进行了调整，原主管文教卫生的文副县长不仅回到原来的宝座，而且权限范围更大了。虽然王大宬的校友张登高荣升为县长兼任县委副书记，但在调动问题上又增加了一团不透明的迷雾。

妹妹在电报里告知，两个叔伯哥哥从美国回来探视，希望在京搞一个聚会。星期六晚上孟玫玫赶到北京父母家，一进门见除了两位兄长博荪和良子以外，爸妈、兄嫂和妹妹妹夫都在。

孟博荪是大伯父的长子，一九四五年随父亲工作调动全家从香港迁居台湾，但他自己仍留在香港继续学业。一九四九年高中毕业时正值大陆向世界宣告成立了新中国，没来得及跟父母亲商量，在内地朋友帮助下来到大陆成了南开大学法律系新生。毕业后与新闻系的学妹结婚成了家，十多年来一切顺利。没料到"文革"中以"潜入的国民党特务"等罪名被监督劳改，岳母和妻子因复杂的历史也遭到无情的批斗。祖国刚刚解放，他满怀激情返回大陆，结果却如此悲凉，他彻底崩溃了。

十年动乱结束了，他试探性地给分别二十多年的父母发出信函，一年后等来一封来自旧金山的回信。信中父亲说给他寄往香港的几封信都被退回，不久台官方突然来人闯进家，父亲以"儿子私通大陆"的罪名坐牢一年。弟弟妹妹们早已移居美国，五年前母亲过世后父亲也定居美国。看了父亲的信，他百感交集，回想十年的不幸遭遇决心移居美国。

孟良子是二伯父的次子，学工程设计毕业后在洛阳工作，一次生病在郑州住院，与主管病床的医生相恋结婚，没承想分居两地，无论怎么争取也不能调到一起生活。他决定到美国留学，两年后把妻子接到美国夫妻才得以团聚。目前和博荪兄同在旧金山生活，这次二人相约一起来北京会亲访友。

孟母见女儿一个人回来说："就等你们了！怎么大葳跟孩子呢？"

孟玫玫说："他说今天值夜班，明天早上赶来。"

"怎么没把孩子带回来？"博荪问。

"孩子在他爸爸那儿上学。"孟玫玫回答。

芯芯忙说："博荪哥还不知道，我姐和姐夫不是在一个地方工作。"

良子吃惊说："啊！这么多年了还分着哪？"

"现在分居是普遍现象，一下不好解决。"孟玫玫说，"我调到安家坊师院以后，大葳也申请调过去；跟安家坊那边儿说好了，可是他们白河死不让他走，为这事儿他跟主管县长都闹僵了。"

"这叫什么事啊？"博荪说，"如果分居问题老解决不了，干脆也到美国去！"

良子说："据我所知，当前针灸在美国很受欢迎，如果大葳能搞针灸，可以开一家针灸诊所。"

"对，我也听说了。"博荪附和说。

德明说："我听姐夫说过，他在甘肃工作期间经常给人针灸。"

星期天上午，王大葳带着京京来到北京参加聚会，王大葳夫妻分居成了聚会中主要话题。聚会后按博荪和良子两位兄长的建议，王大葳拿到母校和实习医院出具的学习针灸的课时证明。但在一个封闭的小县想出国谈何容易？第一道程序竟然是主管部门领导点头。无奈，王大葳把申请交给文副县长。文副县长看了申请一拍桌子大怒说："你敢拿出国威胁我！妄想！"

18　医之所病病道少　人之所病病疾多

马上就要下班了,突然来了急诊病人。尹鸿斌听到脚步声,急忙走出诊室问:"什么病人?"

病人家属说:"我姐,肚子疼得厉害!"

尹鸿斌说:"哦,快到急诊室!"

尹鸿斌帮家属把病人扶到诊床上问:"年龄多大?什么时间开始疼的?"

病人说:"哎,尹大夫!你啥时候调医院来了?"她指了指身边的人,"这是我弟弟学文。"

"哎呀,你是吴心莲大夫吧!还是那年开会时见着你,有两三年了吧?"

吴心莲说:"药库的吴学利是我小弟弟。学文,快去叫学利来!"

吴学文到药库找弟弟去了,尹鸿斌关切地问:"怎么,肚子疼?严重吗?"

吴心莲说:"谁知道咋回事,今儿下午突然疼起来了。"

尹鸿斌快速做了检查,然后问:"大便正常吗?拉不拉肚子?"

病人说:"大便挺正常。"

尹鸿斌检查发现,吴心莲的下腹明显压疼和反跳疼,他问:"怎么脸色不好,有出血的地方没有?"

吴心莲说:"来例假了。"

尹鸿斌记得，吴心莲已经离婚了，不知道是否已再婚。因为两人相识，不好多问。可是就检查情况看，他可以肯定不是内外科病，于是问："你的例假准吗？每次来肚子都疼吗？"

吴心莲说："三十天五十天都有，不太准，每次来肚子都疼，可是疼得没这么厉害。"

尹鸿斌正在问病史，吴学利跑来急着问："二姐，你咋的了？"

吴心莲说："你快去看看汪院长在不在，叫他快来！"

吴学利找汪家炎去了，尹鸿斌轻声对吴学文说："我看像是妇产科的问题。你姐……"

吴学文说："她一个人单过两年多了，妇产科能有啥问题？"

尹鸿斌说："这事儿不能耽搁，应该让妇产科看看。"

正在说话，汪家炎随吴学利急匆匆走来，尹鸿斌说："汪院长您来得正好。下腹痛的女病人，下身有出血。是不是叫……"

尹鸿斌的话还没说完，汪家炎说："现在正好有床，收住院！"

"收哪科？"

汪家炎没理会尹鸿斌的话，武断地说："小吴，快去拿担架，把你姐直接送到内科！"

尹鸿斌站在那儿发愣，他不明白，汪家炎一点检查也没做，怎么不由分说就把病人直接送内科去了呢？

"尹大夫，您在那儿想什么哪？"苏欣然向他走来说，"本想早点儿来接班，一点儿小事儿给耽误了。天都黑了，您快走吧！"

"哦，苏大夫！刚才……"

汪家炎把吴心莲直接送进内科单人间病室，急忙给她做了检查，他说："你这是流产了。"

吴心莲已离婚两年多，听说姐姐流产了，吴学文、吴学利兄弟俩面带羞涩退出了诊室。

夜班护士小文执行口头医嘱，给吴心莲注射了止疼药，又挂上吊瓶调好了滴速说："汪院长，液体扎上了，下面……"

汪家炎说："你先忙去吧，有事儿我叫你。"

小文走了，汪家炎赶紧把门关上对吴心莲说："你咋怀孕了？"

吴心莲说："还不是你给弄的！"

汪家炎想了想说："不对，这几次还不到一个月不可能！你是不是又跟别人……"

"净装糊涂！除了你还有谁？"吴心莲不满地说，"后几次不到一个月，以前就不算了？"

"咋两个多月了还不知道自己怀孕？"汪家炎埋怨说，"以后得小心点啊！"

吴心莲说："你咋怨起我来了，你不知道我的日子不准吗？"

苏欣然跟古一迪结了婚，汪家炎的心彻底凉透了，从此与吴心莲来往愈加频繁；他心里明白，吴心莲怀孕肯定是自己所为，幸好她流产了，要不然这事真不知道该怎么收场。他假意说："不管是我的还是别人的，两个多月了没保住，真太可惜了！"

"你真这么想，算你有良心！"吴心莲说，"哎，咋不让我住妇产科？"

汪家炎说："妇产科叽里哇啦的，这儿多好啊！再说了，早孕流产在哪儿治不一样啊？"

吴心莲说："咋打了止疼针肚子还疼？"

汪家炎说："你也是干这个的，这才多一会儿，药的作用还没发挥出来呢。"他看了看手表,"时间不早了,我不能老在这儿陪着你,免得让人生疑。我把小吴叫过来陪你,有啥事就让他去叫我。"

吴心莲担心说:"可别把我一个人扔在这儿不管啊!"

汪家炎说:"看你说的,咋能不管呢?我会跟夜班大夫交代清楚的。"

汪家炎把吴学利叫到病室说:"让你哥哥回去吧,好好看着你姐,有啥事就找值班的小文,直接找值班大夫也行,我不能老待在这儿。"

其他人下班走了,连夜班大夫王大宬听到外面有声音,站起身正要出去查看情况,汪家炎突然推门进来说:"王大夫夜班吧?"

王大宬说:"是啊!汪院长,您有事儿?"

汪院长说:"我刚收了个早孕流产的病人住在抢救室,现在问题不大。"

王大宬不解地问:"早孕流产怎么不让她住妇产科?"

汪家炎说:"妇产科乱哄哄的,对她的治疗和休息都不利。病人刚住进来,病情还不稳定,你精心一点儿!有啥事就让小吴到家去叫我。"

"小吴?您说的是药库的吴学利吧?"

"是啊,病人是她的姐姐。"

汪家炎简单地交代完情况走了,王大宬随即走进吴心莲的病室,吴学利见王大宬进来,说:"王大夫来了,这是我姐。姐,王大夫看你来了。"

"哦,刚听汪院长说了,有你在就方便多了。"

王大宬认真询问过病史又详细做了检查。他认为这是典型的宫外孕破裂流产,被误诊为早孕流产。虽然都是流产,可是处理起来完全不一样，预后也截然不同。在甘肃华城工作期间，他诊治过不少这种病人，想到这儿他说："你这明摆着是妇产科的事儿，为什么要住内科呢？"

吴心莲的表情很痛苦，她说："汪院长说早孕流产住哪儿都一样治。王大夫，我现在肚子疼得厉害，快想办法给我止疼吧！"

王大峨说："你是做什么工作的？看样子不像一般的农村妇女。"

吴心莲说："我是村卫生所的。"

"哦，那就好说了。"王大峨解释说，"诊断流产没错，可是你这不是普通流产，而是宫外孕破裂流产。胚胎不可能排出体外，出的血也主要往盆腔和腹腔里流，止疼药起不了多大作用，也解决不了根本问题。"

吴心莲着急说："那咋办哪？！"

王大峨说："看你的脸色苍白，心率偏快，血压也偏低，说明内出血还在继续。我觉得应该找妇产科急会诊！"然后转向吴学利说，"小吴，看好你姐，我去看看病历。"

王大峨回到办公室想了想，哦，下午我一直在医办室，不会有她的病历，于是急忙到护办室问小文："吴心莲的病历在这儿吗？"

小文说："我刚接夜班，好像没见她有病历。"

王大峨说："没病历？！医嘱在哪儿？给她输的什么液？"

小文说："汪院长口头医嘱，葡萄糖盐水加维 C 0.5 克，没别的。"

"啊？这么急的病人怎么一点儿记录都没有？"王大峨回办公室急忙开了单子，到病室交给吴学利说："快去找总值班叫化验室来人，急查血常规和配血！"又到护办室把医嘱单交给小文说："快点儿，病人情况紧急，不能久等！我抓时间写一下病程记录，请妇产科急会诊！"

　　医院没有特殊情况，夜间化验室不留值班人，医院也没有血库。如果有病人需要输血，再临时与献血员现联系。换言之，就是有一批家住各地固定的献血员，他们体内储有大量的各型鲜血作备用。作为活动的新鲜血库，血液的质量基本可以保证，但急需用时，特别是夜间用血是一件很麻烦的事。

　　吴学利把需要用血的事报告给医院总值班人，总值班人把后勤老张找来。老张是个很敬业的人，已在县医院干了多年，对医院的杂事流程一清二楚。从总值班人那儿领了任务，赶紧骑上公用旧自行车先去找检验科备班人来医院急查病人的血常规和血型，利用检验这段时间，依次通知分散在多处的妇产科主任、手术室备班人、麻醉科备班人和汪家炎等。然后到化验室获取病人的血型，再去找合适的献血员。为了救人活命，他骑着破旧自行车可能要往返十几里、几十里不平坦的路程才能完成他的使命。

　　吴心莲的血压在慢慢下降，估计血色素已经很低了，由此可以断定出血还在继续，再耽误下去就危险了！什么时间能输上血很难确定。不能坐以待毙，王大宬开出了新医嘱，另外开通一条静脉，输入706代血浆加小量升压药，用以维持血容量和血压。但代血浆只起临时作用，不能代替输血。

　　老张竭尽全力在外边紧张地奔波，王大宬和急需用血的病人焦虑地等待着……

　　时间已到了午夜，吴心莲突然深深吸了一口气，恍恍惚惚呻吟着发出含糊的声音："汪家炎……不是人！汪家炎，汪家炎不是人……"

　　吴学利赶紧问："姐，你咋的了？你说啥？"

王大宬拿起听诊器一边听诊一边口头下达临时医嘱："小文，加快液体流速，正肾素 0.5 毫克走小壶，加大氧气流量！"

王大宬和护士小文正在忙碌着，应急会诊人员先后到来，汪家炎最后走进病室。听到来人的声音，吴心莲无力地睁开眼睛见到了汪家炎，她的目光凝滞了……

随着走廊传来脚步声，化验室的人提着刚从献血员静脉里抽出来的鲜血来到病室……

太迟了，吴心莲带着一份怨气，含冤离开了人世。

人们默默坐在医办室，汪家炎表情阴森，最先开口说："王大夫，咋回事？刚才还好好的，病情咋发展得这么快？咋不及时采取抢救措施？咋不早请紧急会诊……"

王大宬虽早有了心理准备，但汪家炎的这种态度是他万万没有料到的。面对汪家炎突然提出的一连串问题，他激灵一下觉得全身发紧，顿时又冷静下来。他拿出病程记录和临时医嘱放在桌上平静地说："病历资料都在这儿。"

云蒙元拿过病历从头到尾认真看了一遍说："这妇产科的病人，咋到内科来了？多耽误事儿啊，这种病人应该马上手术！现在的血色素还不到 5 克 %，要说死因，我看是宫外孕破裂流产，出血性贫血，出血性休克。"

号称"小钢炮"的云蒙元见没人对她的发言给予回应，开始放炮说："汪院长，说句框外话，咱们不是要追究谁的责任，我觉得这件事，收病人的大夫太不负责任了！应该召集有关科室对这个病例进行深入讨论，以便吸取教训……"

吴心莲意外死亡，不管从哪个角度来说，这么尴尬的事对汪家炎都是不小的打击。又一次当众丢了面子，他心情很不愉快。

晚饭时间，万金钗对汪家炎说："你这几天咋的了，一点儿精神都没有！"

汪家炎说："咳，前几天死了个病人。"

"医院里死人是常事儿，啥病人跟你非亲非故的，至于这样吗？"万金钗看了汪家炎一眼说。

汪家炎有气无力地说："文县长的外甥女，药库小吴的姐姐。"

万金钗关心地问："咋说，事儿还没完？"

汪家炎说："事儿倒是没啥，就不知道该咋跟文县长交代。"

万金钗说："事儿过去了就算了，人家文县长是个明白人，还能咋样？哎，对了，我正想要问你个事儿哪。"

汪家炎不知道妻子要说什么，他警惕地打起精神问："啥事儿啊？"

万金钗说："有一个贫血女病人，吃铁剂好长时间了，没见血色素提高反倒越来越低，你说咋回事儿？"

"吓我一跳，我还以为啥事呢。那口服铁剂作用太慢，咱们不是有注射用硫酸亚铁吗，打一个礼拜保险有效！"

早上刚上班，一个小伙子搀扶着病人走进诊室，尹鸿斌见病人衰弱的样子站起来说："快躺在床上！"

病人躺好了，尹鸿斌问病人："怎么一点儿精神都没有，哪儿不好了？"

病人无力地摆摆手没说话。小伙子说："有半年了，我妈越来越没劲儿，老想躺着打不起精神也不好好吃饭。万大夫给她看了两个多月也不见好，开始精神还不错，还能自己个儿走路，现在连炕都下不了，越来越重。"

听小伙子介绍了病情，尹鸿斌没做声。给病人做完检查对小伙子说："你妈贫血挺明显，先做个化验看看吧！"

小伙子掏出近来用的药和化验单说："都做了好几次了，您看这是吃的药，还有这个打针的药也用十多天了。"

尹鸿斌在诊桌边坐下，仔细看了化验单，初步判断是缺少维生素B12或叶酸引起的巨幼红细胞性贫血，用的药是治疗缺铁性贫血的。如果继续下去，病情会越来越重。他说："你妈中重度贫血，最好住院治疗。如果不愿意住院，我给她换个药，原来的药就先别用了。"

小伙子说："为啥越治越重，是不是用错药了？要把我妈的病给耽误了我绝饶不了她！我正准备找医院领导告她呢！"

"小伙子冷静些，干吗发那么大火？人得了病有时候很复杂，谁也不敢保险看那么准。"尹鸿斌说，"我看这么办，病看好了就算了，看不好咱们再找领导好不好？你是想住院治呢还是继续在门诊治？"

小伙子说："住院太不方便，您还是给开药吧。"

贫血有很多类型，每一种贫血又有多种原因。作为医生应该尽全力寻找病因，针对每个病人采用最理想的治疗方法。这个病人的贫血到底是缺少维生素B12还是缺少叶酸，就医院的目前条件无法彻底弄清。两种药不仅没有不良作用，还可以互补。仅为治疗而非为了科研，通常两种药都同时使用，所以追根求源的意义倒也不大。想到这儿，尹鸿斌开了处方说："打针吃药一个礼拜后再做化验。打针时稍有点儿疼，没什么啥关系。"

一周后复诊，病人精神有了好转，血色素也有提高。两周后病人复诊没有陪人，看来与前一段时间判若两人。病人见万金钗也在诊室，她使劲瞪了她一眼，然后对尹大夫说："尹大夫，我全好了，您的技术真高！"

尹鸿斌说："你的病时间长了，不能大意，还得坚持治疗一段时间。"

"听您的，我坚持治！"病人说。

病人走了，万金钗大惑不解，她问："尹大夫，你给她用了啥好药？"

尹洪斌说："什么好药啊！打的是B12，吃的是叶酸。"

万金钗问："她贫血那么厉害咋不给她用铁剂？"

"一看血常规化验就大致可以判断贫血的原因，他不是缺铁性贫血。"尹洪斌说。

铁是造血的最重要原料，主要储藏在肝细胞里，当血铁浓度过高时可以沉积在全身各个细胞，如果心肌细胞的铁太多，可使心肌受到损害。有人认为所有的贫血病人都缺铁，这是大错特错的，为了避免误会，尹鸿斌不好多说什么。

医祖扁鹊早有名言：人之所病病疾多，医之所病病道少……

注释1：与阑尾对应的右下腹部，阑尾炎时有明显压痛和反跳痛。

注释2：将按压疼痛部的手放开时，疼痛突然明显加重成为反跳痛。

19　出师未捷身先死　长使英雄泪满襟

这天下午，内科门诊和急诊只有尹鸿斌一个人上班，突然一个病人由家人搀扶着来到门诊，家属说："大夫，我爸胸脯子疼得直出汗，您快给瞧瞧！"

尹鸿斌说："快扶到急诊室躺在床上！"他一边了解病情，一边向对门喊，"秦大夫，来一个胸疼病人，能不能到这儿来做个心电图？"

秦大夫说："好，这就来！"

秦大夫忙把心电图机的插销和地线拔下来，搬进急诊室给病人做了心电图。他指着心电图说："尹大夫您看，从 V1 到 V3 导联 ST 段明显抬高！"

"不是心绞痛就是早期心肌梗死！"尹鸿斌说。

秦大夫说："咱们急诊室啥都没有，我看还是赶紧收住院吧！"

"是啊，可别把病人留给夜班一个人抓瞎！"尹鸿斌急忙开了处方和心电图申请单交给病人家属说，"快，到药房取硝酸甘油给病人含上！"

家属取药去了，尹鸿斌抓时间写好了简要的病情和住院单。药取来了，尹鸿斌快速取出一片硝酸甘油让病人含在舌下，然后对家属说："快跟我来办理住院手续！"

家属在住院处办理入院手续的同时，尹鸿斌一边大步往病房走一边喊："护士长，来一个急性心肌梗死病人，快拿担架抬病人！"

病人安全顺利住进了病房，尹鸿斌长长地出了一口气，悬着的心终于放松下来。回到门诊对秦大夫说:"真让人捏一把汗,要是夜班遇到这种情况还不把人给急死!"

经过两天治疗,病人的情况还算稳,第三天上午,苏欣然查完房回到医办室整理医嘱,突然听到护士的喊声:"苏大夫,快来看心梗病人!"

苏欣然应声跑进病室,见病人面色发绀,出了一口长气停止了呼吸……

病情突然恶化,经过奋力抢救,最终病人没能复苏。当天下午汪家炎主持病例死亡讨论,他说:"病人住院第三天,好好的突然死亡,大伙认真讨论讨论,看咱们存在哪些不足。"见没人发言,他看了看在场的人点名说,"苏大夫先说吧!"

苏欣然胆怯地说:"我今天第一次接触病人,查房时才了解病情,我看三天了没做心电图,就给开了心电图申请单,正在改医嘱……查房时的心率、血压还都正常……"

汪家炎打断了她的话严肃地说:"说说你自己有什么地方做得不够!"

见苏欣然低下头不做声响,汪家炎说:"其他人谁说说?"

半晌没人发言,汪家炎看了看进修刚回来的金千强说:"金大夫你说说!"

进修期间,金千强在心血管病房管理过冠心病病人,他知道心肌梗死病人处在急性期随时都有可能发生变化,对这个病人没什么可挑剔的,他本不想发言,可是王家炎点了他的名,他不得不按汪家炎的意思表态说:"汪院长让我说,我就说点儿看法。首先我觉得汪院长让大伙讨论这个病例,说明汪院长对病人有强烈的责任心,我们应该理解，认清这次讨论的重大意义。"他看了一下汪家炎说，"我同意汪院长的看法，应该好好查找我们的不足。我认为这个病人在收治过程中存在问题；对急性心肌梗死的病人原则是就地抢救，尽量不搬动，怎么也应该在急诊室观察几天，等病情稳定了再收进来，所以病人的死不能说跟门诊一点儿关系都没有。"

尹鸿斌坐在一个角落，听到金千强的发言，不由得打了一个冷战，顿时全身起满了鸡皮疙瘩。他不敢出声,默默地听下去。金千强接着说："哦，我说得不一定对。另外病房大夫查房时更应该细心，昨儿个我全面检查了这个病人，他的情况还好好的……"

金千强的发言还没完，汪家炎就肯定说："金大夫的发言很好，我们就应该深刻地检查自己，这样对将来的工作才有好处。尹大夫，你说说！"

汪家炎的话音刚落，尹鸿斌又打了一个冷战，他的头"嗡"的一声呆傻在那里。这时，王大宬坐不住了，他说："我想说几句，从理论上和原则上来说，我觉得金大夫的主张没错，发现急性心肌梗死应该就地抢救、就地治疗，但这绝不是抽象的空话，必须得根据具体情况而定。救治急性心梗死的四条措施是：舌下含硝酸甘油、止疼、镇静和吸氧。病人在家里得了心肌梗死如果不送到医院，就地怎么抢救？咱们的急诊室只是个名义，除了一张空床没有任何设备，连氧气和常用药都没有，更别说不能随便开镇痛麻醉药了，请问拿什么抢救？门诊大夫该做的、能做的都做了，而且亲自带病人家属跑来跑去把病人护送到病房，我觉得在整个过程中没有不妥的地方。另外，急性心肌梗死是危重病，病情稳定与否跟好多因素有关，其中环境因素就很重要。大伙都知道，门诊环境乱哄哄的，我觉得这个病人收住院对抢救更为有利。再有，我觉得今后应该把危重病人收在小房间，普通病人收在大房间。还有一个问题我曾跟汪院长提过，就是病人没有专人负责，今天你查明天我查，医嘱改来改去很难保证一个治疗方案的连续性，不但治疗效果不好评价，出什么问题也不好分清责任，可是一直到现在也没改进。"

良言一句三冬暖，恶语伤人六月寒。听了王大夼的发言，苏欣然感到了一股暖流，同时尹鸿斌也得到一丝欣慰，而汪家炎的脸却一下子阴沉下来说："我认为王大夫的发言有问题，门诊明明是把病人推给病房，折腾来折腾去延误了一段宝贵时间，怎么能说没责任！另外，病房大夫查房如果细心一些，病人就不一定突然发生变化！回去好好总结一下，特别是尹大夫要作深刻检查！"

汪家炎点名批评尹鸿斌处理病人存在问题，并与病人的死亡有关。本来他就已处于风声鹤唳、草木皆兵的状态，吓得他不敢出声。

他恍恍惚惚地回了家，妻子见他的神色不同往常，关切地问："你今儿咋的了，精神这么不好？"

尹鸿斌摇摇头自言自语说："人要是倒霉，就是喝凉水都塞牙，真是不假呀！"

夜里，尹鸿斌躺在炕上忐忑不安，翻来覆去睡不着觉。这么多年了，妻子从来没发现他有过这种情况，她关心地说："老尹，有啥话跟我说，别在心里憋着，遇到不顺心的事儿得想开些。"

听到妻子的安慰，尹鸿斌没有做声，他想："我刚躲过一枪又挨了一炮，这是何苦啊！好不容易才熬到了今天，看这苗头不走不行啊！"想到这里，他从炕上爬起来，坐在书桌边拿出纸和笔……

第二天，尹鸿斌早早赶到卫生局站在门口，见陈子尘走来，他赶紧迎上来说："局长，我找您有重要事报告！"

陈子尘说："老尹，啥事这么急？走，到办公室说。"

走进局长办公室，还没等陈局长落座，尹鸿斌把写好了的材料呈递过去。陈局长扫了一眼说："调动申请？！老尹，咋了？刚上班没多长时间就要调走？坐下，慢慢说。"他看了看申请，"想调到防疫站？只有一墙之隔，为啥呀？"

尹鸿斌说："局长，您就别问了，我在医院干不了。"

陈子尘说："这么多年您的业务一直没丢，老手了，咋说干不了呢？出啥事儿了吧？"

见尹鸿斌不做回答，陈局长接着说："您刚恢复工作，先暂时留在县医院别着急，等有机会我给您想办法。"

"谢谢局长，请您记着我的事儿。"尹鸿斌诚恳说，"如果防疫站安排不了，到我们公社卫生院也行！"

陈子尘说："老尹，您的事儿我记住了，先回去吧。"

递交了调动申请，尹鸿斌到医院上班，谨小慎微地接待每一个病人。王大成见尹鸿斌无精打采情绪低落，乘诊室里没有病人关心地问："尹大夫，今天您的精神可不怎么好，是不是还在想昨天的事儿？事情过去了，就别总把它放在心上了。"

尹鸿斌摇摇头叹了一口气说："我能重获新生激动得不知道自己姓什么，满怀豪情想好好在工作上展示一下自己，也不枉十年寒窗之苦，可是万万也没想到，因为一个病人我就成了汪院长点名批评的对象。那个病人不幸死在病房，如果真死在我手里的话恐怕我就活不成了。这才多长时间呀就让我陷入在担惊受怕的境地。这件事我可真够冤枉的，你说我的精神怎么好得起来呀！"他站起来走到门口向两边看了看又回到诊桌边，"你看能走的都走了，就剩下咱们几个了，我看这风头不对，你可也得多加小心！"

王大宬安慰说："忧能伤人，您别太悲观了，日子还长着哪！"

尹鸿斌说："正像你所说的'忧能伤人'，刚过了两年好日子，我何必再自讨苦吃？我已经下了决心离开医院。"

"怎么？您要走，调到哪儿去？"

"轻点儿！我就跟你一个人说，今天一早我就把调动申请交给局长了，我想到防疫站。"

到防疫站？他怎么说，有希望吗？"

"陈局长说让我别着急，耐心等机会。"尹鸿斌说，"我早就想通了，二十多年都过去了，我干吗还要天天提心吊胆的在这儿干哪。我所留恋的就是跟你能说心里话。昨天会场的形势那么严峻，也就是你能仗义执言为我说话、给我壮胆，我真从心里感谢你！"

王大宬说："说什么感谢不感谢的，我只不过实事求是地说了自己的看法。我最看不了那些鸡蛋里挑骨头故意找茬儿伤人整人的事，一碰到这种事我就按捺不住自己，说出来才觉得痛快！"

快下班了，王大宬说："现在也没病人，您家离得远早点儿回去吧！"

几天来，尹鸿斌整夜整夜睡不着觉。二十多年前，因为被划成右派他失眠过，后来被迫跑到农村婶母家他也失眠过，但从来没有像今天这么严重。

妻子在丈夫的身边也睡不着，她说："这几天你到底咋了？是不是工作上遇到了不顺心的事？要真是那样儿的话，咱们干脆不干了！这么多年，咱们的日子不也照样儿过吗？"

尹鸿宾说："我也在想这个问题，重新工作本来是好事儿，何必自找不愉快呢？哎，你认识我们医院的汪家炎吗？"

"不就是你们的汪院长吗，谁不认识？"

"我总觉得做人得本分，应该与人为善，在医院我遇见一个好人，他正直善良，可以说是我的挚友。可是汪家炎却反其道而行之，心肠歹毒得很。他整了这个整那个，现在开始把矛头指向我们俩人了，我心里总感觉不踏实……"尹鸿斌心情沉重地说，"淑惠，你跟着我吃苦受累一直没得好，我感到很愧疚……"说到这儿，他突然感觉不舒服，"哎？怎么回事，我有些胸闷。药箱里有硝酸甘油，快帮我拿一片来！"

妻子慌忙下地，打开柜子上的药箱取出一片硝酸甘油放到尹鸿斌的嘴里，两三分钟过去了，他焦急地说："不行，不仅胸闷没有缓解反而越发难受了！淑惠，快！快去医院，我得了心肌梗死！"

自从汪家炎点了尹鸿斌的名，他陷入在高度紧张担惊受怕的气氛中，郁闷的心情得不到释放，造成突发急性大面积心肌梗死。

尹鸿斌静静地躺在病床上，吸着氧气、打着点滴，这些年来的情景一页一页浮现在他的脑海。

那是一个雷雨交加的夜晚，突然有人敲门，尹鸿斌应声起身，高声问："谁？！"

"尹大夫，求你快看看我姐吧，她发烧得不省人事！"来人在外边祈求说。

"你是哪个村儿的？"

"不远，文家庄的，我姓文。"

尹鸿斌打开堂屋门，对来人说："别着急，别着急！进来等一会儿，稍微等一会儿……"一边说一边急忙背起药箱，拿起雨伞跟来人走出门。

一进文家大门，来人大声说："妈，先生来了！"

"快进来，快进来！"老人把尹鸿斌刚迎进堂屋，赶紧把一条干毛巾递过去，"瞧瞧都湿透了吧，快擦擦！大雨天，深更半夜的！好人哪好人！哎，金旺别愣着，快拿你的干衣裳给先生换上！"

"婶子，我没事儿，快看病人吧！"尹鸿斌一边擦脸一边说。

"在西屋呢。"文婶把尹鸿斌带进西屋对炕上昏睡的人说，"淑惠，先生看你来了！"

听文婶儿呼叫女儿的名字，尹鸿斌说："文淑惠？！是公社妇联文主任吧？"

"是啊，两天没去上班了！"文婶儿回答说。

"看样子病得不轻，婶子您把衣裳给她解开！"

文婶解开了女儿的衣纽，尹鸿斌把体温计夹在她的腋下问："文主任，哪儿难受啊？"

文淑惠迷迷糊糊没有反应，尹鸿斌听完她的胸部说："婶子，文主任得了肺炎，先给她打一针退烧药再输输液，等天晴了送医院吧！"

文婶说："就依先生！瞧这天儿闹得……"

尹鸿斌迅速拿出一支安痛定给文淑惠做了肌肉注射，然后对文婶儿说："有没有衣裳架子，或者墙上钉着钉子？挂输液瓶用。"

给文淑惠挂好了吊瓶，尹鸿斌松了一口气对文婶儿说："婶子，怎么没早点儿到医院看哪？"

"咳，这孩子都快四十了，拧着呢！"

站在一边的文金旺说："尹大夫，快把衣裳换上吧！"

"不用换了！我就带一瓶液体肯定不够，我得回去再拿两瓶来。"尹鸿斌说，"金旺兄弟，好好看着你姐，别让她这只胳膊乱动，我拿了药马上就回来！"

文婶儿感到不落忍说："哎呀，雨下得这么大，这可咋好！"

"婶子，没事儿，这瓶液体输完之前我肯定会赶回来！"说完，尹鸿斌走出门消失在夜雨中。

文淑惠在病床边，见丈夫脸上露出了微微的笑容，她贴在丈夫的耳边欣慰地说："老尹，你笑了？！"

尹鸿斌无力地睁开眼："我想起了下大雨那天夜里我去给你看病……从那以后你就嫁给我了……生活虽然清贫，可是有了你我感到很幸福……因为有了你……"

"嫁给你，我也感到很幸福……老尹，好好治病，咱们的好日子还长着呢。闭上眼，好好休息吧！我出去一下很快就回来，让金旺陪你。"

文淑惠离开病房，走进汪家炎的办公室，汪家炎忙站起来说："是文主任，快请坐！"

文淑惠坐下来说："那我就不客气了。汪院长，您知道老尹是受过打击、受过冤屈的，我想拜托您今后对他多关照些！"

汪家炎很礼貌地说："哪儿的话，咱们都是老相识，您别客气。老尹现在的情况还是比较稳定的，您就放心吧！"

文淑惠说："咱们认识这么多年了，我记得每次县里开会您都给我们热情服务，希望您留在我心里的好印象一直保持下去。今后无论对老尹还是对别人，您还是多宽容一些好，别再难为人了！"

听了文淑惠的话，汪家炎坐不住了，他说："文主任，您这话可说得太远了！不管对谁我都是与人为善的，对老尹更是这样！"

文淑惠说："这么多年来老尹的身体都挺好，他突然得了这个病不能说跟您没关系！'得道多助失道寡助'，要想得到大多数人的拥护，您应该明白这个道理……"

"姐，姐夫叫你！"门外传来了文金旺的声音。

听到弟弟的叫声，文淑惠站起身说："汪院长，我说的都是真心话，供您参考。老尹在叫，我去看看。"

见文淑惠回来，王大烕轻声说："文主任，多陪陪尹大夫吧，您要有精神准备，情况不太好！"

文淑惠回到尹鸿斌的病床边，尹鸿斌一下抓住了妻子的手说："快把儿子叫来，让我好好看看……"

文淑惠回过头对弟弟说："金旺，快到学校跟老师说一下情况把津津叫出来！"

文金旺走了，文淑惠贴近了尹鸿斌说："老尹，现在咋样，你……"

愁肠已断无由醉，酒水未斟泪满襟，尹鸿斌悲切地说："淑惠，我的时间不多了……孩子就托付给你了，无论如何也要把津津拉扯大，平平安安地过日子……我对不起你……"

"老尹，别说了，你别说了……"文淑惠伤心地流下了眼泪。

文金旺领着津津大步走到尹鸿斌的床前，他看了儿子一眼，握着妻子的手突然松开了，文淑惠把津津的手放在他的手里，母子俩哭作一团。

出师未捷身先死，长使英雄泪满襟！恢复工作不过三载，还没有步入知命之年的尹鸿斌带着对妻子孩儿、对初恋情人沉重的负疚感与世长辞了。

20　难得久旱逢甘雨　未料他乡遇故知

早交班完了各组分别开始查房，在走廊里王大宬对苏欣然小声说："我估计王书记这次住院可能比上次要麻烦。"

"谁知道这次汪院长是怎么跟他说的，"苏欣然说，"反正跟咱们没关系。"

"怎么没关系，你不上夜班了？"王大宬说。

"我可跟你说，"苏欣然提醒王大宬，"不管你上什么班，只要你赶上他有问题，马上叫人通知汪院长，千万可别擅自处理！"

查完病人，王大宬和乔玉环正在改医嘱，一个人来到王大宬的身边说："王大夫您在忙啊，王书记叫您过去一趟。"

王大宬抬头一看说："哦，张秘书！你先回去，我马上就来。"

张秘书走了，王大宬对乔玉环说："那我就先过去看看。"

乔玉环说："去吧，都是老病人，医嘱用不着大改动。"

王大宬走到小乔身边说，"乔大夫，得让苏大夫跟我一块儿去。"

小乔大夫不好意思说："看您，叫苏大夫去就行了，这还用跟我说？"

"你们是互助嘛，当然得先跟你请示了！"

跟小乔打了招呼，王大成对苏欣然小声说："你看麻烦来了不是！走吧，咱俩一起去。"

苏欣然说："人家叫你去又没叫我，我跟着干吗去！"

"怎么计较起来了？"王大戌说，"现在咱们虽不在一组，可你原来是一组之长啊，不去哪儿行啊！"

"行了行了，就别提什么组长了！"苏欣然站起来和王大戌一起走进王副书记的病室。

"王书记，您叫我们？"王大戌问。

王副书记热情地招呼说："两位大夫，快请坐！"然后对秘书说："小张，快给大夫倒茶！"

王大戌赶紧说："不用不用，张秘书别忙活了！"

"我是你们的病人，怎么不来看我？"王书记严肃地说。

"这……"王大戌感到为难，不知该怎么说。

"王书记，您误会了！交班时听说您住院了，刚才我们还议论您的病呢。"苏欣然解释说，"这几张干部病床归汪院长专管，别人不能随便插手，这不能怨王大夫。上次您住院时，是因为汪院长有事没来，他留下话让我们来看您，他要在的话都是由他来查房。"

"原来是这样儿！"王书记明白了，"还有这个规定哪？是我错怪你们了！"

苏欣然说："医院有医院的问题，有的问题好说，有的问题不好说……"

王书记觉得苏欣然的话藏着深意，今天他想要了解个究竟，于是对秘书说："小张，你先到外边转转，然后给我买盒烟来。"

张秘书应声出去了，王副书记说："现在屋里就咱们三个人，有什么话跟我说没关系！王大夫，你先说！"

王大戌说："我可是直筒子，您让我说我就说。每个大夫对某个病的认识和处理不一定都一样，比如说苏大夫给您做了诊断或者开了药,我有不同看法,我们可以在改医嘱时互相交流讨论,最忌讳背着她跟人说'应该这样不应该这样',说她的不是、拆她的台,这是医德问题。如果我遇到的不是苏大夫而是汪院长怎么办?根本就不能交流也不能讨论,可是还得对病人负责、不能眼看着不管,您说如果您遇到这样儿的问题怎么办?"

见王书记没做声,苏欣然说:"反正我们不能说汪院长哪个诊断不确切、哪个药用得不合适,更不能背后说他如何如何。上次您住院,王大夫就发现您有冠心病,只能给您暗示没法直接说,因为汪院长没给您下这个诊断。"

王大宬说:"今天扯得太远了,王书记叫咱们是来看病的。咱们还是了解一下这次病的情况吧。这次病一开始您怎么不舒服?"

王副书记说:"突然胸口发闷、憋得慌,身上直出汗。"

"是不是最近太累了,发病的时候您在干什么哪?"王大宬问。

王书记说:"这几天正忙着开会。昨儿晚上正在整理材料准备在今天的会上用,一下子就不行了,汪院长给我看完了就叫人把我送过来了。"

"发病的时候虽然胸痛不明显,但根据您所描述的情况来看应该与心绞痛等同对待,是心绞痛的一种表现形式,也就是冠心病中的一个类型。"王大宬进一步解释说,"几个类型的冠心病可以互相转化,您原来是隐性冠心病没有症状,现在转化成了心绞痛型的冠心病。对了,您那进口的硝酸甘油还坚持吃吗?"

王副书记说:"汪院长说咱们对那些进口药不了解,不能随便吃。"

王大宬想,且不说汪院长把冠心病漏诊的话,他说眼睛不好看不清楚,其实他根本就不知道那是什么药。想到这儿他说:"当然了,硝酸甘油不能保证您病情一点儿也不发展，但如果您坚持服用的话，也许不至于发生或者不至于这么快就发展到现在这种情况。"

王书记说："都怨我没听你的话，这回又给我一次沉重的教训！"

苏欣然说："我们工作难就难在这儿了。不跟您说吧显然不合适，我们得对您的身体负责不得不说。我们可没有对汪院长不恭的意思。"

王书记说："我知道，我明白！"

"还有一件事，我得提醒您，刚才您又让秘书买烟去了，以后最好别再抽了。"王大宬说，"抽烟是冠心病重要的危险因素之一！"

"好，这次一定听你们的！这几年我身体一直不太好，难得碰见你们两个及时雨，让我明白了这么多，谢谢你们！"王书记说，"刚才我把秘书支出去是为了咱们说话方便。哦，我还没问王大夫呢，你爱人到安家坊有一年了吧？现在怎么样，对工作还满意吧？"

"挺好，多亏了您帮忙。"

王大宬正在跟王书记说话，突然一个护士敲门进来说："王大夫，有人找您，说是从甘肃来的！"

王大宬很感意外，甘肃？谁会到这儿来？他说："让他稍等一会儿，说我就来。"

王书记说："远道儿来的客人，去吧，别让人等着！有空咱们再聊。"

坐在廊道座椅上的人见王大宬从病室出来，赶紧站起来，王大宬走到来人的跟前，压低声音惊讶地喊："哎呀，耿老师！您怎么到这儿来了？走，快到办公室坐。"

耿苌宿说："不进去了，别影响你们的工作。"

"没关系，医嘱马上就改完了！"

耿苌宿说:"你先忙去,我在这儿等你。"

"那您就稍坐一会儿,"王大宬不好意思地说,"改完医嘱我马上就来。"

苏欣然见王大宬回来了说:"你不接待客人怎么又回来了?"

"医嘱没改完呢!"王大宬说。

乔玉环说:"客人?哪儿来的?"

"甘肃的。"王大宬轻声说。

乔玉环忙说:"啊!那么远道来的,别让人家等着着急!快去吧!"

王大宬说:"那就辛苦您了!"

耿苌宿见王大宬又从办公室出来说:"你看,还是影响你了;你忙你的,我多等会儿没关系!"

"我们有互助组,"王大宬坐在耿苌宿身边说,"还有一个人呢!"

"互助组?"耿苌宿不理解地问,"什么互助组?"

"这就是这个医院的特点。"王大宬说,"先不说这个。转眼几年了,现在生活怎么样,您跟汤大夫都挺好吧?"

"就咱们东岭那个穷地方,生活还是老样子;身体还都不错。"耿苌宿兴奋地说,"我们的女儿小妍都四岁了!小家伙长得特别像小汤,可爱极了!说不定将来咱们还能成亲家呢!"

"啊!咱们成为亲家?那敢情好了,一言为定!"王大宬把话转向正题说,"耿老师,您快说,为什么突然到这儿来?"

耿苌宿说:"几年没联系了,我跟小汤经常念叨你,不知道你现在怎么样,来看看你!主要是我们俩都想活动活动。虽然在东岭待十多年了,但总觉得那儿不是自己的家,所以……"

"我明白了!"王大宬说,"你们想往这儿调,是吧?"

耿苌宿说："现在还不好说，先了解了解情况。"

"您没到安家坊石油测管局医院去看看？"王大宬说，"这几年安家坊变化可大了！"

耿苌宿说："去过了，人家说几年前就满员了。咱们进不了北京，只能在周边地区想办法。"

"你们要想到这儿来可得想好了。"王大宬说，"几年来的体会，我觉得这儿并不是理想的地方，我正在争取调出去呢！"

耿苌宿急着说："你说说，这儿怎么不好？"

王大宬说："首先这儿的人际关挺复杂，矛盾太多，不能让人踏实工作。再有您原来在正规医院工作那么多年，恐怕到这儿也不好适应，更谈不上什么'事业'！"

"咳，哪个单位不复杂呀，要都那么简单我怎么能当右派呀？咱们安分守己不招灾惹祸就行了。至于说什么'事业'，不是我意志衰退，我都快五十了还能干什么呀？恐怕这辈子就这样了，下辈子再说吧！"耿苌宿说，"活又说回来了，事情是不断发展变化的，制度可以慢慢正规化，业务也可以慢慢提高……"

"您看是不是，我就知道您不死心！制度正规化、提高业务，您得看是谁在管理！"王大宬说，"当然了，我刚才说的是不利的一面，有利的一面也挺突出。这儿比较繁华，交通便利，离北京又近，生活比东岭方便得多。"

耿苌宿说："一个人不能把所有的便宜都占了，这有利的一面就是最吸引人的地方。哦，还有，听我父亲说，这儿还算我的老家呢，我曾祖父是个郎中在这个县行医，我祖父是在这儿长大的。虽然现在没有我的族人，但我到这儿来也算是叶落归根了。"

"好么，您把前清的历史都翻出来了！"王大宬笑笑说，"听说我的祖代也在这生活过，就不知道从事的什么行业。"

耿苌宿说："是吗，这么说咱们还是同乡呢，关系又进一层！就冲这一点儿，我们就该到这儿来。"

"看来您是有意向来这儿了，您回去跟汤大夫再好好商量商量，如果决定了马上来信告诉我。"王大宬说，"可是我觉得这儿的人比较保守，不愿意接受外来人。这两年稍好一些了，调工作比以前容易了一些，何况您的老祖宗就是这儿的，更好说了！"

耿苌宿说："听你的意思是你能帮忙了？"

"当然我肯定会给老师尽力了！这是医院新址，老医院除了唐山地震震坏了的以外，还有不少空房分给职工住。"王大宬说，"不过你们得商量好了，下定决心以后可别后悔！"

耿苌宿说："我回去跟小汤商量商量再说。哎，刚才你说想调走，怎么回事儿？"

王大宬说："哦，我还没跟您说呢，我爱人调到安家坊师范学院去了。我带孩子在这儿，不能总这样下去呀！"

"倒也是，看来你现在还有不少困难。"耿苌宿说，"本来小汤还说有你在这儿，咱们可以做伴儿，你要一走……咳，天下的事就是这样，不可能处处都那么随心。"

王大宬说："反正这儿离安家坊也不远，您别忘了，咱们还是亲家呢……对了耿老师，一会儿我请假带您到我家转转。我现在住的是农民房离这儿不远，还能顺路到老医院看看。"

王大宬带着耿苌宿在医院里走了一圈出了门，一边走一边聊不知不觉到了医院旧址。他们走进后院，见两个衣着整洁、戴着眼镜的中年人正在从废墟的地基上拾捡旧砖头,王大宬走过去不解地问:"你们这是干什么呀?"

"捡点儿砖头临时搭一个脸盆架子。"其中的男人说,"你们是这个医院的吧?"

"我是这儿的。"王大宬指了指耿苌宿,"这是我老师在外地工作,今天到这儿来看看。你们是……"

"我们是新调来的。"男人指了指身边的女人说,"这是我爱人赵阿嫚。我叫陈笑鸣,都是口腔科的。"

王大宬用敬佩的口气说:"看样子两位的年资够高的了,你们从哪儿来?"

陈笑鸣说:"我们是北医一九六一年毕业的,从甘肃来。"

"啊?你们也是从甘肃来的!"王大宬兴奋地说,"我就从甘肃调来的,我的老师现在还在甘肃。太巧了,咱们都是'留苏(肃)'的"!说着,他热情地把手向陈笑鸣伸过去。

陈笑鸣掸去手上的泥土跟王大宬握了握手,然后把目光投向了耿苌宿,一边把手伸过去一边说:"怎么好像有点儿面熟啊?"

耿苌宿一把握住了陈笑鸣的手高兴地说:"可不是嘛,我是一九五九届的叫耿苌宿,咱们是同学!"

王大宬说:"哎呀,您看这地球简直是太小了!"

"别在这儿站着了!"陈笑鸣说,"先到我家坐坐吧!"

人们走进了陈赵夫妇的家门,陈笑鸣张罗着说:"家里条件差了点儿,两位快请坐!"然后对赵阿嫚说,"小赵,快沏茶!"

"您就别忙活了!"王大宬说,"你们什么时候来的?"

陈笑鸣说:"刚到几天。这不是,抓时间收拾利索了好上班。"

"你们在甘肃什么地方？"王大宬饶有兴趣地问。

陈大夫说："西北重镇嘉峪关！"

"嘉峪关？"王大宬兴奋起来，"一九六七年巡回医疗时我去过！那时候可够荒凉的，十几年了现在是不是好多了？"

"好什么呀！"赵阿嫚接过话茬，"除了戈壁滩就是风沙，空气干燥得很。我是上海人，经常干得我流鼻血、口唇干裂，去了那么多年，到现在我还适应不了！"

王大宬问："怎么没往南方调啊？"

赵阿嫚说："调动工作太难了，这儿是他的老家！"

"一九七〇年'6.26'下放好像没有去嘉峪关的，"耿苌宿说，"你们怎么到那儿去的？"

"毕业以后她留在北京，我参军入伍了，后来她跟我随军到了大连。"陈笑鸣说，"没几年工夫就赶上部队整编，大批人员转业，领导说大西北需要人，就转业到嘉峪关让我搞起了医政管理。在那儿待了十几年兜一个大圈子又转回来了。"

王大宬说："这么说您转业后就当医院的领导了？"

陈笑鸣说："什么领导啊，既然组织这么安排了，还有什么可说的？"又对耿苌宿，"看来好像您也有意到这儿来是吧？来吧，咱们一块儿干！"

王大宬说："耿老师一直在大医院工作，我担心他一下子适应不了。"

陈笑鸣说："你说得也是，这就要看耿大夫怎么想了。从长远来说，我看这儿还是有发展前途的，而且这儿的自然环境和生活条件比那边好得多！要我说呀，就别想那么多了，调过来吧！"

"听您这么一说，我还真动心了！"耿苌宿说，"回去跟我爱人好好说说。"

王大宬看了看表说："耿老师，十一点多了，咱们走吧！"

陈笑鸣说："再坐坐吧！"

王大宬说："你们刚来还没安顿好呢，以后有时间再来。我带耿老师到我家看看去。"王大宬说，"我儿子也快放学了，还等我弄饭吃呢！"

陈笑鸣说："怎么，你爱人没在家？"

"我们是牛郎织女！"王大宬说，"我带孩子单干！"

陈笑鸣说："哎呦，这么说你现在还有麻烦哪……"

21　不甘受命接承旨　掂对权衡且委身

下班时间快到了，政协主席马盛唐走进诊室，见王大宬一个人坐在室内说："我看其他诊室的人都走了，怎么你还没走？"

王大宬站起来看了看表说："还没到下班时间。您坐，好像最近您来了好几次了，您有什么事儿？"

"王书记住院了，我来看看他。"马盛唐坐下来说，"没什么事儿，顺便到这儿来转转。"

王大宬说："哦，您是县委的吧？"

马盛唐说："不是县委的，是政协的，我姓马。"

"哦，我知道了，您是马主席！"王大宬说，"内科的小胡是您的儿媳吧？我听她提过您。"

马盛唐说："小胡是新手，还得请你多帮助啊！"

王大宬说："她是新一代大学生，我接触不多，我感觉她的基础还挺扎实。"

"光有书本知识哪儿行啊！"马盛唐说，"干你们这一行得有实际经验！"

王大宬和马盛唐正在聊天，苏欣然从外边走来说："呦，马主席也在这儿！最近我总见您和陈局长俩人在这儿转来转去的，是不是有什么事儿啊？"

马盛唐说："没什么事儿，随便转转。"

苏欣然对王大宬说："你怎么还没走？"

王大宬说："这不刚到下班时间嘛，咱们白天又没设急诊，你夜班急诊还没来我怎么能走啊！"

"就你认真，要都像你似的那么遵守时间就好了。"苏欣然又对马主席说，"您听见了吧，王大夫干事儿就这么认真！您到各科室看看，这时候还有几个没回家的？"

马盛唐说："我听小胡说过，这不是嘛，我正在跟王大夫说着呢，让他多帮助帮助小胡。"

"谁帮谁呀？"苏欣然说，"我们这儿甭管什么人大伙都一样，个人干个人的，业务上没有上下级。以前一切都听汪院长的，现在还一切听汪院长的！"

人们正在说话，王书记的秘书小张从外面走来说："马主席，您还没走哪？王书记让我找王大夫和苏大夫。"他转过身说，"我说到处找不到你们呢，原来你们都在这儿！王书记住院了，让你们过去给他看看！"

苏欣然说："这段时间我们在门诊、急诊上班，没管病房里的事。"

马盛唐说："王书记让张秘书特地来找你们，趁你们俩都在就去看看吧。走，我跟你们一块儿去！"

苏欣然对王大宬小声说："你看，麻烦事儿又来了不是！怎么弄都不好办。"

王大宬说："可是咱们也不能不去呀！"

几个人来到王书记的病室，他高兴地说："可找着你们了，欢迎你们来！"

"您怎么又住院了，现在怎么样？"王大宬问。

王书记说:"咳,又添新病了,冒酸水胃疼!"

"您的烟戒得怎么样了?"王大戍又问。

"话好说,戒起来还真难,最近抽得比以前还多。"王书记为难地摇摇头说。

王大戍说:"胃病本身就是难以治愈的,可以说不戒烟治愈的希望不大。"

"戒烟是一方面,你跟我说说用什么药最好?"

王大戍没有直接回答他的问话,婉转地说:"您把情况跟汪院长好好说说,他肯定会给您对症下药!"

"您忘了上次住院时我们跟您说过的话。"苏欣然插话说,"您是领导又是病人,我们应该来看您,可是现在我们没在病房上班不能随便发表意见。"

"对对,不问了,别让你们为难!"王书记说,"这医院的规矩还真不少。"

"有些规矩是对的,有人就不遵守规矩。"苏欣然说,"今天跟病人说这个,明天跟病人说那个,有意无意地制造矛盾,让主管大夫没法工作。"

马主席对王书记说:"听见了吧,听起来像是在发牢骚,这里的学问多得很呢!"

王书记说:"是啊,看来你和陈局长这次的工作很重要!哎,正好两位大夫都在,还不顺便把老伴儿的病跟他们说说?"

"有什么好说的呀?"苏欣然说,"动不动就吃激素,都吃上瘾了!"

王大戍问:"什么病啊老吃激素?"

苏欣然说:"本来有些关节疼,其实病不重,因为长时间吃激素,结果一停激素就全身疼不好受、睡不着觉！"

马盛唐说："汪院长一给她吃激素关节就不疼了，所以就把激素当成好东西了。"

"反正我说什么她都听不进去，不给她开激素不但她不高兴，就连您也不高兴。"苏欣然说，"谁都不愿意得罪人，结果把病人给害了。而且她还有高血压，长时间吃激素对血压治疗也有影响。"

王大宬说："是不是已经有骨质疏松了？长时间用激素特别容易造成骨质疏松，尤其是绝经期的女性可得小心发生骨折！如果就因为单纯的关节疼而且又不太重，最好还是慢慢把激素停了。"

"马主席，您听见了没有？"苏欣然说，"我说得没错吧？这可是王大夫说的，我们的看法是一样的！在这之前我可没跟他说过您老伴儿的病情。如果您以后再给老伴儿开激素可别找我，免得让我为难。"

一个多月以来，不知马盛唐和陈子尘局长为什么总在医院里出出进进的。这天下班前，马盛唐又走进内科诊室，坐在王大宬对面说："你天天闷头看病人，你感觉出来了没有，随着全国改革开放的步伐，卫生系统也发生了很大变化。"

王大宬说："报纸上倒是常有这方面的报道。"

"我想听听你的看法。"马圣唐说，"你觉得咱们医院有没有改革的必要？"

"县医院改革？怎么改？没想过。"王大宬回答。

马盛唐说："这么多年了，除了汪院长以外，医院领导班子的主要成员同一色都是搞农村工作的公社书记或部队转业的团级干部，你来我去跟走马灯似的。他们并不是不想搞好工作，可是不知从哪儿入手。甚至把医院的工作看成给社员派工或组织部队军事演习，在医院都没站住脚。领导人这么调来调去频繁流动，实际上就只有汪院长一个人说了算，结果也没见什么起色。这种状态不符合改革开放的要求，要改变现状必须从改革班子入手。"

王大宬说："改革班子？那得打破过去的老框框，要彻底改变医院的面貌，得由业务干部来管理才行。"

"说说，你觉得谁当院长合适？"马盛唐说。

王大宬坦率直言说："我看那个新来的陈大夫就挺好，听说他在原来医院就是领导。"

"哦，陈大夫是一个。还有谁能行？"

"还有……"王大宬说，"外科的楚主任也挺合适！"

"这样吧，马上就下班了，事儿也不急，你回去好好想想，明后天咱们再聊。"

说完，马盛唐走出了诊室。

在卫生局办公室，马盛唐和陈子尘坐在陈笑鸣的对面。陈子尘问陈笑鸣："你认识马主席吗？"

陈笑鸣说："怎么不认识，咱们上中学时，他是县教育局局长，经常到学校里给咱们训话！"

"马主席，您还记得老陈吗？"陈子尘说，"初中、高中我们都是同班。"

"怎么不记得，是少数几个尖子生！"马圣唐说，"咱们县五十年代能考上大学的有几个呀？"

"那就不用我介绍了。"陈子尘对陈笑鸣说，"你知道今天为啥让你来吗？"

陈笑鸣说："这么突然把我叫来，不是聊天叙旧吧？"

"说得没错,找你不是随便聊天的。"陈子尘说,"还是让马主席跟你说说吧。"

"你回来得正好,正赶上改革开放的好时机。"马盛唐说,"你知道,多少年来咱们县医院工作没有什么起色,县委决定打破过去的老套套,寻求彻底改变医院发展的新思路。考虑由你牵头重新组阁医院领导班子。"

"这可不行!"陈笑鸣婉言谢绝说,"我刚来,对医院的情况一点儿也不了解,怎么能胜任这么重要的工作呀。"

马盛唐说:"一边工作就一边熟悉了。你到外面走走看,你上下几届的同学现在都是各行各业的带头人,现在正当年你怎么跑得了!你跟陈局长是当家子兄弟吧?你看人家干得多带劲哪!"

陈笑鸣说:"谁能跟他比呀,在学校他不是班干部就是团干部,我还是先干我的临床,等熟悉情况以后再说吧。"

"革命工作能等吗?"马盛唐说,"你是老党员,怎么能拈轻怕重呢!"

陈笑鸣一再推卸说:"我不是拈轻怕重,我真干不了。我看内科王大成王大夫就是挺好的人选!"

陈子尘说:"他可以是班子成员之一,可是目前他还不是党员怎么当'班长'啊!"

陈笑鸣说:"要么就找外科的楚主任怎么样?"

"不能再推了!"陈子尘说,"你看马主席都生气了!"

"这事儿真让我为难!"陈笑鸣说,"我不该向组织讨价还价提条件,可是我还得提条件……"

陈子尘说:"你说什么条件,能满足你的尽量满足。"

"让王大宬主管医院的业务！"陈笑鸣说，"就这一条儿，要不答应我宁愿受批评、受处分。"

陈子尘说："哎呀，就这个条件呀？好说，早就给你物色好了！"

"真的？！"陈笑鸣满意地点点头，"你可真够痛快的，一下子就把我的嘴给堵上了，我还能说什么呀？束手就擒吧！"

晚上，马盛唐又来到医院内科诊室，一见王大宬就问："昨儿个我给你布置的作业完成了没有？"

"作业？什么作业？"王大宬蒙住了。

"让你推荐医院领导班子的人选，怎么忘了？"马主席提醒说。

"您吓我一跳，我还以为什么事儿呢！"王大宬说，"昨天我跟您说了，有两个人还不行？"

"你怎么样？"马盛唐说，"当个主管业务的副院长？"

"我？！不行不行！"王大宬吃惊地说，"我哪是干这个的材料？"

马盛唐说："据我们一个多月的观察和听到的反映，我觉得你完全可以胜任！"

王大宬一听马主席是认真的，心想，我现在已经是人在曹营心在汉了，哪儿还有心思当什么副院长？于是说："马主席，您不是说玩笑吧，这可不是儿戏，别误了大事！"

"这么大的事我能跟你开玩笑吗？我是在正式跟你谈话。"马盛唐说，"这不是我一个人的意思，这是工作需要！"

王大宬说："马主席，别介，您还是找别人吧！"

马盛唐严肃起来说："这是革命工作，是医院改革的需要，怎么能推卸呢？你这个态度可要注意了！"

"马主席，我真不行，还是考虑其他人选吧！"王大宬诚心诚意地说,"我觉得新来的陈大夫和外科楚主任挺合适的。"

马盛唐说:"怎么回事?既然组织认定了你,就说明是经过深思熟虑的!"

王大宬感到十分为难,这么一来,多年企盼一家人即将团聚的事不就彻底泡汤了吗?看来没有其他选择,干脆把藏在心底的秘密直说了吧,他胆怯地说:"马主席,我真有难处!我的档案已经走了,不久就调到安家坊去。"

然而,辞不获命,马盛唐听了他的话正言厉色说:"明天我就派人把你的档案拿回来!"

他的话辞简意足,吓得王大宬提心在口,心想,别太不识抬举了,就俯首听命吧。不行,我用舍弃与家人团聚作为代价当这个倒霉的副院长,不能就这么轻易地表示同意,得跟他们好好讨价还价!想到这儿,他说:"我想了解一下今后怎么安排汪院长。"

"这个问题组织早就考虑到了。"马盛唐说,"准备把他调到卫生局当副局长。"

"到卫生局不正管县医院吗?可不能让他干预县医院的工作!"王大宬大胆说。

马盛唐说:"你放心,让他分管公社卫生院和农村的合作医疗,跟县医院没关系。"

这时,王大宬越加不知天高地厚起来,他说:"还有一个问题,不准随便往医院里安插业务人员,如果想来必须经过医院考核同意才行!"

"真看不出来,你这个王大宬还挺厉害,提的都是要害问题!"马盛唐说,"不过话说得倒也在理,行啊,只要能管好医院,进人的权力由你们自己掌握！"

经过一个多月的调查研究和艰苦的思想工作，医院的领导班子终于组阁完毕，暂时秘而不宣。

周末，孟玫玫回白河休息，一见王大宬就急着说："我们张书记说地区医院的事早就说定了，可是发给白河的商调函等了这么长时间也没有回音，让你催催组织部门，千万别错过这次机会！"

"情况有变，他们让我在这儿当副院长，已经组阁好了，过几天就宣布，我正在发愁呢！"

"那你调安家坊的事不就没希望了吗！"孟玫玫有些失望了。

"上边的态度硬得很，印把子在人家手里，我有什么办法呀！"王大宬无奈说。

"这么重大的事，你得快拿主意！"孟玫玫有些着急。

常言道，当断不断反受其乱，在这关键时刻，不能沉吟不决了。王大宬说："我想找张登高探探风，看还有没有回旋的余地。不过，我跟他只是普通的校友关系，互相并不了解，也不知道他的内心世界什么样儿？"

"事情不能再拖了，得抓紧点儿！"孟玫玫说。

"张登高每个周末都回安家坊和家人团聚，星期一晚上我就找他去。"

在张登高的住室，王大宬平铺直叙把情况全盘托出，最后说："你每周回家，虽然有车接送但长期下去也不方便，我们就更难了。今天我想听听县长的高见！"

"你说的全在理，咱们的情况差不多，困难是明摆着的。"张登高耐心听完了王大宬的陈述说，"可是按程序，文教卫生口儿的工作归文县长管，我不好直接插手。我知道你跟文县长的关系搞得很僵，况且医院的班子已酝酿了几个月，也通过了组织程序，马上就要公布，现在的确不好办。"

人生在世谁主沉浮？答案可能会有成百上千，但在这复杂的大社会里，自己的命运个人是主宰不了的。张登高见王大咸沉默不语，心虔志诚地说："你是我的师兄，不是外人，我有什么就说什么。我毕业在农村劳动锻炼几年后被抽调上来在地区行署当了个小干部，到这个县来任职没有任何背景。既然已经从政，就一切听从党的安排了，今后命运如何，能否升迁也无法预测。每个人都会有困难，现在组织已经这样安排了就不好随意改变，而且我听说你还特地提出了任职条件，组织上也答应为医院的发展消弭了障碍，依我说你就先安心干一段时间再说。你的事我会记在心上，今后如果有合适的机会我肯定会帮助你。"

"你的意思我明白了。"王大咸说，"话说到这个份儿上，我就无言以对了，谢谢你给我上了一课，别忘了今天说的话可得算数！"

王大咸心里早就清楚，从形势上分析目前确实没有退路，对关系个人前途命运的大事再次做出了无奈的决定。从县委大院回来，他连夜给孟玫玫写信说明了情况，恳请师院张书记设法将他的档案暂保存在地区卫生局，千万别退回白河。

刚吃过午饭有人敲门，王大咸开门一看意外惊喜："呀，是你们俩！快进快进，什么时候到的？"

"早上就到了，我们都报完到了！"耿苌宿说。

"这是京京吧？"汤妍妍进门一见京京兴奋地说，"长这么高了！"

京京若有所思地望着汤妍妍，王大咸说："这是耿伯伯，这时汤阿姨！"

"阿姨好，伯伯好！"问候了客人，京京说，"爸，我该上学去了。"

"哦，去吧！"

"伯伯、阿姨再见！"

"真是好孩子，路上小心点儿！"汤妍妍对京京摆着手，"京京再见！"

"知道你们快来了，没想到这么神速！"王大宬说，"怎么没先提前说一声儿我去车站接你们！"

"接什么呀，就我们俩空手来的什么也没带。报完到，汪院长带我们到内科和妇产科转了一圈，然后让后勤老张带我们看了老医院的房子。"耿苤宿说，"哎，我看那儿空房子还有不少，你怎么还在这儿住啊？"

"咳，原来想过不了多长时间就走了，不想搬来搬去的找麻烦！"王大宬说，"这下坏了！恐怕两三年也走不成了！"

"怎么？出什么麻烦了？"

王大宬说："医院新领导班子组阁好了，非得让我当什么副院长，把我给拴住了！"

汤妍妍说："听见了吗老耿，咱们有靠山了！"

"你们要早来一个月我就有救了，这个位子肯定是耿老师的！"王大宬说，"哦，可能还有活动的余地，班子还没正式公布呢！今天晚上我就找他们说去……"

耿苤宿说："哎大宬！别介，我们刚来两眼一抹黑，你可别给我找麻烦……"

22　力拔山河气盖世　虞兮虞兮奈若何

二十年来，汪家炎在小小的白河县医院称王称霸说一不二，他的每一句话都是金口玉言，个个俯首听命。随着形势的变化，白河也迈开了改革开放的脚步，汪家炎感觉自己在县里的根基似乎发生了动摇，最近陈笑鸣、赵阿嫚和耿苌宿、汤妍妍夫妇又先后突然出现，他感觉一股巨大的冲击力扑面而来。虽然他层层设岗、步步为营谨慎采取对策，但这些动向预示着将面临一场丢权失利的危机。近来又发现政协马盛唐和卫生局陈子尘，时时在医院里出出进进，好像是在了解什么情况。过去，不管医院里有什么大小事，领导首先都要找他商量，可是这段时间竟然没人找过他，他不得不提高了警觉。

汪家炎知道，尽管人们对他都毕恭毕敬，但最可靠的、能被他利用的却只有金千强一个人，但在当前形势下对他是否还能心口如一也未可知。这天下班前，他把金千强叫到自己的办公室亲切地说："小金，你进修那段时间，我还挺想念你的！回来这么长时间了，咱们还没扯过呢。咋样，一年收获不小吧？"

金千强恭维说："当然了，这得好好感谢您，没有您的栽培，哪会有我金千强的今天哪！"

汪家炎说："学了本事，得好好干，给自己争口气，让他们看看你金千强就是比别人强！"

"是了，请您放心，我一定努力！"金千强频频点头。

汪家炎转了话题问："最近有没有注意苏欣然还有王大宬有什么新动向？"

金千强是个聪明透顶的人，早就摸透了汪家炎的心思，可是自尹鸿斌过世以后，他很后悔在那次病例讨论会上的发言，而且他也敏锐地察觉到，虽然表面看医院还是老样子，但形势却发生了明显变化。想到这里，他赶紧应付说："哎呦，近来净顾钻研业务了没在意。今后我多留个心眼儿，发现啥情况随时向您汇报。"

找金千强谈完了话，汪家炎忧心忡忡地往外走，与迎面走来的陈子尘差点儿闯个满怀。陈子尘说："老汪，是要回家吧？"

汪家炎冷不丁吃了一惊："哦，陈局长！有事儿啊？"

陈子尘说："我来通知你，刚才接到县委办公室的电话，让你明儿个上午到王副书记办公室！"

"啊？！唔……"汪家炎感到忐忑不安起来，"没说什么事儿吧？"

陈子尘说："也叫我去，我想可能是谈工作问题吧！"

陈子尘早早来到王副书记办公室，见汪家炎来了忙站起来打招呼："老汪来了，过来坐！"

陈子尘和汪家炎刚刚坐稳，王副书记和马盛唐走进来，见陈子尘和汪家炎俩人赶紧站起来，王书副记说："都是老熟人别客气，坐吧快坐吧！"

陈子尘和汪家炎落座后，王副书记说："今儿我和马主席请你们来主要是聊聊咱们的医疗卫生工作。全国改革开放的步子已经迈开，不用我多说咱们都感觉到了。我想卫生口的工作也不能例外，应该和其他系统共同发展别落在后面。现在就想听听你们的看法，今后你们打算怎么弄。"

"你们俩谁先说？"王副书记做了开场白，见陈子尘和汪家炎坐在旁边沉默不语，"我看还是让老汪先说说吧！"

听说王副书记要找谈话，汪家炎几乎一夜没睡，弄不清到底谈些什么。他挖空心思把近来县医院的工作理出个头绪，准备好好向领导汇报自己的业绩和工作的艰辛，让领导充分理解自己在白河卫生工作战线上是立下汗马功劳的。始料未及的是王副书记所提的问题是对未来工作的设想，跟他精心准备的东西不贴边儿，他一下子蒙住了，能说些什么呢？

处事一向老道的汪家炎与领导人打交道多年，他稍微愣了一下忙应对说："这么大的事我哪儿敢胡乱瞎想啊，就看领导咋安排了，我一切听领导的！"

"那个叫王大宬的好像还比较有才气。"王副书记切入正题，"我看了新调来的那几个人的档案，背景也都不错，你们打算咋安排他们？"

"这个我们还没想好。"汪家炎无奈地应付说，"我们支部正想讨论呢，讨论好了就向陈局长汇报！"

王副书记听得出来，汪家炎的话完全是在应付他，于是说："那好，你们抓时间好好商量一下，我等着听情况！"

听了王副书记的话，汪家炎一下子傻了眼，就像泄了气的皮球无力地说："是，回去我把您的意思向党支部传达。"

"老陈，该你说了！"王副书记说，"县医院是你主管的主要单位，你是咋打算的？"

陈子尘说："您知道我的干劲儿足着呢！我在卫生局干几年了，多少也摸索出一些经验。可是卫生系统的工作专业性比较强，我有好多想法也不知道可行不可行。咱们卫生局从来没配备过业务干部，包括仝副局长在内我们都是门外汉！"

马主席听陈子尘的话说得很切题，于是插话说："是啊，我看老陈工作一向都挺专注，这几年的工作也还不错，就是缺少业务干部辅佐！"

"你的意思是想配备业务干部？"王副书记有意地问。

陈子尘说："当然想要了，有了懂行的人我们的工作会做得更好！"

王副书记问："你物色上谁了？跟谁做搭档合适？"

"只要是有经验的老手，我跟谁都行。"

马主席乘机说："哎，我看老汪就挺合适，你觉得咋样？"

陈子尘欢快地说："那当然好了，就不知道老汪有没有这个意思。"

"好主意，我怎么没想到！"王副书记说，"老汪你觉得咋样？"

汪家炎想，听他们的意思是让自己跟陈子尘做搭档，肯定就是卫生局副局长了！当了副局长再兼任医院院长，毫无疑问今后可以把腰板挺得更直，说话更有分量！想到这儿，他喜上眉梢自谦说："这么重要的位置我能胜任得了吗？"

"你是咱们县卫生口的老人儿了，干了那么多年，上下情况都了如指掌，我看完全可以！"王副书记说，"马主席，我看这样挺好，给卫生口的改革起了个好头儿。就这么定了吧，我抓时间再跟文县长和组织部研究一下，时机一成熟就发文公布。今儿咱们就谈到这儿，你看咋样？"

马盛唐说："好啊，就按你说的办！明儿个我参加他们的局务会，把人员分一下工。"

晚上下班前，汪家炎再一次把金千强招呼到自己的办公室，掩饰不住心中的喜悦和自豪说："小金哪，你得做好精神准备，以后我可能没有那么大的精力具体管内科的事儿了，这科主任的差事恐怕就得由你接任了！"

"为啥？！您咋了？"金千强吃惊地问。

汪家炎神秘地说："跟你说，我要调到局里去了！"

"怎么，您要离开医院？"

"不离开医院我也没有精力再管科里的具体事了，我得抓全面工作！"汪家炎满怀信心地说。

"哦，我明白了，您要高升了！"金千强奉承说，"我就说嘛，就凭您的资历、能力，领导肯定得重用您！"

"等文件一下来，我马上就来医院宣布你当内科主任！"汪家炎胸有成竹说。

金千强还是有自知之明的，他说："我怕不行，我怎么能降得住王大宬和苏欣然哪？"

"有我呢你怕啥？再说了他们谁比得了你呀！"汪家炎给金千强鼓气说。

金千强虽说表面上并不服气，但知道自己的业务能力肯定胜任不了主任的职务，他说："汪院长，我说得不一定对，那个新来的耿苍宿，他的学历和资历可不得了！看形势您干脆就让他当主任，包括王大宬和苏欣然谁也说不出什么来！"

"你这个小金哪，咋净打退堂鼓啊！"汪家炎有些不高兴了，"他刚来没几天，他知道啥呀？你尽管大胆干，印把子在咱们手里，谁能咋样？哦对了，听上边的意思，他们对王大宬印象不错，可以让他做你的副手。"

"以前我可没少得罪他，让他给我做副手？那哪儿行啊！说心里话，通过进修我才知道，要学的东西太多了，现在跟王大宬比还差一大截子呢。我不是不给您争气……"金千强忽然想起了什么,"哎呀我忘了跟您说,听说张县长是他的中学同学,您可得注意点儿!"

"啊?!我咋没听说呀?"汪家炎吃惊了,"小金,你年轻心明眼亮、耳朵灵,听到啥重要消息,有啥新闻可要及时告诉我!"

"那当然了,您这么器重我,为了报答您就是上刀山下火海也在所不辞!"金千强仍然表示对汪家炎忠贞不二。

"按你的意思这科主任的事……"听说王大宬与张县长有关系,汪家炎开始犹豫了。

金千强说:"要不然干脆就让王大宬干得了。"

"这么重要的职务,我真不想让他干!"汪家炎转念说,"不过这样儿也好,免得让他生是非。可是你愿意给他当副手吗?"

"您的一片苦心我明白,我就别掺和了。"金千强已早把问题看透了,应付说,"您放心,只要发现有啥问题,我肯定会及时向您汇报的。"

这次与金千强谈话,汪家炎心里还算满意,兴高采烈地回了家。万金钗见丈夫从没有过的喜悦,她不解地问:"啥好事啊让你这么高兴?"

汪家炎掩饰不住自己的兴奋说:"县委王书记找我谈话,开始可把我吓坏了。没想到天上意外掉下来个大馅儿饼砸到我头上了!"

"到底是啥事儿啊?"万金钗急切地问。

汪家炎得意地在妻子面前卖拍说:"让我当副局长!怎么也没想到吧?"

"当副局长?!"万金钗说,"那你的副院长就不当了?"

"还没具体说,依我看不是当不当副院长问题,这回呀肯定是兼任正院长了!"汪家炎忘乎所以了,"这是改革开放的需要!"

"你别高兴得太早了,还没正式宣布不算数!"万金钗给汪家炎泼冷水说。

"我看这事儿板上钉钉了,没跑儿!"

这两天,汪家炎在医院出出进进步伐矫健、仰首伸眉,和他一贯慢条斯理的神态形成了鲜明的对照,似乎年轻了许多,人们对他的突然变化大惑不解。

"你瞧汪家炎那小子咋神气起来了?"乔玉环蔑视说。

苏欣然说:"谁知道又遇到什么好事儿了?依我看他神气不了几天了!"

乔玉环问:"你这话是啥意思?"

"您别着急等着瞧吧……"

汪家炎来到院办室,耐心地等着局务会的召开。电话铃声响了,张秘书拿起电话接听。她应了几声挂了电话,对正在踱步的汪家炎说:"汪院长,局里叫您过去开会!"

汪家炎大步流星走进卫生局办公室,马盛唐忙打招呼说:"老汪快坐,就等你了!"

汪家炎与局长陈子尘和副局长仝铁鑫坐在一边,马盛唐说:"三位都到齐了,现在开会。我先把前一段时间的工作说一下。县委县政府对咱们卫生系统的改革十分重视,专门成立了改革领导小组。小组由县委王副书记牵头,主要成员有我和陈子尘。县委决定把卫生局和县医院的领导班子重新做了调整,班子成员变化比较大,现在前期工作基本上告一段落。你们都在领导岗位上,改革的意义就不用我多说了。原来局领导班子是老陈和老仝两个人,现在老汪来了,增加了班子的力量!今天咱们再重新分一下工,明确一下每个人的职责。"

汪家炎把耳朵支棱起来认真听着马盛唐说的每一句话，却怎么也捕捉不到人事安排的蛛丝马迹。他有些不安了，县医院重新调整了领导班子，班子成员变化还比较大，他怎么也揣测不出到底做了怎样的调整，班子里都有谁？难道跟自己所设计的不一样？这是他最迫切想知道的，可是又害怕听到这个结果。他埋着头提心吊胆地听下去。

"你们三个怎么分工？"马主席看看在座的几个人，"老陈，还是你说吧！"

"按照县委的指示精神，我想这样安排。全面工作还是由我负责，老仝除了兼任防疫站长外，仍然负责后勤。关键是老汪，他是卫生系统的老手了，经验也挺丰富……"

听陈子尘提到自己，汪家炎不仅感觉心跳加快而且跳得那么有劲，还感觉全身的肌肉都不协调地乱动，胸部也随着呼吸一起一伏地运动起来。

陈子尘说："随着改革开放，农村合作医疗迅速发展起来，合作医疗搞得好不好关系着广大农民的切身利益，所以我们要加强引导。多亏了领导把老汪调来，让他主抓这项工作我就省心多了！老汪，合作医疗归你管，你的担子够重的，今后就多辛苦了！"

汪家炎的心脏咯噔一下就像停止了跳动，他缓了一口气说："我在医院的工作咋办？"

"你已经调到局里，医院的工作你就别管了！"马盛唐说。

陈子尘补充说："你照样该怎么给人看病还怎么看病。你是主治医师，不影响你正常的医疗工作！"

当头一棒，几乎把汪家炎打昏了，他强打精神说："医院的工作咋安排？"

马盛唐说:"下边就说医院的事儿。你在医院干了这么多年,我知道你关心医院的工作。你放心,领导已经有了安排。班子由陈笑鸣牵头,王大宬做主管业务的第一副院长,杨石楠负责后勤,耿苌宿当业务顾问兼内科主任。我看他们的力量够强的,就放开手让他们去干吧!"

马主席的话犹如五雷轰顶彻底击垮了汪家炎!他的表情突然凝滞,额头上出现了豆大的汗珠,下意识地把一只手捂在自己的胸口上,身子差一点儿从座椅上滑落下来。

想当年,号称西楚霸王的项羽本是铮铮铁骨的英雄汉,但当他临危在营帐中却酌酒吟诵起了《垓下歌》:"力拔山河气盖世,时不利兮骓不逝。骓不逝兮可奈何,虞兮虞兮奈若何!"在凄婉的悲歌中哀叹时势对他的不利,使他面对伴随在身边的爱妃虞姬无可奈何。

汪家炎没有资格与英雄相提并论,可是他当前的状况却与项羽自刎乌江的结局一样,已经是穷途末路举目无依。更可悲的是,汪家炎面对无可奈何的事和令他忧虑的事比历史上叱咤风云的英雄人物还要多,他终于丢盔卸甲遭到惨败,再也无力支撑下去了……

马盛唐和陈子尘、仝铁鑫眼见汪家炎突发异常,赶快走到他的身边异口同声关切地呼喊:"老汪,老汪!你咋的了?"

马盛唐高声喊:"快,马上叫耿苌宿、王大宬来救人!"

听到马盛唐急切的话语,陈子尘匆匆忙忙摇通了县医院办公室的电话:"我是陈子尘,现在局办公室,快叫耿苌宿、快叫王大宬到这儿来抢救汪家炎!"挂断了电话,他急急忙忙冲出了门,大步向县医院走去……

23 人情曲尽前嫌弃　据理涵容善待人

春节前夕，县卫生局按原计划在医院召开全院职工大会，陈子尘讲述了当前全国卫生系统改革的前景和卫生局近来的工作情况，并宣布了卫生局和医院领导班子改组的决定。公布完新领导人名单后说："现在我把分工情况说一下。陈笑鸣院长兼任党支部书记，王大宬第一副院长主管业务，杨石楠副院长主管后勤，耿苍宿任业务顾问兼内科主任。现在让我们用掌声祝贺领导班子新成员！"

人们一边鼓掌一边低声议论起来。

"汪院长升副局长了？"

"依我看，这是明升暗降，不让他管医院了！"

在掌声和议论声中，新班子成员站起来向众人们点头并一起鼓掌表示回敬。

"哎，怎么王大宬第一副院长，人呢？这么重要的会议咋没来？"

"你不知道？在抢救汪家炎呢！汪家炎突发心肌梗死说不定就跟这次人事变动有关！"

看了看活跃的气氛，陈子尘说："请大家安静！下面的会议由新任院长陈笑鸣主持。"

陈笑鸣站起来代表新班子表完态接着说："下面我把今后的工作设想跟大家说一下……"

汪家炎急性心肌梗死住院，王大宬知道自己的责任，一直在汪家炎的病室里忙碌着，没出席今天的会议。

　　章绍岩正在病室抢救患重症肺炎的患儿。见患儿已有呼吸困难，一方面加大了鼻管给氧的速度，另一方面赶紧按压患儿胸部做辅助人工呼吸，但最终没能挽回患儿的性命。他遗憾地对身边的患儿家长说："孩子的呼吸心跳都停了，没啥希望了！"

　　患儿的父亲大声道："你咋把我儿子弄死了？！"他突然抓住章绍岩的衣领，一边推搡一边嚎叫，"你还我的儿子，还我的儿子！"

　　同室其他几个患儿看见突如其来的混乱和吵嚷声，有的被吓哭了。家长们走过来，其中一人劝解说："有话好好说，别这样！"

　　"敢情不是你的孩子，说得好听！"那人扭住章绍岩的衣领不停地牵拉推搡继续吼叫，"你还我的儿子，还我的儿子！"

　　听到吵闹声，其他病室的家属纷纷围拢过来。

　　嘈杂声传进汪家炎的病室，王大宬正要出门，护士小文正好过来急着说："王大夫，您快去看看吧，一个病人家属扭住章大夫不放！"

　　王大宬急忙走出病室向嘈杂的人群走去，见一个人正抓着章绍岩的衣领推搡吼叫。

　　"住手！你要干什么？"王大宬压低声喊着用力把那人的手掰开推到一边，"章大夫您先到护办室休息。"

　　那人又抓住王大宬的衣领说："你是干啥的？挡横儿啊咋着？"

　　王大宬态度坚定心平气和说："我是医院的职工，有权维护病房秩序！你干吗发这么大火？说，你要干什么？"

　　那人说："他没本事治病，为啥还掐我的儿子？我亲眼见他掐死了我的儿子！那可是我的儿子啊……"他哭着把紧抓着王大宬衣领的手慢慢放下来，"你说我该咋办哪？"

王大宬知道他孩子得的是重症肺炎，可能在出现呼吸困难时，章绍岩按压孩子胸部做人工呼吸，结果没把孩子救活。想到这儿他说："章大夫是咱们县的儿科名医，怎么可能把你儿子掐死呢？你肯定误会了，误会……"

那人边哭边说："我都亲眼看见了，你还替他说好话！"

"你先消消气，咱们一会儿再说好吗？"王大宬拉起他的手，一起走进医办室坐下，倒了一杯水放在他的面前，"先喝口水冷静冷静，我一会儿来找你。"

章绍岩正在生闷气，见王大宬来到护办室，他说："王大夫，谢谢你！"

王大宬安慰说："您就别为这事儿生气了，他肯定是误会您了。"

章绍岩叹了一口气说："孩子死了他难过，这我理解。可是我工作了这么多年，头一次遇到这么蛮横的家属，真让人心寒！就说今儿个吧，我知道这孩子病危，全院会让年轻人去了，我都没去……这工作实在没法干了！"

"您的心情我很理解，咱们对病人家长也很理解，可是他不理解咱们的一片苦心。让他冷静冷静，一会儿让他给您道歉！"

王大宬回到医办室，见那人在那儿闷头抽烟，他坐在他的身边说："你看见墙上贴的布告没有？《关于维护医院秩序的联合通告》，这是卫生部颁发的。你看第一条：禁止任何人利用任何借口扰乱医院的医疗秩序，侵犯医务人员的人身安全……再看第二条：对扰乱医院秩序、侵犯医院工作人员及其他就医者人身安全的，属地公安机关接警后迅速出警，保护医院工作人员、患者及家属的人身安全。"

那人抬头看看布告，又低下头。王大宬接着说："你刚才的行为，明显违背了第一条。我很理解，你的孩子没了，你很难过，特别是在咱们农村儿子就是命根子。这事摊到谁身上都一样。你说章大夫把你儿子掐死了，纯粹是误会。那是为救活你的孩子做最后的努力——给他做人工呼吸。你也不想想，人家跟你无怨无仇干吗要下毒手掐死你的孩子？难道他不怕蹲监狱？我刚才看见你把章大夫的纽扣都给揪下来了！他那么大岁数了，你怎么能这样对待人家？光为自己出气，怎么就不顾别人的感受？为表示你做得不对，挽回坏影响，一会儿当着刚才那些人的面，还在那个地方向章大夫承认错误道个歉，你看怎么样？"

那人不满地说："啊？把我儿子都给治死了还让我给他道歉认错？我咋那么倒霉呀！"

"如果你对治疗有异议，可以按布告的第三条，通过正当渠道找医院、找卫生局，也可以去法院。你这么一闹，不仅侵害了章大夫人身权利，还干扰了其他病人的治疗。"王大成耐心地说，"咱们一码说一码，你说心里话，刚才的行为是不是违反了布告上所说的？实话跟你说，要不是看你这么年轻又刚没了孩子，我们完全可根据布告的第二条把公安局的人叫来把你带走！"

开会的人回来了，乔玉环兴冲冲地说："王院长，你可真能保密，当上院长了也不早说一声！"

金千强恭维说："王院长祝贺您！我说嘛，这是我预料之中的，早晚的事！"

苏欣然说："医院领导班子大杀大砍，这回可看到希望了！"

患儿父亲听到人们的话语，他低声说："王院长，是我不对。听你的，我给章大夫道歉。"

医疗纠纷问题圆满解决了，回到医办室，乔大夫对王大宬说："就为了汪家炎，全院大会你都不参加，以前他一直想法子整你，他有今天是他罪有应得，到现在你对他还那么上心！"

王大宬说："以前他是做过不少不近情理的事，我也针锋相对跟他理论过，毫不客气地当面戳穿他的不良用心。对那些事儿，我想最后他肯定会悔悟的。"

乔玉环说："你就是心太软，太善良了！"

"人都到这时候了就原谅他吧，要不然心里会结疙瘩。"王大宬说，"现在关系着他的生死存亡，该拉他一把就拉他一把，再怎么他也不会恩将仇报吧！"

金千强今天值夜班，开会回来他没有回家休息，随大伙一起回到医办室，悄悄坐在一边，假意翻开一份病历，支棱着耳朵听他们的对话。

乔玉环说："哎，刚才大伙都在会场上找你呢！升官儿了，这回该请客了吧？"

"什么官儿啊还得请客？怎么请啊？"王大宬说，"等什么时候把您老伴儿从新疆叫回来一起喝酒？"

乔玉环说："嗨！你说到点子上了。这几天我一直在想这个问题，我得给他写信，把这儿的情况都跟他说说。"

"您跟鲁大夫在困难时期都在一起厮守，老了老了反倒弄成了两地分居，现在知道分居的滋味了吧？"王大宬说，"长期这样下去哪儿行啊？应该抓紧时间解决才对！"

"听你的意思，老鲁要真回来，你们还能要他？"乔玉环激动了，"要是这样，我应该请客！"

这时，耿苌宿推门进来说："怎么这么热闹，谁要请客呀？"

乔玉环、苏欣然、金千强等一起围拢过来，乔玉环说："耿主任，你也得请客！"

耿苤宿说："请客？为什么？"

"别装糊涂，刚调来没几天就当官了还不请客？"

耿苤宿说："就为这个呀？好好，请！大伙说怎么请？"

"买喜糖，买喜糖！"

"对，买喜糖！"

耿苤宿看看时间说："好，买喜糖,我保证！"然后对王大宬说，"从明天起，你就不能在科里上班了。这几天把你忙坏了,赶紧抓时间休息，这儿有我盯着。"

王大宬说："汪局长病情还不稳定，咱们再一块儿看看他去！"

汪家炎见王大宬和耿苤宿一起来到他的床边很难为情，刚要开口，王大宬说："您好好养病！跟您说，现在耿大夫是咱们内科主任，副主任还是金千强。"

耿苤宿催促王大宬说："好了，快回去休息吧！"

金千强今天值班，接完班巡视了一遍病人，除了汪家炎病情危重，其他人都比较平稳。如果汪家炎不出意外，这个夜班就能平平安安度过。他想，今天正好万金钗值急诊班，万一汪家炎有什么问题马上叫她过来一起商量，免得自己承担责任。白天没休息，夜里说不定会发生什么事，他定神想了想没什么急需处理的问题，于是走进休息室躺在床上养神蓄力。可是今天的现实很难让他平静下来，他深深叹了一口气，十几年来一桩桩往事呈现在眼前。

自己在天津父母身边长大，初中毕业时适值一家部属研究机构医学中专部在津招生，拟定学员毕业后留单位工作，是个前途很不错的工作。没承想一九六八年学业还没完成，就随全国大中专学生毕业分配到白河县医院。那年自己还不满二十，无依无靠，在一个远方表姐的帮助下自己才慢慢安下心，几年后和表姐介绍的一个姑娘成亲落户。刚步入社会，他就体会到处事的艰难，为了安身立命打好根基，瞄准了手握实权的汪家炎。其实，汪家炎并非自己所仰慕的人，可是在他面前不得不和颜恭顺，看他的眼色行事，几年来总算赢得了他的宠信，除了万金钗以外，自己是内科唯一获得外出进修学习的人。在别人眼里，自己好像是春风得意大红大紫的人，可是因为心不应口讨好汪家炎而得罪了不少人，实际上活得比任何人都累。每当想起故去的尹鸿斌，还有苏欣然就感觉有些愧疚，特别是还得罪过王大宬！现在人家掌了大权，这回算是彻底完了，一种不安之感开始缠绕着他，翻来覆去合不上眼。

咳，都是过去的事了，我金千强在社会上闯荡了十几年，也不是无能之辈，男子汉大丈夫敢做敢当！我要站起来从头开始，在王大宬面前重新树立形象。转念一想，看来王大宬的心肠也还不错，以前汪家炎不择手段想把他整垮，反过来他对病中的汪家炎却还那么尽心，应该说还算是个大度人。

金千强正在思绪中，突然有人敲门，金千强惊恐地走出值班室："呀，万大夫！咋的了？"

万金钗说："让你帮我看个病人。"

"吓我一跳，我还以为……"金千强把话收住了，他最怕的是汪家炎发生意外。

万金钗好久没值急诊夜班了，一接班心里就紧张。事情往往就是这样，你越怕就越来事。她应付不了刚来的病人，赶紧找金千强求助。

两人来到急诊室，万金钗对金千强小声说："我觉得这病人有点儿怪，发烧左下腹痛半天，大便不成形。我一听他的心音特别低，就去叫秦大夫给他做了心电图，秦大夫说这心电图没法解释。"

金千强看了看心电图说："是不是心肌梗死啊？"

万金钗说："可是他的胸部一点儿也不疼，只说下腹疼，从年龄上考虑是得警惕心肌梗死。咋办？收住院吧，住院治疗方便！"

由于过去与汪家炎的关系，金千强看了看病人不便推辞说："收就收吧！可是病房还有汪局长哪，忙不过来您可得多关照啊！"

两人协作把病人收进病房，金千强重新问了病史又检查了病人，一时难下诊断。先把液体输上，打了止疼针，两人一起到医办室讨论病人。

金千强说："男病人下腹疼，大便不成形，咱们先把治拉肚子的药用上。"

万金钗说："最重要的是心电图可疑，虽然没有胸疼，为防万一干脆给他用上消心痛。"

金千强表示同意说："对，听您的，几方面都给他堵上。"

这时，金千强突然想起了过去的做法，为了避免让汪家炎抓到什么把柄，遇到这种情况都要向他报告，按他的医嘱办事，不管后果如何都不会有麻烦。想到这儿，他说："对了万大夫，您看是不是把病人的情况报告耿主任？"

万金钗附和说："对，让人找他去，免得让咱俩担责任。"

耿苌宿从家赶来医院，金千强报告说："男病人，55岁，没有心脏病史。奇怪的是只有下腹痛和低热没有胸痛，可是心电图又很可疑，所以叫您来看看。"

耿苌宿走进病房，简单问了一下病史给病人做了检查，发现病人的心界偏右，左侧心音较低，右侧心音却很响亮。最明显的压痛点是左下腹部与麦氏点[注1]相对应的部位，并伴有强烈的反跳痛[注2]。从病史中得知，腹痛开始起自上腹部，显然与急性阑尾炎的临床表现完全一致，只是疼痛部位与阑尾完全相反。

回到医办室，耿苌宿看了看心电图问万金钗："导联没安错吧？"

万金钗说："秦大夫在心电图室工作多年，不会错吧？"

耿苌宿又看了看心电图，他想：如果导联确实没安错，从刚才体检情况结合在一起分析，应该高度怀疑病人是右位心。虽然肝脾没有触及，但很可能是内脏完全翻转。想到这儿，他说："我看病人应该就是急性阑尾炎。"

金千强和万金钗互相对视了一会儿不解地说："阑尾炎？！应该是右侧疼！"

耿苌宿说："刚才你不是说病人有点儿怪吗，就因为有点儿怪才提示诊断阑尾炎。为了进一步明确诊断，咱们给他急做 X 光检查一下心外形，再急查个血象看看。"

耿苌宿、万金钗、金千强和家属一起陪病人做了 X 光检查，证实为右位心，结果与耿苌宿判断的完全一致。

病人到医院就诊来得及时，在内科病房不过两个小时转入外科做了急诊手术，没有延误病情。

回到医办室，耿苌宿对万金钗和金千强说："单纯的右位心不难诊断，右位心是诊断左位阑尾炎的重要线索。这是个心肝脾肺胃肠所有内脏完全反转的人，非常罕见；通常称其为'镜面人'。内脏全反转又得了急性阑尾炎临床上就更罕见了，所以容易误诊。"

耿苍宿走了，万金钗和金千强傻傻地坐在医办室，过了好一阵金千强摇摇头说："可怕，太可怕了！幸亏及时把耿主任找来，要是把病人耽误了咱们俩的麻烦可就大了。"

万金钗说："是啊，难怪老汪经常表扬你，还是你心眼灵活。要是遇见厉害的家属，咱们俩吃不了得兜着走！今儿的事儿真是万幸！哎，我过去看看老汪，赶快回门诊，千万别再有啥事。"

万金钗走了，金千强在医办室愣了好长时间，回到休息室，此时他感觉更加不安……

24　身在曹营承要务　情思汉土舍私心

"身在曹营"的王大宬走马上任当上了副院长，不得不收回"在汉"的心，闹腾了两年多的调动事宜就此搁置，无人问津。

一个小小的县医院副院长，没有比这再小的"官"了。可是这官再小也是官，王大宬开始做"官事"了。可是他连最基本的规矩都不懂，根本意识不到应该如何定位自己，又怎么能做"官事"呢？

这天刚上班，后勤老张拿着一包东西走进院办室看了看几位领导说："昨儿晚上联欢会剩下的东西，就给你们老哥儿几个用吧！"他把水果、糖块儿、坚果等物放在院办室张秘书的办公桌上，"你们这是要开会吧，有啥事让我办吗？没事儿我就走了！"

见几个人不做反响，王大宬说："先别走，把这些东西带上！"

老张返回身说："这往哪儿拿呀，没多少就留你们用吧！"

王大宬说："随便你拿到哪儿！哦，留着给那些值夜班的人！"

老张见其他人没有反应，把桌子上的东西重新收拾起来拿走了。

陈笑鸣看了看时间说："好了，咱们准时间开会！"

一听说开会，张秘书拿出笔记本准备记录。陈笑鸣说："咱们刚上任就赶上了过春节，加上汪局长心肌梗死住院，还没来得及开院长办公会。"

四十而不惑已经成为人们公认的定理，可是王大宬却还稚气十足，就其表现是个纯粹的、彻头彻尾的本本主义。在新班子中就连曾经是右派的耿苍宿都早就恢复了党籍，只有他一人是党外小卒。在这第一次班子会的最后，他郑重其事地说："既然领导这么信任咱们，咱们就应该是清正廉洁、革命化的班子。我提几点建议。第一，建议党支部开展'我是一名共产党员'活动。第二，根据文件规定，咱们已经不是完全的临床医务人员了，卫生津贴应该减去一半。第三……"

王大峸想说的第三条是在院办室门外放一个警示牌，写明秉公办事、反对行贿受贿、反对开后门等几项内容。突然，他发现其他三人和张秘书都目不转睛地盯着他，他不知自己是不是说错了什么，于是止住了后面的话。

室内的气氛似乎有些沉闷，好长时间没人说话。陈笑鸣打破了尴尬的局面说："王院长说得挺对，目前有些党员不能以身作则，今后支部另做研究。关于卫生津贴减半的问题，大伙再议一议。"

卫生津贴涉及到每个人的切身利益，人总是有情面的，而且又有文件规定，还"议"什么，谁好意思公开表示反对呢？陈笑鸣见没人发言，他说："如果没什么意见就按王院长说的办，卫生津贴减半！"

埋头做记录的张秘书问："这个月的津贴已经跟工资一起发了，从什么时间开始减半？"

陈笑鸣还没开口，王大峸说："自即日起执行。通知会计这个月的津贴下月发工资时给予扣除……"

上午上班，王大峸刚进医院，收发室老周把一封信递过来说："王院长！地区卫生局的信，昨儿晚下班时来的！"

听说地区卫生局的信，王大峸心里扑通一声，接过来一看是一封公函。走进院办室，他坐在办公桌前打开来信，原来是一份文件。一看内容，激动得他突然站起来！把文件看完，不由自主地说："啊！

太好了！"

陈笑鸣推门进来，见王大宬站在办公室中央，正在自言自语，于是说："一个人跟谁说话哪？"

王大宬说："哎呀，好事儿好事儿！"

陈笑鸣说："什么好事儿把你弄成这样！"

"您坐您坐！"王大宬用力按住陈笑鸣的双肩让他坐下，"您看，地区卫生局的文件！省卫生厅拟定举办'西学中'进修班，考试入学，学制一年。毕业考试合格者给予颁发结业证书并予晋升职称一级；招收对象是内科主治医师！"

陈笑鸣冷静地问："你激动什么呀，内科有合适的人选吗？"

王大宬说："人选？有啊，有啊！"

"说得那么肯定，你说说都有谁？"陈笑鸣说。

王大宬说："远的没有，近在眼前！"

陈笑鸣提高了声音："你想去？别净想美事儿了，这跟你可没关系啊！"

"您再仔细看看！"王大宬指着文件上的条文说，"这几条我哪一条不符合？"

白发催人老，青阳逼岁除。光阴似箭十几载，日月穿梭不惑年，王大宬已经是四旬有余的人了。他虽然工作尽心竭力、勤恳踏实，但并不安于浮名虚誉、华而不实的现状，一直盼望有深造的机会。来到这里几年了，他几次向汪家炎请求出去进修，但他总是用冷漠的态度给予搪塞。汪家炎早就定好了调子，迫不得已他让书记出面找王大宬谈话。

书记是解甲回乡的团级干部，在汪家炎的指挥棒下从事。王大宬永远忘不了那次白书记和他对话的情景。

白书记说:"要求进修的人挺多,现在的人手比较紧,暂时不能安排你外出。"

王大宬说:"我来这儿几年了,就派过金千强一个人进修,他马上就回来了,现在是人员最宽松的时候。"他知道白书记也是在搪塞他,于是认真地问,"您说的'暂时'有没有大概时间?"

白书记心地善良,但他纯粹是聋子的耳朵。没想到面对的王大宬竟是个死"较真儿",他无奈地说:"现在内科属你业务最好、能力最强;你不仅要在内科,还要在全院充分发挥作用!"

没想到,白书记苦心褒奖的一句话差一点儿把王大宬气晕了,他压不住心里的怒火,使劲拍一下桌子高声叫嚷:"提工资的时候你们都到哪儿去了!"

白书记愕然了,眼睁睁地看着王大宬愤愤地走出门。

机不可失,时不再来。回顾了几年的情况,王大宬对陈笑鸣说:"您把文件反反复复看了几遍,怎么不说话?我可完全符合报考条件,您不能阻拦吧?考不上我认了,不能剥夺我报考的权利!"

陈笑鸣摇摇头说:"别忘了你现在不是普通大夫,你是领导班子的主要成员!"

"哦,因为我是班子成员就受限制,普通大夫可以自由?"王大宬不满地说,"本来我就没想当这个倒霉的副院长!"

陈笑鸣无奈地说:"你这不是让我为难吗,这事也不是我一人说了算数。我完全理解你的心情,可是咱们班子刚弄好,你怎么能说走就走呢?"他缓和下来哄着王大宬,"好好干,以后有的是机会。"

"您说得倒好听,要么让我进修业务,要么让我去学管理,现在我有什么资本当这个副院长？"王大宬不依不饶说。

耿苌宿推门走进办公室说："你们俩吵吵什么哪！怎么还有点儿火药味儿？"

陈笑鸣说："王院长说要……"

"您看，这白纸黑字地区卫生局的红头文件！"还没等陈笑鸣说完，王大宬把文件递给耿苌宿，"公平竞争，我想报名参加考试！"

耿苌宿接过文件快速浏览一遍笑笑说："想去学习，要求进步，好事儿啊！"

王大宬见耿苌宿表了态，他指着陈笑鸣说："他不同意，想剥夺我报考的权利！"

耿苌宿赶紧向陈笑鸣挤了挤眼说："你不同意他去？他想深造充实自己，咱们应该支持！我知道你是怎么想的，他是主管业务的，是你的顶梁柱，你离不开他！这次把他拦住了，以后不能再拦了！"

陈笑鸣心领神会说："我的看法跟您一样！现在我真舍不得他，也离不开他。他要走了，这业务谁抓呀？以后有的是机会！"

王大宬无奈地说："好，您别说了！我全明白了，我倒霉就倒霉在当了这个'副院长'。我认了！请你们放心，我好好接着干就是了，保证对得起这个'副院长'。"

一天，金千强突然敲门，他把门推开站在外面说："王院长，我有事儿找您！"

陈笑鸣见金千强站在门外，说："找王院长有事儿？进来吧！"

"还是请王院长出来吧！"

王大宬说："进来吧没关系，咱们到里边值班室说话。"

金千强随王大宬走进院长值班室，王大宬指了指床边的椅子说：

"坐吧！"

金千强站在王大宬的对面低着头一言不语，王大宬说："今天怎么了？坐下，不是说找我有事儿吗，怎么不说话？"

金千强说："我还是站着吧，我是来给您道歉的！"

王大宬深感意外说："给我道歉？怎么了，道什么歉？"

金千强支支吾吾地说："我给您提过几次意见，还有几件事我都对不起您！那次一个急性腹泻的病人应该是我接诊，可是我硬推给了您，还当病人的面儿对您说不恭的话。还有一次……"

王大宬拦着了他说："好了老金，不说这些了。说实在的，这陈谷子烂芝麻的事儿你要是不说我早就忘的一干二净了！别老站着，快坐吧！"

金千强严肃紧绷的脸似乎放松下来，他坐下来说："这么说您原谅我了？您知道在汪家炎手下没办法，他好像用一条绳子套在你的脖子上不紧不松地牵着你，干什么事儿都得迎合他，要不然肯定会倒霉……"

王大宬心想，其实他说得挺在理。自从尹鸿斌去世后，我就成了汪家炎的眼中钉，是重点打击的对象。每当他吹毛求疵点名批评我时，金千强不得不紧紧跟风表态支持。我虽然不喜欢这类人，可是我很理解，'适者生存'，这是达尔文进化论的经典之谈。每个人都需要一定的生存空间，想保全自己就得发挥自己的强项。这可能是他在汪家炎手下被呼来唤去万不得已而为之。想到这儿他说："我理解，完全理解！你那么聪明，业务也不错，又刚进修回来，把你的才干尽可能发挥出来，好好干吧！"

金千强点点头说："谢谢王院长这么宽宏大量！明摆着的，干临床挺不容易，不干活的人给干活的人挑毛病那还不容易，今后要是有什么地方干得不好还得请您多指教！"

听话听声儿锣鼓听音儿，王大峸知道金千强的意思所在，他说："说不上什么'指教'。你放心，我不会找借口报复你的，如果我反过来报复你，就等于我回过头来砍自己的腿！我特别赞成这句话'善有善报，恶有恶报。'你听说过'奈何桥'的说法吗？我深信，一心想害人的人肯定没有好下场。"

金千强说："对对，您说得对，您说得对！"

"咱们都是普通百姓，说良心话，我觉得一个好领导最最关键的是他没有害人的心，更不做害人的事。"王大峸说，"如果他心胸不轨，即使是所谓的能力得到上级认可也是一时被迷惑的结果，或者他的上级和他就是一路人！"

金大夫一连点头说："在理在理，您说得在理！谢谢王院长！"

王大峸说："别老把'王院长、王院长'的挂在嘴边上，就还叫'王大夫'。说不定哪天就下台了，叫'王大夫'永远没错！"

"是，是，您说得对！王院长，那我就走了。"

这次谈话后几天，王大峸值班到各科室转了一圈回到值班室，还没坐稳有人敲门。打开门一看又是金千强，他说："是你？！这么晚了怎么到这儿来了？"

金千强说："我刚才到您家里去了，一看路遥遥在您家呢，他说您让他陪您的孩子。"

王大峸说："是啊，小路年轻，没什么负担。好长时间了，只要我不在家就请他帮我照顾孩子。"

金千强说："其实把孩子带这儿来不就行了嘛，从这儿上学比家还近。"

王大宬说:"带孩子上班不是常事儿,影响也不好。就是让小路辛苦些,好在孩子早就跟他熟了,也听他的话。"

金千强说:"您真是,要求自己太严了!"一边说一边掏出一盒烟取出一支递给王大宬,"王院长,我看您偶尔也抽烟,我给您点上。"

"在山沟里工作时抽过几年,没隐,早就戒了!"王大宬接过香烟放在桌子上说,"你自己抽吧!"

"我抽,您也抽一支!"金千强拿起香烟再次给王大宬递过去并划起了火柴,"特意买的'中南海',烟不错!"

王大宬心里明白,金千强找他肯定有事,于是说:"老金,有什么事儿吧?"

"是,是有事儿。"金千强使劲吸了一口烟,"我有事儿求您……"

王大宬说:"说什么'求'不'求'的,有事儿就说吧!"

"王院长,我……"金千强支支吾吾地说,"我不想干临床了……"

"啊?"王大宬感到吃惊,"你进修学习不就是打算好好干吗?怎么回来没多长时间就打退堂鼓?副主任也不要了?"

"您快别提这个'副主任'了,实际上就是给汪家炎跑腿儿传话的。"金千强说,"现在有耿主任一个人就行了,我知道您是在保护我才没把我拿下来。如果还想设一个副手还有苏大夫呢!"

王大宬说:"那你就实说,有什么打算?"

金千强说:"我……我想要到医务科当干事。我总觉得在临床一线工作没有安全感,今天还好好的,说不定明天就会遇到什么麻烦。就拿尹大夫收心梗病人的事儿来说吧,我还紧跟汪家炎昧良心批评过他,到现在我还觉得对不起他。"

王大宬说:"说来说去你还是担心这个问题,咱们就不说'副主任'的话了,脱离临床可就把业务全丢了,岂不太可惜!你舍得?"

金千强说:"其实干临床我也有困难。我耳道经常长小疖子,一戴听诊器就疼得很,离开听诊器怎么工作呀。我看咱们医务科就添科长一个人,手底下连一个干事儿的人都没有,所以……"

金千强的话停住了,王大宬说:"我明白了,你就想到医务科当干事,是吧?"

金千强点点头说:"您放心,我肯定会好好干的!"

推己及人,王大宬非常理解金千强目前的处境。是啊,给干临床第一线的人挑毛病,实在太容易了。只要你太阿在握,欲加之罪何患无辞,要想整个什么人易如反掌。为了长远的"安全"考虑,他宁肯直接在他得罪过的人手下当个小干事,也不愿继续在那"危险的"临床第一线。"勿以恶小而为之,勿以善小而不为。"王大宬想,金千强眼观六路耳听八方、精明能干聪明过人,现在医务科还真需要他这样的人,从量才施用的角度来说,他的请求应该是可以成全的,想到这里他说:"这事儿我可做不了主,有时间你再跟陈院长说说。"

通过对话,金千强心里已经有了底数,他说:"您就别推辞了,我知道您完全可以做主,陈院长还不是听您的?今儿我是特意来求您的!"

心地善良的王大宬承受不得别人的好话,他说:"你这个老金,鬼心眼儿真不少!我去给你说说,你要有精神准备,不一定保险啊!哎对了,有件事儿得先跟你说清楚,如果你真调到医务科,你就不是一线医务人员了,从上任当月起卫生津贴就得减半。"

金千强睁大了眼睛说:"啊?应该就高不就低怎么还减津贴呀?"

王大戍说:"按规定办事儿,这是有文件的。"

"我猜这肯定是您的主意,本来咱们收入就不高,津贴砍掉一半儿,一个月又少好几块钱!"金千强奉承说,"王院长,您真不该做出这样的决定,您太革命了!"

这天,王大戍从病房出来回到院办室,陈笑鸣问:"今天怎么样,没什么事吧?"

"耿主任说,汪局长已经完全康复可以出院了!"王大戍一边坐下一边说,"还看了一个重病号,平安无事!"

陈笑鸣从抽屉里拿出一份文件递给王大戍说:"哎,刚送来的,你好好看看吧!"

"嘀,'建立第二门诊部的决定',地点就设在卫生局,还让咱们指导?都是些什么人,跟咱们有关系吗?"王大戍一边看一边说。

陈笑鸣用褒奖的口气说:"还是你厉害!"

"您说什么?"王大戍感到莫名其妙,"我怎么了?"

陈笑鸣说:"建立第二门诊直接跟你有关!"

"什么?!"王大戍有点儿吃惊,"跟我有什么关系?"

陈笑鸣说:"建立第二门诊部议论好长时间了。陈局长找过我,让咱们安排两个人,我说这事儿得跟你商量。"

王大戍说:"您是第一把手,印把子在您手里,干吗还跟我商量?"

陈笑鸣说:"本来咱们就不好安排,而且你肯定不会答应,我这么说实际是在应付他。一听说我得找你商量,他忙说:'算了算了,你别找他了,他肯定不同意!'看样子他对你还挺发怵。"

王大戍说:"不能随便安插人,是在班子组阁前他们答应好了的。怎么能说了不算数呢!今天安排一个明天安排一个,一开口子就没法堵了，医院的业务质量怎么保证啊！"

"就是啊，他让咱们安排人，我挺为难所以我就把你抬出来了！"陈笑鸣说，"其实，局长也特别为难。这些人都是各局的干部家属，在下边好多年了，按说是应该照顾，可是又不能厚此薄彼，他怎么不难呢？建立第二门诊部也是他的无奈之举！"

王大崴说："您说得没错！长期在下边工作是挺不方便，这是目前存在的难题，虽说在一个县也算是两地分居，可是在下边工作的也不只是几个干部家属，还有……"

25　无奇不有荒唐事　百态千姿无耻人

王大宬走进院办室刚坐下，对面的陈笑鸣从抽屉里拿出一封信说："王院长，卫生局发来一个函件，你好好看看怎么处理？"

王大宬接过函件，仔细阅读了两遍，弄得他啼笑皆非。天下之大无奇不有，奇事，真是奇事，从来没听说过还有这种奇事！他吃惊地说："卫生局要把万大夫的中专学历改成大专？！让咱们整理好资料尽快呈文卫生局？这材料怎么整啊？"

陈笑鸣说："要好办就让张秘书写个材料交上去完了，还用找你？局长的指示，你看怎么办好？"

王大宬说："我原来真不知道，有不少人的学历是很不好界定的。比如，有的是在四十年代末在某军校培训八个月就参加了革命工作，后来又上了几个月不脱产的提高班；有的是在某个卫校上学一年半，困难时期学校下马解散了等。可是在正规学校上学毕业，又有正式毕业证书的一目了然，这也太容易界定了，学历怎么可以随便改呢？改学历依据什么呀？"

陈笑鸣说："你没看函件后面还附有万大夫大专学历的旁证信，还有一张与其同期人员的合影？"

王大宬说："学历还用什么旁证啊，没听说过！再有，您看这照片上还有字呢——'进修人员合影'！什么学历的人都能进修，这'进修'和'学历'完全是两个不相干的问题，能往一块儿联吗？莫名其妙！我看这样，这事咱们先别妄下结论，既然是局里的指示就得认真对待，先找陈局长问问详细情况再说，您看怎么样？"

陈笑鸣欣然同意说："好，这种事就得你出面，我还真不好跟他说。"

"只要有充分理由，咱们就照他的指示办！"王大宬把卫生局的函件收拾好，"那我就去了！"

陈子尘见王大宬来到他的办公室，主动热情地打招呼："王院长，快来坐！看样子你是有事儿吧？"

王大宬坐下来说："是啊，遇到难题了，陈院长指派我来请示局长！"

"请示？怎么这么严肃啊？"十分历练的陈子尘说，"不用说，是不是万大夫改学历的事不好办？"

王大宬说："局长太精明了，一下子就说到点子上。一个人的学历是人一辈子的大事，能证明学历唯一的或者说最重要的就是毕业证书，每个人的毕业证上都写着证书序号或者入学序号。改学历您得有充分理由或者有什么说辞，人的学历是瞒不了人的。如果没有证据，今天您的学历改了明天我的学历改了，后天其他人也找上门要求改学历，那不是乱套了吗？"

陈子尘说："听你这么说这问题还挺复杂。医院写个东西，附上她的材料还不行是吧？"

王大宬说："关键是您说得写个'东西'，可是这个'东西'怎么写呀？您说这万大夫也是，前几年先后两次为百分之四十的人涨工资。中专学历一级涨七块、大学学历一级涨五块，汪院长和万大夫俩人两次都涨了七块，至今也没提出任何异议，今天怎么突然想起改学历来了？如果改不了咱们就不说了，如果真能改的话，牵扯的问题就多了，一个重要问题是从什么时间算起？"

陈子尘说:"这事儿万大夫自己没来,是老汪跟我说的。她说万大夫曾参加过津塘市医院开办的一个进修班,说别的学员都按大专对待了。旁证材料和照片不都在你手里吗?我原想老汪的病刚好,就算照顾她一下,咱们能办的就给她办了。"

王大宬说:"为了把事儿办得稳妥,寻找证据,您看这样行不行,咱们拟定一个提纲,详细了解一下津塘医院的办学资质、方向、目的和招生对象、学制长短、是否发了学历证书什么的,由卫生局和县医院共同派人对这件事详细调查一下。咱们不能空口无凭,不管从哪个角度说,只要找到依据就好办了!"

陈子尘褒奖说:"王院长真行啊,没想到你办事这么认真,考虑得也挺周到,就照你说的办!工作上就需要认真的人,看来让你当副院长没选错对象!"

为了万金钗学历的事,专门派卫生局卢干事和县医院金千强两个人一起外出做了实地调查。回来后,卫生局陈子尘和县医院陈笑鸣共同听取了汇报。

卢干事说:"我跟金大夫到津塘市医院人事科说明了我们的来由,想找写旁证信的人当面聊聊。接待我们的是个年轻的女同志,她说:'你们要找的不是我们医院的人,我们不能给你们联系。'我拿出这封旁证信指着章子的印迹说:'你看这个是你们医院盖的章子吧?'她看了一会儿说:'好像是。'金大夫问她:'我们能不能跟盖公章的人见一下面?'她让我们等着去请示领导,请示回来她说:'领导说了,盖章子的人今天不在,就是在也不会接待你们。'金大夫问她为什么,她摇摇头没说话。后来我把这张照片拿出来给她看,她点点头说:'照片的背景是我们医院;医院经常有进修的,人多得很,都是基层人员;

照片说明这些人在这儿进修过。'金大夫问她进修期满后发不发'结业证书'或'毕业证书'？她说：'我们这儿是医院不是学校，发什么证书啊？医院给进修人员写一个鉴定。'金大夫又问："从你们这儿进修完了给什么待遇？有没有从中专改成大专的？她说：'我们这儿搞的是进修不是学历教育，至于进修回去给啥待遇是用人单位的问题，我们不参与。'然后她就不说话了，我和金大夫也没什么可问的了。过程就是这样，看金大夫还有啥补充没有？"

"卢干事说得挺全面，我没啥可说的。"金千强说。

认真听完了汇报，陈子尘和陈笑鸣你看看我、我看看你，陈笑鸣说："老陈，你看……"

"调查得挺清楚！"陈子尘对卢干事和金千强说，"你们俩抓时间写个调查报告给我！"

秃子头顶上长疮明摆着的，更改学历没有依据。其实，调查完全是多此一举，只是为了驳回卫生局的"指示"不得已而为之。

陈子尘听了卢干事和金千强的汇报，又详细看了他们写的调查报告，让卢干事把汪家炎叫过来。陈子尘说："老汪，来，来坐下说话。"

汪家炎问："陈局长，您有事儿？"

陈子尘关切地说："我看这段时间您身体还不错，工作别勉强，累了就休息。"

"身体完全恢复了，坚持上班没啥问题。"汪家炎说。

"有个事儿我跟您说说。"陈子尘看了看汪家炎的神色温情地说，"关于万大夫要求改学历的事，现在看来没有啥希望了，具体情况您都知道，我就不多说了。"

其实汪家炎心里很明白，改学历的事希望太渺茫了，但他仍然抱着侥幸的心理提出了这件事，万一办成了是很令人宽慰的。尽管汪家炎有充分的思想准备，但听了陈子尘的话，他还是愣住了。陈子尘见了他的反应说："这事儿我也感到挺遗憾！回去给万大夫做做思想工作吧！"

现实彻底打破了万金钗的梦想，汪家炎把陈子尘的话和事情办理的详细情况告诉了她，她极不满意地说："就这么点儿小事儿都办不成，还当啥局长啊！"

"行了，事情不像你想象的那么好办！说不让你弄你不听，你是医院的人，从办事程序上必须得走医院的手续，王大宬他们又不是傻子！"汪家炎下意识地摸了摸脸，"这事儿要是在前两年嘛，兴许还能想个办法。"

万金钗埋怨说："净说那'马后炮'有啥用！工作了几十年，这点儿问题都不给我解决，老娘还怎么干哪？本来想过几天就上班，要是这样儿干脆这班我不上了！"

汪家炎说："你一连几年一休就是几个月，连续半年不上班就该扣工资了，这可是有文件的！"

"我不休半年，我休五个月二十九天！"万金钗说，"再说了我可以不连着休，看他们能把我咋样！"

"我可警告你，现在我已经不是医院的人了！"汪家炎严肃地说，"你可不能跟以前似的那么任性想咋着就咋着！"

万金钗气哼哼地说："我手关节疼拿不了笔，腿关节疼走不了路咋上班？"

汪家炎说："我劝你冷静些！现在医院正在改革，他们已经拿出初步方案，马上就要试行奖金制，有月度奖还有年度奖。每个人都有明确岗位责任定具体指标，完不成指标就扣发奖金，甚至于还扣发部分工资！"

"你说啥？奖金制？！扣奖金还要扣工资？"万金钗吃惊起来说，"那我咋办？这一招儿可真够损的！"

汪家炎说："你好好琢磨琢磨吧！要不然你就去找耿苌宿谈谈，摸摸底。"

万金钗有些泄气了，她说："耿苌宿？就是那个新来的主任？"

"给人家留点儿好印象，现在人家手里有权！"汪家炎提醒说。

"你咋又摸起脸来了！"万金钗瞪了汪家炎一眼没好气地说，"你当的什么副局长，一点儿实权都没有，还不如当你的副院长好哪！"

万金钗硬着头皮来找耿苌宿，她说："耿主任，我该上班了，今儿来跟您报个到！"

"您是万大夫吧？请坐！"耿苌宿客气地说，"我来这么长时间了第一次见到您，听说您身体不太好？"

万金钗坐下来说："是啊，我有关节炎，休息了一段时间。"

耿苌宿关切地说："现在好些了？能坚持上班吗？"

"这病休息起来哪儿有个头儿啊？"万金钗看了看耿苌宿讨好说，"我知道咱们现在人手紧张，总不上班我心里也不落忍！"

耿苌宿说："好，太好了！我看这样吧，您要是能坚持就接乔大夫的班吧；连加床在内，她现在管十五张床。她在病房已经一年多了，早就该轮到门诊了。"

听了耿苌宿的话，万金钗一下子傻了眼。多年来她一直在门诊混日子，就她现有的能力来说，根本胜任不了病房的工作。看了看她的反应，耿苌宿说："听说您好多年没在病房上班，这怎么行啊？现在咱们还正当年，总这样下去就把大部分业务给丢了！"

现在可不是说大话的时候，万金钗想到自己的现状感到很为难，她说："我还是先在门诊吧，过一段时间再说。"

耿苌宿说："也好，那就依您自己的意见。您什么时候来上班？"

万金钗有些灰溜溜的感觉，她说："我先回去收拾收拾，从明儿个开始吧。"

又到了发奖金的日子，下班前万金钗来到会计室仔细查了几遍内科人员的奖金情况，她惊异地说："有人的奖金比工资还多，这次咋还没有我的奖金？我是全勤！"

"奖金最高的一般都是在病房的人。奖金的多少不仅跟出勤有关，还跟工作量有关。"刘会计拿出一个本册说，"您上月在门诊吧？完成工作量的百分之七十就能拿奖金，我给您查查情况；您看在这儿呢，您完成的工作量还不到百分之五十！"

万金钗说："不到百分之五十？这数字是从哪儿弄来的？！"

"这是统计室和医务科一起统计的资料，我们就根据这个资料计算奖金的数额。"刘会计说，"您要是有异议，可以到统计室和金大夫那儿去查询，他们有详细资料。"

"这不是欺负老实人嘛！"万金钗不满地说，"他们当头儿的都干啥了还拿那么多奖金？就知道跟老百姓找茬儿！"

"那几个头儿的奖金跟我们后勤一样，才拿各科平均奖的百分之九十！"刘会计把声音放低了说，"您别嚷了，原来干不干都一样，现在不行了，现行政策很明确——奖勤罚懒！您完成的工作量再少就别说奖金了，还得扣发一定比例的工资呢！"

听了刘会计的话，万金钗再也无话可说，气哼哼地走了。她原以为只要来医院应付一下，总不至于连末等奖也拿不到吧？谁知她又一次打错了算盘。

万金钗回到家，一见汪家炎就一把鼻涕一把泪地说："上个月说我没上几天班没给奖金，这回我全勤还没有奖金！"

汪家炎说："看你刚回来就哭，光哭有啥用？你也没问问是咋事儿？"

"刘会计查了查统计表，说我没完成工作指标。他们是不是弄错了，我觉得我没少看病人！"万金钗不服气地说，"她乔玉环有啥了不起，不就是在病房上班吗？她的奖金比我的工资还多，真不合理！"

汪家炎摸摸脸试探着问："你没跟耿苌宿说说要求到病房上班？"

"行了行了，站着说话不腰疼！除了说漂亮话你还会啥？上急诊夜班我都提心吊胆的，上病房我干得了吗？"万金钗没好气地说，"光摸脸有啥用，赶紧做饭吧！算我上辈子没积德，这辈子嫁给了你，真是倒霉透了！"

"妈，您就少说几句吧！爸爸的病刚好，别净拿他撒气！"见万金钗不依不饶唠叨个没完，在一边的女儿实在看不过去了说，"您净说爸这也不是那也不是，就没听见人家都咋议论您的。说您净泡病号，说您比谁都懒，还说……我听了都替您脸红！"

"你这个死丫头！连你也说我，我在外头受别人的气，回来还得受你们爷儿俩的气！"万金钗大声哭起来，"这日子没法过了，班我也不上了！我早就知道你们心里没有我，爱怎么着就怎么着吧……"

26　今生作恶不知悔　冥途难过奈何桥

药库吴学利拿来几张单据到院办室找陈院长签字，陈院长大致扫了一眼单据，在下面签了名字说："没过几天又进药了，跟上次进的差不多，怎么用得这么快？"

吴学利解释说："这些都是常用药。"

吴学利接过陈院长签了字的单据到财务室入了账。刘会计在医院做财务多年，是个经验丰富的老手，对医院一直都很关心。他早就发现药库的账目存在疑点，曾试探性地对汪家炎反映过，可是汪家炎对他的提示不予理睬。吴学利报完账走了，刘会计又拿出分类账簿翻阅了药库的流水，越发加大了对药库的质疑。新班子上任有一段时间了，刘会计细心观察反复考量，决心把他的怀疑向陈院长反映。

刘会计把对药库的怀疑说完了，陈院长说："前几天吴学利到我这儿来签字，王院长就提醒过我，我们正准备查一查。您先别声张，等摸摸情况再说。"

刘会计说："吴学利不是医院的正式职工，也不是合同工。"

陈院长不解地说："这么重要的岗位怎么用一个临时工？药房不是有好几个药学专业的人吗？"

刘会计说："这里的事儿我本来不想说，今儿您说到这儿了，我就告诉您吧；吴学利初中没毕业就辍学了，在家务了几年农，汪局长点头同意他来做临时工。听说他是文副县长的外甥，要是有名额的话，早就给他转正了。文副县长跟汪家炎是未来的儿女亲家,您还得小心些……"

听了刘会计的话,陈院长点点头说:"看来这里的关系还挺复杂啊!不过您放心,按章程办事,只要有问题,不管是谁我们都会严肃查处!"

刘会计解释说:"要不是为了医院,这事儿我本来不想说。"

陈院长说:"刘会计,您以大局为重难能可贵,谢谢您!"

当天下午,张秘书把金千强叫来院办室。一进门他忙问:"陈院长您叫我?"

陈院长说:"是啊,请坐!给你个任务。"

金千强没坐,他干脆地说:"您说啥事,我保证完成!"

"抓时间到药库了解一下出入药和库存情况。"陈院长说。

不用多问,金千强一听就全明白了。平时他与吴学利关系不错,也知道吴学利是汪家炎的心腹。他不止一次见汪家炎出入药库,并从药库往外带药。可是人家手里有权,谁能把他怎么样呢?他想,今天陈院长让我干这件事,肯定又是王大宬的主意,他这是在考验我呀!过去我在汪家炎面前惟命是从,那是不得已,殊不知我有我的苦衷,其实自己对汪家炎并没有多少好感。如今汪家炎的根基已经土崩瓦解,他彻底完蛋了,作威作福的日子一去不复返了,我知道该怎么做。

金千强敲门走进药库,对吴学利说:"小吴,辛苦了!我看这医院里就属你最忙最累,院长对你特别关心,让我来看看你……"他扫了一眼桌面,"呦,你这儿咋还有汪局长的处方啊?"

吴学利说:"这儿一直有他拿药的方子,从来就没断过!"

金千强关心地说:"那你怎么出账啊?"

吴学利轻松地说:"咳,肉烂在锅里,局长的方子还出什么账啊!"

经过几天摸底,金千强料到小吴将面临灭顶之灾,不仅如此,事情的后果恐怕还……他不敢武断下结论。

陈笑鸣听了金千强的汇报,心里有了底数,马上召集院长办公会,让金千强在会上重新述说了他了解的情况。金千强退场后,陈笑鸣说:"药库的情况大伙都了解了,现在研究下一步怎么做。首先有个问题不知道杨院长是否知道。"

"您说,啥问题?"杨石楠说。

"听说吴学利连初中都没毕业,也不是医院的正式职工,是这样吗?"

"知道,这事儿医院的老人儿都知道。"

陈笑鸣说:"药库的工作专业性很强,吴学利一点儿医药常识都没有怎么能胜任这么重要的工作?"

杨石楠说:"这是个老问题,跟汪局长有关。"

"现在不是说他跟谁有关无关,关键是下一步怎么处理的问题。"王大宬说,"是不是先让他交一份出入库清单,看看出入有多大?"

杨石楠说:"同意王院长的意见。看了清单以后再说。"

其实,药库的问题已经有几年了。其中最突出的是,吴学利的姐姐吴心莲的诊所日常用药几乎全部由医院药库无偿提供,这一点汪家炎完全清楚,但他一直睁一只眼闭一只眼假装糊涂。因为这里有包括吴学利在内不为人知的隐情。汪家炎之所以答应吴学利来医院工作,不仅因为他是文副县长的外甥,自己又和文县长是儿女亲家,还因为汪家炎与吴心莲暗地里早就有私情。

为应付检查,吴学利用了几天时间,终于拼凑了一份药库的出入货清单交给院办室。当晚，吴学利来到汪家炎家，把医院清查药库的事告诉给他。显然，汪家炎对这件事极为敏感，一种不祥感突然涌上他的心头。他说："我看有可能要出事！没问题更好，如果查出问题你要勇于承担责任！"

对此，吴学利表示无所谓，他说："有您汪局长呢，我怕啥？"

汪家炎马上板起面孔严肃地说："我可先警告你，有问题谁也帮不了你，而且也不能推脱责任乱说！回去好好检查，快走！以后别再来找我，好像你跟我有啥关系似的！"

平时，汪家炎对吴学利总是和和气气的，从没见过这样对待过他。他突然感到问题的严重性，没敢再说什么从汪家炎的家退了出来。

吴学利走了，汪家炎心里一片混乱，完了，一切都完了……

几天后一个晚上，吴学利再次来找汪家炎，汪家炎神情紧张起来说："你咋又来了？"

吴学利不满地说："医院把我给辞了，还说要交给卫生局处理！我不找您找谁呀？"

汪家炎心肌梗死康复刚过半年，一系列不愉快的事已使他元气大伤。前不久，万金钗改学历的事又使他闷闷不乐，他再也经不起任何刺激了。听了吴学利的话，他突然感觉胸部发紧，手捂住胸口说不出话。万金钗赶紧给他擦去额头上的汗珠说："家炎，你咋不好？！"见汪家炎没有反应，她急着大声说："小吴，快帮忙背老汪到医院！佳中你看家，淑清跟我走！"

路遥遥看过病人，从病室出来，见吴学利背着一个人风风火火冲进来问："啥病人，咋直接到病房来了？"

万金钗赶紧跟上来说："小路，快！汪家炎心脏病犯了！"

路遥遥紧张起来说:"啊?!快到抢救室!"

吴学利把汪家炎放在床上,路遥遥说:"吴大夫,麻烦您快去报告一下金大夫,今儿他值行政班。"

吴学利原本抱着侥幸心理把被医院辞退的事告诉汪家炎,或许问题还有回旋的余地,没料到今天他突然发病,面临如此尴尬的局面,他不得不硬着头皮去叫金千强。

金千强听说汪家炎犯了心脏病,料到大事不好,他急着说:"小吴,麻烦你跑一趟,快去叫王院长来!"

吴学利心里说,你们把我弄得这么惨,现在还把我当小催巴儿使,算我倒霉!

吴学利跑到王大宬家上气不接下气地说:"王院长,汪局长突然病倒了,正在医院抢救,金大夫让您快去呢!"

王大宬放下手中的碗筷对儿子说:"京京,爸爸到医院有事儿,你吃完饭洗漱好了,自己先睡。灯就放在这儿不许动,也别吹灭,明白吗?"

京京点点头说:"爸,我害怕……"

"爸爸走的时候把门给你锁牢牢的。"王大宬鼓励说,"京京是男子汉,不怕!"

京京说:"那您可得早点儿回来!"

"好,早点儿回来。"王大宬把屋门锁好,急匆匆跟吴学利一起赶往医院。

来到抢救室,金千强、路遥遥、万金钗和她女儿都守在汪家炎的床边。见王大宬来了,金千强马上说:"氧气吸上了,打了一针镇静药,含了一片硝酸甘油,血压98/60……"

王大宬摸摸汪家炎的脉搏又做了听诊说:"把液体扎上!小路,把心电图机搬过来。心电图室的钥匙在急诊室桌子的抽屉里。金大夫,这天太热,先把值班室的电扇拿过来给汪局长用……"

王大宬的所为,使汪家炎感到难为情,他说:"王院长,我……"

王大宬说:"休息,好好休息,不说话……"

见汪家炎病情稳定下来,情绪也慢慢平静了。金千强把电扇拿来,对着病床放好,插上插销,打开旋钮,徐徐的凉风送到汪家炎的身上。王大宬对金千强说:"你先回值班室,有事儿再叫你。万大夫和汪淑清你们留下一个,都是本院的,情况你们都熟悉,有什么事随时叫值班护士或路大夫。路大夫,你多精心点儿,我把京京安排好了,马上回来跟你一块儿值班。"

路遥遥说:"家里有孩子,您就别来了。反正路也不远,有啥事再去叫您。"

几天来,王大宬每天都来跟耿苌宿共同商量汪家炎的治疗问题。汪家炎在病房里平平安安度过了十几天。

这天早查房时,汪家炎对耿苌宿和王大宬说:"我该走了,不能老待在这儿。"

耿苌宿说:"您的心功能还不够好,最好在医院多观察几天。"

汪家炎的精神异常兴奋,他猛然间坐起来说:"我没事儿了,老在这儿心里不踏实。"说着说着,他面色晦暗,扑通一声突然倒下昏了过去。王大宬马上把氧气管插进了他的鼻孔,认真检查,没发现什么新的异常。万金钗对女儿说:"淑清,快回家把佳中叫来!"

一会儿,汪家炎晃晃忽忽跟随一股阴风来到一个陌生的地方,眼前是一座上下三层的桥,桥头有"奈何桥"字样;传说好人走上层,罪恶不太大的可以走中层，恶人只能走下层。他试图从上层和中层通过，但却怎么也上不去。无奈只好小心翼翼地从下层走。桥下污浊的忘川河里有无数不能转世的鬼魂，见人就将其拉下水去经受磨难。汪家炎以丰富经验巧妙地冲过了奈何桥，过了桥头见一慈善的老妇人，她就是给过了桥的人熬煮"孟婆汤"的孟婆，喝了孟婆汤即忘记前世，是投胎转世的必要条件。轮到汪家炎，孟婆盛了一碗递给他，可是他却无论如何也接不着碗。孟婆不无遗憾地说："可怜见儿的，你是怎么过桥的？看来你不适合投胎转世，快回去吧！"

听了孟婆的话，汪家炎急忙跪下哀求说："老婆婆，救救我！"

孟婆无奈地摇摇头："求我没用，起来吧，我帮不了你！"

无奈，汪家炎站起身恍恍惚惚抬头一看，啊！鬼门关！吓得他出了一身冷汗。刚一回身，一个青面獠牙的妖怪出现在眼前，他吃了一惊！

"吓着你了吧？别怕，我是鬼门关的守门小鬼，负责对初来阴间的人做盘查。你来得正是时候，今天是七月三十，是关鬼门的日子。鬼魂在阳间游荡了一个月，今天统统都得回来。"说着，他打开一本厚厚的花名册，"我刚接到阎王爷的通知，正在这儿等着你呢！你叫汪家炎是吧？"

汪家炎惊恐地点点头。

守门小鬼接着说："我们这里有三条通道，一上天堂、二重返人间和三下地狱。这里有记录，根据阳间的表现决定哪条路，我看过了你是下地狱的。我跟你说，地狱共有十八层，每层都有专职判官，用的刑具和刑后受磨难的时间长短都不一样。你如实告诉我，越详细越好，你在阳间都做了哪些坏事，根据情况我给你发放入层通行证。你的罪孽都在这儿记着，要全部交代清楚，如有不实之处，按这儿的规矩加罚一层！希望你不要直奔十八层！"

听了守门小鬼的话，汪家炎的脑子嗡的一声，刹那间，一幕幕画面纷纷涌现在眼前……

尹文斌笑眯眯地走来说："汪院长，我等你几年了，我在这儿过得真开心，欢迎你到这儿来……怎么，你不能来？太可惜了……你要到地狱去？听说那儿是坏人去的地方，太可怕了，生不如死！"

吴心莲满脸流泪地说："汪家炎，你真不是好东西！"

鲁大山乔玉环夫妇的面孔交替出现，一会儿是愤怒的脸，一会儿变成牛头马面指着他的鼻子大声叫骂："你这臭小子坏透了，你也会有今天，应该下油锅！"

病人家属指着苏欣然攻击辱骂……突然，苏欣然过来伸手重重打了他一耳光……

"啊！我说，我说，我全说……"汪家炎惊恐地叫嚷着从昏迷中醒过来。

听到汪家炎在说话，在场的人惊异地望着他。万金钗紧蹙的眉头展开了，紧绷着的脸也放松了些："家炎！你可醒过来了！你要说啥？孩子们都在这儿，你说，你说，我们听着。"

汪家炎慢慢睁开眼，摸了摸被苏欣然刚打过的脸，看了看妻子和一双儿女说："你们先出去，我有话想跟王院长说。"

万金钗和孩子们走出抢救室，汪家炎一把拉住了王大成的手愧疚地说："王院长，我对不起你！"

王大成说："您别激动，有话慢慢说。"

"我不是人，我真不是人！我对不起你……"汪家炎愧疚地说，"上次病倒了，多亏你不计前嫌和耿主任一块儿没天没夜地抢救，我才能活到今天。这是我第二次心梗，波及范围广泛，几乎整个心都坏透了，我没有多少时间了，趁我现在心里还明白，我把心里话都告诉你……"

见汪家炎痛苦地喘着气，王大宬拦住他说："汪局长，我明白您的意思；您别说了，现在您需要好好休息。"

汪家炎深吸了一口气说："不，你让我说，说了我才能瞑目。这辈子，我做了不少坏事，今儿的结果是老天爷对我的惩罚，我罪有应得，罪有应得！我对不起的人太多了，我知道他们都不想见我，所以拜托你代我转告鲁大山和乔玉环，转告古一迪和苏欣然，还有，还有……就说我在向他们忏悔……"

见汪家炎极度衰弱，心跳呼吸随时都有可能停止，王大宬对门外喊："快叫万大夫进来！"

万金钗和孩子们进来围拢在汪家炎的身边，他紧紧抓住妻子的手说："金钗，你还有时间，今后要彻底改掉坏毛病，好好工作……淑清、佳中，你们正年轻，好好求上进，别学爸爸……"

守门小鬼听了汪家炎的表述，把十六层的通行证交给了他。他竭力央求说："求求你，求你帮忙，轻一点儿，轻一点儿吧……"

守门小鬼一边推搡一边说："快去快去！这儿记着你曾做过一两件好事，又见你的态度还算不错才让你去十六层，人家要不要你还不好说！你要不服，就直接去十七层或者干脆去十八层报到！"

见汪家炎全身抽动，面部青紫，王大宬赶紧给他听诊。一边听诊一边对万金钗说："心音低钝，节律极为紊乱！您看怎么办……您再听听。"

万金钗泪流满面说："我再听还有啥用？就由你处理吧！"说完，

紧紧抱住丈夫哭出了声,"家炎,你让我可咋办哪……"

王大崴对护士高声喊:"快!西地兰0.4毫克走小壶!"

万金钗止住哭声说:"算了,让他少受点儿罪吧,别再折腾他了……"

突然,汪家炎停止了抽动,脖子一软头扭向了一侧,他走了……向他该去的地方去了,这是他在阳间就给自己选好了的地方……那地方苦海无边回头无岸,在那无比漫长的时间里,他将接受阳间所没有的各种刑罚,要历经无穷无尽的磨难……

27　搜扬仄陋担重任　钓誉沽名讨虚荣

王大宬一进院办室的门,见陈笑鸣和耿苌宿正在议论什么,陈笑鸣说:"说曹操曹操到!王院长快坐下!"

王大宬坐下来不解地问:"什么事啊这么高兴?"

"你工作尽心尽力,我们都看见了。你不是闹着要学管理吗?机会来了!"陈笑鸣拿出一份文件对王大宬说,"好好看看吧,局里刚送来的。"

"省卫生厅拟定举办六长[注1]学习班,全脱产!"王大宬把文件接过来念出了声。

陈笑鸣说:"你看能去吗?如果你愿意去,我跟耿主任在这儿盯着。你要是不去就我去。我知道你肯定愿意去,关键是你得安排好孩子。我看你一有事就让小路给你带孩子,这次时间比较长,你可要想好了!"

王大宬说:"是啊,我爱人那边儿住宿舍不方便,而且上学问题不好解决,目前她只能做到每周回来看看,没法照顾孩子。我看就把粮票、钱票交给小路,到时候让他帮京京买饭就行了。反正京京早就跟他混熟了,还是辛苦小路吧。"

耿苌宿说:"带孩子你不用发愁,还有小汤呢!我听说在华城时她就给你带过孩子。"

王大宬说:"那时候汤大夫没什么负担,帮我带孩子是当时领导分派给她的任务，后来我一有事儿就麻烦她。现在你们也有累赘了，哪能还麻烦你们呀。"

"麻烦什么呀，孩子在一块还能就个伴儿。"耿苌宿说，"再说了，让孩子在家吃饭总比老吃食堂要好。你看吧怎么都行！"

陈笑鸣说："对了，现在老医院还有些空房子，我看你就别住农民房了，搬到大院儿里方便些。"

"是啊，搬过来就方便多了！"耿苌宿说，"哎，这么说你是愿意参加学习班了？"

王大宬说："只要能学到东西充实自己，对工作有好处，不管什么班都愿意参加！"

耿苌宿回家把王大宬将到省里参加院长学习班的事告诉了汤妍妍，最后他说："他这一走至少得一个月。"

"走那么长时间，说没说京京怎么安排？"汤妍妍关心地问。

耿苌宿说："我说让京京到咱家来，他说不能总麻烦你，让内科小路帮忙就行了。"

汤妍妍说："你甭管他，等他走了咱们就把京京带过来！他就是这样，老想做一个完人，一点儿也不从实际出发！在华城的时候京京就没少跟他受罪，现在还这样儿，一点儿也不知道心疼孩子！"

到省城报了到，一转身意外见到一个人，王大宬惊喜地说："嗨！你是谁？！"

"哎呀，好你个王大宬！"高暝山紧紧握住了他的手，"怎么在这儿见面了！是来参加学习班的吧？"

"是啊，你现在在哪儿？"王大宬急着问，"什么时候调过来的？赵美岚怎么样？孩子怎么样？"

高暝山说:"这么多问题,让我先回答哪个呀?有时间咱们再慢慢聊。"

院长学习班在省城开学了,主持开学典礼的年轻人说:"同志们,省'六长'学习班今天正式开学!在座的都是地、县两级医院的院长。先自我介绍一下,我是省厅医政科的姓孙,是这一期学习班的班长,我将一直陪伴各位院长参加所有的活动。大伙就叫我小孙吧!下面欢迎省厅医政处高处长讲话!"

高处长说:"同志们,首先我代表省厅欢迎各位院长的到来!在改革开放的大好形势下,各地县两级医院领导班子都进行了调整,一批充满活力、有抱负有理想的年轻人走上了领导岗位。今后地县医疗卫生事业的发展就靠你们了,希望你们能创出一片新天地!现在我把这次办班的情况做一下简要介绍。我们按地区把全省分成三片,咱们是北部四地区县医院第一期院长学习班,有来自不同县的二十名学员,大家相聚一堂共同学习研讨医院管理工作。学习班的安排分两个阶段,第一阶段是学习理论研讨课,将用一个月时间请相关的老师讲课。第二阶段是实地考察,到一家省级样板县医院参观学习。希望通过这次学习研讨提高大家的领导艺术,把工作提升一个新台阶!"

晚上,省城的盛夏天气酷热难耐,人们纷纷找地方乘凉,只有王大成一个人在教室里闷头看书。见一个教室里亮着灯,孙班长走进来说:"哦,又是白河的王院长!"

"孙班长来了,还没休息?"王大成客气地站起来。

孙班长说:"天这么晚了又这么闷热您怎么还在学习?"

"反正热得也睡不着觉,把白天学的东西抓时间消化消化。"王大成说,"闹了半天管理医院还有这么多学问哪,得好好武装自己,要不然哪儿有资格做管理者呀！"

"看来您是个认真做学问的人！"孙班长点点头赞叹说："精神可嘉，实在可嘉！不过您还是要注意身体，别太累了！"

一天，下课的铃声响了，王大成一起身突然晕倒在课桌间。人们围拢过来，孙班长说："是白河的王院长，怎么回事？"

"我跟他是同学，他原来就有晕厥的毛病，一会儿就好。"高暝山扶着王大成的肩摸摸他的头，"哎，好像有点儿发烧！"

孙班长说："我看他一直休息得不够，太累了。"

高暝山说："他就是这种人，干什么事都不要命！都四十多的人了还这样，也不知道爱惜自己！"

孙班长说："快，大伙帮忙送王院长去医院看看吧！请高院长操心，稍等一下我去报告领导并通知白河县医院。"

这时，王大成已经清醒了，他说："孙班长，没事儿，不用跟单位说！"

经过半天的输液、退热治疗，王大成的病情已经好转。高暝山陪着他走出医院大门。走着走着，迎面遇见两个人，年长者说："王院长，你咋在这儿？"

王大成说："哎呦是你们呀！我在这儿开会。怎么，你们爷儿俩……"

"这不，孩子最近肚子又不好，我带他来看看。"孩子爸说，"我找楚主任看过了，他说孩子得的是肠粘连。说是那次手术做得太晚了，肠粘连是手术最常见的后遗症。只有再做手术才能彻底解决，可是再做手术还有再粘连的可能。"

王大成说："如果症状比较重，持续时间又长，保守治疗解决不了就得考虑手术。"

孩子爸说："孩子刚十八九岁。老做手术咋吃得消？去年连高考都没参加，今年咋也不能再耽搁了！"

王大宬说："应该多方面听听意见，兼听则明，可别再延误病情了！"

"后悔有啥用？我们太相信汪家炎了！谁知……咳！本来我想找他说道说道，可都是老熟人抹不开面子……也怪孩子他妈不听你的话，现在已经这样了，就认头吧。"

王大宬说："汪院长工作忙事情多，难免有疏漏的地方。他现在已不在世了也没法再追究下去。家住得不远，以后有什么不好就及时到医院，别拖着。哎，你们什么时候来的，到医院去过了没有？"

"今儿下午才到，这不是刚找好了住处，出来打听打听医院在啥地方，咋个看法，先摸摸底，明儿个就省事了。"

王大宬说："哦，医院离这儿不远，往前走不过半里路，左手侧就是。这个时候肯定看不上了。省医院分科比较细，今天早点儿休息，明天看病要挂'普外科'的号……"

晚上，王大宬翻来覆去睡不着。高暝山说："你今天怎么了，不好好睡觉折腾什么？"

王大宬说："反正也睡不着，干脆咱们到外边坐坐。"

两人坐在楼外的石阶上，王大宬说："你不知道咱们白天在街上看见的那两个人是怎么回事儿。那孩子得了阑尾炎被误诊为溃疡病，本来就来晚了还非得要住内科，结果延误了手术，一个简单的病做了回盲部切除，住了一个多月才出院，还误了高考。你说那孩子有多冤哪！"

高暝山说:"怎么连阑尾炎都没诊断清楚?"

"咳,关键是医院没有健全的制度,无章可循,处置病人随心所欲。这里边有病人家属的问题,但医院也开脱不了责任。"王大宬说,"病人什么手续都没有,直接闯进内科病房,说某某人说让他们住内科!你们医院有这种情况吗?"

高暝山说:"恐怕不是哪个大夫都能说了算吧?要都那样弄还不乱套了?"

王大宬说:"如果接诊大夫认真询问一下病史、做些必要的检查和简单的化验,如果有正规的会诊和住院制度,这么简单的病怎么会误诊呢?业务水平再低也不至于连溃疡病和阑尾炎都分不清吧!我觉得这次出来学习太重要了。真是不学不知道,原来搞好一个医院光靠满腔热情是不行的,还有那么多道道哪!看来非得下一番苦功夫才行啊!"

"嗬,你还是那么革命啊!还跟以前似的那么书呆子气!"高暝山用怀疑的态度说,"在你们那儿你说话能算数吗?"

王大宬说:"我们那个一把手,跟我同气相求。要不然他干吗让我出来?"

"听你的口气够大的,闹了半天你还不是一把手!"

王大宬说:"至今我连党员还不是哪!你是一把?"

"我是白丁儿,跟你一样!"高暝山说。

"哎,我想起一件事儿。"王大宬说,"你们的卫生津贴是怎么处理的?是不是减了?"

高暝山说:"要不怎么说咱们还有书呆子气呢,这事儿我还真提过,其他几个人看了看我直发愣,谁都没言语。我可提醒你,别净冒傻气了！"

王大宬说："干了一段时间，我也越来越觉得这社会真够复杂的。哎，马上就要结业了，你知道咱们到哪儿去考察吗？"

"啊？你还不知道哪！"高暝山说，"北部四地的省级样板县医院只有我们一家！我们一把手在家忙着等接待哪！"

王大宬惊讶起来："啊！原来是这样，真是有眼不识泰山！我有好多具体问题等着解决呢。这回得好好向你们学习学习开开眼界！"

"能让你开眼界？到时候你就知道了。"高暝山说，"咱们私下说，净搞形式主义，沽名钓誉搞浮夸，反正我看着不顺眼。"

理论研讨课结束了，学员们进入实地考察阶段。火车到站了，学员们纷纷下了车。走出站口，一幅大大的横幅标语呈现在眼前："热烈欢迎考察团光临指导！"

眼看一伙人从小小的站口走出来，迎客的人们知道一定是考察团的人到了，马上迎过来一边寒暄问候一边热情握手。站在迎客汽车边的人急忙打开车门，频频点头指引人们上车。

没有多少路程，汽车越过城区，一直开进一个大门。学员们下了车，有专人引导走进一个大房间。嚯！宽敞的室内墙上悬挂着字画；地面四周排放一圈沙发；茶几上摆放着各色土特产品、水果和小吃，招待人员忙着给学员们倒茶。其中一个人说："各位领导路上辛苦了！这个地方是我们县远近知名的人民公园。请各位领导就先在这儿休息，品尝一下我们县的土特产品，一会儿如果有兴趣，可以到园子里转转。请各位领导自便……"

王大宬碰了碰身边的高暝山小声说："哎，这是什么人？"

"医务科干事。"

"他到挺能张罗的！你这个副院长怎么不出面招待呀？"

高暝山说："我是聋子的耳朵，纯属摆设。你还不了解我？在这方面我比你差远了！"

王大戍看了看时间说："干吗老在这儿坐着，什么时候到医院参观？"

"着什么急呀？还没到时候呢。这么多年了，还是个急性子！"

"这是前世造化好了的，改不了了！"王大戍说，"哎，到现在还没说你的赵美岚呢，她怎么样？孩子呢？"

高暝山说："我一直跟着学习班没来得及回家，咱们在一块儿学习她还不知道呢！抓时间到我家看看吧。"

人们不着边际地漫谈了一段时间，随后又有人介绍了本县的人文、历史等等。眼看就到了中午，迎宾人员再次彬彬有礼地把学员们引进只有几步远、开着门等候的汽车，直接送到就餐地点。

人们在宴席桌边坐定，一个人先开腔说："各位院长，先自我介绍一下。我姓盲，是医院医务科长。"他指了指身边的人，"这位是我们医院德高望重的宗书记兼院长，是我们的总指挥。现在就请宗书记讲话！"

热烈的掌声之后，宗书记说："首先我代表医院欢迎各位院长来我院指导工作！各位远道而来，一路辛苦了！今天我们准备了简单的小宴欢迎各位院长的光临！希望大家吃好喝好！闲言少叙，现在让我们共同举杯！"

王大戍把装满了酒的杯子和大伙一起举起，然后又放在桌上，刚拿起筷子，身边的陪酒员指着酒杯说："怎么？您……"

王大戍诚恳地说："很抱歉，我不会喝酒。"

"您太客气了！我们这儿有句俗语：'男人不喝酒天底下少有！'

男人嘛哪儿有不会喝酒的？"陪酒员又把自己的杯子倒满了酒说，"您请！'友情浅舔一舔，友情深一口闷。'我敬您一杯！先干为敬！"

陪酒员把杯中酒一饮而尽，然后把空杯子送到王大宬眼前接着说："我干了，该您了！"

王大宬无奈地说："不客气，我真不会喝。而且我有溃疡病。"

陪酒员说："无酒不成宴，有溃疡病您就少喝些！您是名医，您知道酒是活血化瘀的，有暖肚作用。喝酒有益于您的健康！"

劝酒人几乎用遍了华丽的词藻，那种真挚、那种热情使王大宬感到愧疚。

宴席上，除了卫生局和县医院的领导，几乎有一半儿是陪酒劝酒人员，传杯送盏、猜拳行令、畅谈友情，欢快之声充满了餐厅。特别是那些不会喝酒的人，愧感欠下的人情一生难还。

备受煎熬的"接风"序幕过去了，太阳已经偏西。经过休息、醒酒，学员们没走几步上了开着门等候的汽车走进样板县医院的大门，进入了实地考察阶段。王大宬抱着诚心诚意、虚心学习的态度带着很多实际问题，随着人群进入会议室。原来这只是实地考察的初级阶段——介绍情况、座谈。医院的各路人马轮流上阵，发言介绍管理经验和心得体会。眼看窗外天色渐暗，院领导叫来向导，引着人们有选择地在某些科室走马观花转了一圈儿。不管走到哪个科室，王大宬都想问个究竟，一路小跑还总是落在队伍的后面。

又到了吃晚饭时间，午饭时已经"接"过"风"，晚饭自然就该"洗尘"了，又是七杯八盏开怀畅饮叙谈友情。劝酒人一套一套的动人话语让人无地自容、不醉不休。一片沸腾之后，开门等候的汽车把学员拉到电影院，为紧张了一天的神经找了一个放松的地方。当汽车送学员们回到休息的住所时，已是晚间十点钟了。服务人员热情地送来了香气扑鼻的夜宵，劳累了一天的考察者们已无力享用，躺在床上美滋滋地很快就进入了梦乡。

考察结束了，学员们私下讨论此行的收获，最后总结一句实实在在的话："接待工作搞得太好了，实在是太热情了！"

次日上午，由学员们个人集资、以考察团名义的感谢锦旗和颂扬匾额已经提前制作完毕，敬送给样板模范县医院的主人。用过早餐后匆匆上车赶路，还有避暑山庄和外八庙等著名的景点等着考察团的光临。

这次考察的收获，所有的与会者心知肚明，学员们一致认为接待工作搞得十分出色，实在是太热情了！虽然人们没亲眼见到样板医院有什么突出的闪光点，但不能因此而否定人家的工作。因为时间太仓促，可能没来得及挖掘那些深层次的东西。经过这次不寻常的考察，王大戍第一次身临在奇山异景中，有一种说不出的兴奋和快慰。同时也感到，原来借开会考察的机会还可以尽情地游山玩水，饱赏祖国大地的美好风光！其实，这早已经是司空见惯的了，但对王大戍来说还是大开了眼界……

王大戍惊喜地发现，研讨班、学习班的讲义和参考书里讲得头头是道、条条在理。典型的书本主义者认为，只要对着书本做决不会有错！尽管学习班还存在不尽人如意的地方，但收获还是不小的。他下定决心，不管怎么样，应该学以致用，尽自己的所能而为之。

注释1：卫生局长、卫校校长、医院院长、防疫站站长、妇幼站站长、计生委会长。

28　起步革新情让路　实施举措理服人

经过一个多月的学习，王大宬回来了，及时把学习班的情况和所见所闻向领导班子做了详细汇报。最后他说："省厅决定从今年开始，各地县医院开展评比创优活动。每年检查评比一次，各地区评出地区模范县医院，地区的模范县医院再到省厅评比，评出省级模范样板县医院和模范地区医院。"

陈笑鸣说："嘀，看来这次省厅要动真格的了，你的收获也不小啊！说说你有什么设想？"

王大宬说："想法倒是不少，就不知道是不是可行。"

"把你的想法在会上都说出来，咱们一块研究。"

"以前我还不知道，一个医院不论大小，临床和政工后勤的人数、不同科室设置的床位数、工作人员与床位数、医生与护士的人数等都是有一定比例的。"王大宬看了看其他几个人说，"按这个要求，我觉得咱们医院有不少地方结构不够合理，有的地方人手紧缺，有的地方人浮于事比较松散，应该做适当调配，充分利用人力物力资源。在这个基础上大力提倡学习之风，建立健全各项制度，使工作运行有章可循。另外，前一段时间实施的激励措施已取得初步效果，应该再强调一下。"

陈笑鸣说："说得对，应该想办法把所有人的积极性都调动起来。我看这样，纲领性问题由咱们班子把握调整，具体问题咱们周末召开扩大院务会，把各科室主任都请过来座谈一下，听听各方面的意见再详细研究。"

扩大院务会由陈笑鸣主持，会议最后决定：一，大力提倡学习之风，健全考试考核制度，提高工作质量。由各科主任和护理部出题报院务会审查决定，对各级医护人员每三个月进行一次考核。成立病历检查小组，评选奖励优秀病历。二，建立激励机制奖勤罚懒，在没有任何医疗事故的前提下，按工作量大小分等级发放奖金等。

老职工们都知道，这种会议是白河县医院有史以来从没有过的。讨论会气氛很热烈，大多数人都充满了信心，但也有少数人因无规无矩闲散多年，对突然从严要求是否能够适应而表示担忧。

散会前，王大宬说："还有一件事请各位主任在科里强调一下，今后收病人住院一定要写住院单，用不了几秒钟；如果病情紧急需要直接进病房的，一定要有接诊大夫陪护向病房大夫交接清楚病情，然后补写住院单。不能单凭病人口头说某某大夫说让住院、让住哪个科，这是明确责任保证工作质量的重要前提。"

扩大院务会议精神很快贯彻下来，按规定推行各项举措。第一次出题笔答形式的考核结束不久，外科洪峰大夫匆匆跑到院办室找王大宬说："王院长，咱们找个地方，我跟你单谈！"

王大宬说："好啊，走，咱们到值班室。"

刚进门，洪峰急着说："我要求外出进修，楚主任不同意，他说让我找你谈！"

"您别着急，有话坐下说。"王大宬把洪峰拉到座位上说，"您怎么突然想起进修来了？"

洪峰不满地说："楚主任说我考试题都答错了，狠狠地把我撸了一顿，还说我给外科丢了脸！我也四十多了，赶紧抓时间出去进修，好提高业务水平啊！"

王大宬说："楚主任怎么说，为什么不同意您出去进修？"

洪峰说："他说现在我排不上号！我承认我学历低，基础也比较差。既然是这样为啥不让我出去进修，反而让那些水平高的去？水平高还进啥修啊？"

"洪大夫，您看啊，对这件事我是这么看的。"王大宬态度平和，"一个人的业务水平高低是相对的，让一个人出去进修学习，不单是他个人业务水平提不提高的问题，回来还要承担责任，推动全科业务的发展，所以我也认为应该让水平相对较高的人先去进修。"

"照你这么说，我就没有出头的日子了！"洪大夫的情绪一下子低落下来灰心地说，"干了这么多年一点儿盼头也没有，我还挣蹦个啥呀！"

王大宬说："我觉得您这种态度不对！要求进步是好事。我个人认为医院不能死水一潭，跟过去似的长时间处于封闭状态；每个人都应该出去见见世面，只是谁先谁后的问题。也不是出去一次就一劳永逸了，不进则退，脚步永远不能停歇。这次考试结果我都看了，考题都是最基础的。咱们组织考试的初衷，绝不是想难为谁。比如，叩诊肝肺绝对浊音界和相对浊音界在第几肋间，您没答上来。表面看来肝肺浊音界好像无关紧要，可是您的每个病例都有这一项记录；如果来一个肠梗阻或是胃肠道穿孔的病人，腹部压力增加会把肝脏挤压上移，不知道正常的肝肺浊音界怎么知道肝脏是否上移、移了多少呢？这不就影响诊断了吗？"他看了看洪峰的反应接着说，"不管是外出进修还是在单位上班，都很重要也要同样认真，在出去之前把基础打好有利于进修获取好效果。还是那句话，要求出去进修是好事，应该提倡和鼓励。建议您打起精神，克服消极情绪做好日常工作。实际上做好日常工作就是进修的前提和必要的准备。请您放心，如果楚主任总阻拦您不安排您出去，我会跟他讨论这个问题，您看怎么样？"

洪峰说："听你这么说也有道理，只要你敢保证我有进修学习的机会，我就放心了。"

不满情绪释放出来，洪峰郁闷的心情舒畅了，他站起来满意地离开了值班室。

马上就要下班了，内科崇护士长在院办室外徘徊。王大宬从办公室出来，崇护士长拦住了他。她满脸不高兴地说："王院长，我有事儿跟您说。"

"哦？到屋里说吧！"王大宬把崇护士长让进屋手指椅子说，"您坐！"

两个人一起坐下来，崇护士长说："人们都是咋议论我的，不知道您听到了没有。"

王大宬说："议论您？我没听到啊，都说些什么？"

崇护士长说："都说我老实无能，说我软弱好欺负！"

"这是哪儿的话，有什么根据？"

"这不是明摆着吗，我跟赵万菁是卫校同学，她当了总护士长，我还是个科护士长。"说着说着，崇护士长伤心地哭起来，"现在人人都看不起我，弄得我在人面前抬不起头。她赵万菁除了能张罗能咋呼，我哪一点儿比不上她？我还比她早毕业一年呢！"

"就为这事儿啊，我还以为怎么了呢。"王大宬耐心说，"这事儿我们开会反复研究了几次，觉得您比较内向，她比较外向；您善于做这类型工作，她善于做那类型工作，您跟她各有各的长处。您抓具体工作比较合适，她做宏观方面的工作比较合适，这样才能把个人的潜能充分发挥出来。您说咱们医院哪个科室最大？当然是内科。科室最大，相对来说工作任务重、肩负的责任也大。目前咱们内科和儿科的护理工作还没分开，干部病房的护理也由内科承担，您已经是近五十的人了，还觉得肩上的担子不够重？"

王大宬见崇护士长低头不语，接着说："咱们的改革工作刚刚开始，还要迎接地区市县医院争优创新评比活动的检查，还有大量的实实在在的工作要做，内科肯定是重点中的重点，您说谁来做更合适？"

"王院长，您说的我明白，就是一下子转不过弯儿来。现在我想通了！"崇护士长站起来说，"请领导放心，我一定会把内科的护理工作做好并推上一个新台阶！"

早晨刚上班，耳鼻喉科主任冷怀恒气势汹汹地在院办室门外高声喊："王大宬，你出来！"

在场的人不知发生了什么大事，都吃了一惊。王大宬站起来问："冷主任，您有什么事？请进来说！"

"你出来，我有话说！"冷怀恒气哼哼地说，"你们的门槛太高，我不敢进！"

说完，冷怀恒扭头就往回走。王大宬走出办公室赶过去对冷怀恒说："您怎么了？什么事生这么大气？"

冷怀恒说："你们天天坐在办公室里没事儿干，就知道琢磨怎么整人！"

王大宬温和地说："您这话什么意思，慢慢说。"

冷怀恒不屑一顾地说："我提醒你，小心我敲断你的两条腿！"

"您有事说事干吗还威胁我呀?"王大宬坚定地说,"您说,找我到底有什么事儿?"

冷怀恒摆出一副傲慢的神情说:"装啥孙子?!不就是个大学生嘛,有啥了不起!想整人?你还嫩点儿!"

听冷怀恒出言不逊,王大宬努力克制自己保持镇静说:"冷主任,请您放文明点儿,您这么无礼我为您感到耻辱!很抱歉,就您现在这种态度,我没法跟您谈话!"

说完,王大宬转身就往回走。见这种情况,冷怀恒的态度缓和下来,他压低了声音说:"哎你别走哇,我的话还没说完呢!"

王大宬停住脚步转回身,冷怀恒接着说:"人家汪家炎管理医院那么多年也没你们那么多事儿!搞什么奖金,听说是你出的主意?"

王大宬:"汪院长管理医院那是过去的事,咱们不谈过去。这次出台的措施是经过院长办公会讨论定的,您看哪儿不合适可以提出来。"

"那么高的指标谁完成得了?我们的病人根本就没那么多,还让我上大街上去拉呀!照你们说的办法我们一辈子也拿不上奖金!"

"这工作指标不是凭空想出来的,卫生部规定每天按六小时工作量计算,一小时接待几个病人是相关部门根据多年的实践测算出来的。因为咱们是基层医院,病人不多,所以规定只要完成任务指标的百分之七十就能拿基本奖,按说已经比较宽松了。"王大宬进一步解释说,"耳鼻喉现有三个大夫,就咱们医院的规模来说,这个编制是合适的。只要想办法,其实咱们有条件开展些工作,比如开展一些治疗和小手术,取一个耳道耵聍相当于接诊三个门诊病人,做一个鼻息肉手术相当于接诊十个门诊病人,这样工作量就自然上去了。再说了,您别把眼睛只盯在耳鼻喉；咱们的工作量不是针对您一个科室定的。您看看口腔科和眼科，跟耳鼻喉科的情况差不多。陈院长爱人就在口腔科，她还是多年的主治医师，任务指标跟您一样。"

听王大宬这么一解释，冷怀恒的傲慢劲儿消失了，他说："听万大夫说有人的奖金比工资还高，你觉得合理吗？"

王大宬说："是啊，同样在一个科室上班做同样的工作，奖金却有人拿得多有人拿得少，还有人没拿到，说明什么问题？奖金高说明人家付出的劳动多、辛苦多；多劳多得，您认为这样有什么不合理吗？"

冷怀恒说："照你这么说我们拿不到奖金是应该的了？"为保住自己的面子，还没等王大宬的回应，他又转了话题，"听说你还出主意让我们学啥外国语？我们是中国人学啥外国语呀，这不是崇洋媚外吗？还说谁不参加就扣谁的奖金？"

王大宬说："您这是听谁说的？咱们给大伙提供一个环境，学不学完全是个人的事；来去自由，又不统计考勤，跟奖金也没任何关系。"

"那……"

冷怀恒支支吾吾，再也没什么可说的，他转身走了。王大宬望着他的背影摇了摇头，深深地换了一口气。

晚上，卫生局的大教室里坐满了人，甚至两个人挤坐在一把椅子上，门口也挤得水泄不通，这是白河县医院从来没有过的。王大宬走上讲台，热闹的教室内突然静下来。他说："同志们，我们的外语学习班今天正式开课！由于能力有限，要学的只有目前最常用的英语。要开英语课的消息传出来以后，我听有人说'我们是中国人，干吗学外语呀？这不是崇洋媚外吗'？这话说得不对！我们都是医务人员，需要不断更新知识。而医学又是一门发展极快的前沿学科，掌握一门外语就等于多了一双眼睛,可以开阔我们的视野。所以,晋升职称要求有相应的外语水平不是没有道理的。根据具体情况,在前不久的晋升考核工作中,虽然把外语成绩仅作为参考条件,但要求没过关者在限定时间内达到相应水平。今天我多说了几句,是为了说明学习外语的重要性,消除偏见。外语学习不是仅靠一股热情,是要下一番功夫的,贵在坚持!希望在座的各位都能坚持下去,谁坚持到最后谁就是胜利者!好,现在我们用掌声请出白河县一中优秀英语老师王狄池给大伙上课!"

在热烈的掌声中,王狄池老师走上来与王大成握握手,转身对大伙说:"我对医学知识一窍不通。我外语学院毕业,第一外语是英语,第二外语是法语。据我所知,所有的医学院校至少开一门外语,有的还自学第二外语。学习外语的重要性刚才王院长都讲过了,我不再重复。现在开始讲第一课 Now let's start. Open at page one. please!"

人们竖起了耳朵听下去……

"应怜屐齿印苍苔,小叩柴扉久不开。春色满园关不住,一枝红杏出墙来。"这天中午,陈笑鸣一个人在院办室,见耿苌宿走来他说:"耿主任,正好我要找您呢,有个事儿得跟您商量商量。"

耿苌宿问:"什么事儿?"

陈笑鸣说:"您都看见了,王院长的干劲儿真够大的!虽然工作任劳任怨也很认真,可是他不止一次跟我提过进修的事儿,那个执着劲儿真让我难以对付。现在医院工作平稳运转已经快两年了,您看能不能放他出去?"

耿苌宿说:"我对他还是比较了解的,他渴望出去深造,锲而不舍地努力争取,我完全理解。不能光说不练,是应该在业务上再提高一步，这样也有利于医院今后的发展。我同意放他出去。可是他一走，你的负担可就重多了！"

"可不是嘛，这么多杂事就靠他呢，您说我怎么会舍得放他走呢！"陈笑鸣摇摇头说，"这事儿真让我左右为难！一会儿我就找陈局长说说，咱们俩多承担一些，就让他去吧！"

"你们在说什么？"王大宬走进办公室。

陈笑鸣说："说你呢！"

"说我？说我什么？"王大宬不解。

陈笑鸣说："喜事，你的喜事！满足你的愿望，让你出去进修！"

王大宬目不转睛地望着陈笑鸣说："不是哄我吧？"

耿苌宿说："这么大的事，他还能哄你！"

王大宬一听简直要跳起来，他大声说："真的？！太好了！谢谢，谢谢陈院长！"

陈笑鸣说："要不是耿主任替你说好话，我真不想让你走！"

"谢谢，谢谢耿主任！谢谢耿老师！"王大宬给耿苌宿深深鞠了一躬。

耿苌宿说："你看你，都四十多了还跟孩子似的！赶紧抓时间把京京安排好！"

王大宬说："是啊，这回得想办法到北京借读，让我妈多操点儿心。下夜班我就回家跟我妈商量。"

29　书山有路勤为径　学海无涯苦作舟

书到用时方恨少，梅花香自苦寒来。经过考核合格，王大宬终于如愿以偿地走进大京都医院这一神圣的学术殿堂。

为京京办好了借读入学手续，王大宬对母亲说："妈，京京就全交给您了。生活上的事儿尽量让他自己做，千万别娇惯他！医院专门在住院部地下室给我们进修生准备了住处，我决定住过去。"

母亲说："医院离这儿这么近，就在家住多方便哪！都四十多的人了，干吗还自讨苦吃！"

王大宬说："出来学习是我期盼已久的了，机会来之不易。这个年龄出来学习就已经够晚的了，再不抓紧时间充实自己哪行啊？既然来了就得拼命好好干一场！"他蹲下来，扶住京京的胳膊，"京京，从今天起爸爸开始当学生了，我一定努力学习！咱们俩比赛好不好？"

京京用疑惑的目光看着他说："您那么大年龄怎么还当学生啊？"

"学生嘛就是学习知识、学习生活的本领和技能，为人生积累经验，知道吗？学生是不分年龄大小的。"王大宬耐心解释说，"我是问你愿意不愿意、你敢不敢跟爸爸比赛？"

京京说："我能比过您吗？"

"不努力当然比不过了，只要你努力，肯定行！"

听到爸爸的鼓励，京京点点头说："我敢跟爸爸比！"

王大宬满意地说："好啊！有爷爷奶奶作证，咱们拉钩！"

"拉钩就拉钩！"京京伸出小手指说。

拉过钩，王大宬说："京京长大了，要严格要求自己，别总让爷爷奶奶为你操心，别让爷爷奶奶生气，听明白了？"

京京望着爸爸的脸说："爸，您放心！我一定听爷爷奶奶的话！"

海纳百川立天下，大道致远器乃成。大京都医院人才济济学者云集，医疗诊治水平名誉四方。在进入临床之前，进修人员集中在一间教室等着院方的安排。不一会儿，身着白大衣的一个青年女子和一个年近花甲的人走进来。年轻者拿起粉笔在黑板上写了一个'洪'字说："先自我介绍一下，我姓洪，是大内科科秘、住院总，负责给大家排班，今后有什么事就直接找我。"她指了指身边的年长者，"这位是大内科兼心内科主任林教授，全面负责进修生的工作。下面请林教授跟大家说说具体情况。"

林教授同样拿起粉笔在黑板上写了'林华阳'三个字，王大宬眼前突然发亮，啊！原来这就是大名鼎鼎的心脏病专家林华阳？！今天终于亲眼见到庐山真面目了！

写完了自己的名字，林教授转过身说："各位大夫，首先欢迎各位来到我们大京都医院！我们将一起度过一年时光，以后见面就叫我林大夫。这一期通过严格筛选，我们内科系统共接收了二十八名进修生。在座的各位来自全国各地，在本单位都是骨干，大多都是主治医师。今天我要告诉大家，我们大多数副教授、副主任医师都还在临床一线担任主治医师的工作，你们进了这个门，不管你原来是什么职称也不管你原来是什么职务，统统从最基层开始做，一律都是住院医师。不论你这次主修什么专业，都要依次轮转大内科系统的普通门诊、急诊，再根据你的主修专业进一步安排。以心内专业为例,高血压、心律失常、心功能不全、冠心病、心肌病等各种专病门诊、病房、CCU、心电图、超声心动图、导管室、同位素等与心血管专业有关的各个部门和每一个角落都定期轮换。另外，我还开诚布公地告诉大家，由于人所共知的原因，现在的医务人员正处于青黄不接时期，你们虽然是进修医师，但你们是支撑日常医疗诊治工作的主力军。因此，今天还得再一次进行摸底考试，根据这次摸底情况再给每一位具体安排轮转计划。"

这时有人坐不住了说："啊？还要考试？都要烤焦了！真比范进中举还难！"

在场的人听了哄堂大笑。林教授也笑了，他说："请别担心，这次摸底不会淘汰人，是为了更好地安排轮转计划。另外，在考试前还要先落实一件事，你们二十八个人要选出一名组长作为医院与进修医师之间的桥梁，配合科里对各位医师做好调配等工作。"

一个人说："这怎么选哪，大伙互相都不了解！"

林教授说："要不然这样吧，我推荐一个人怎么样？"

"同意！"

林教授拿起进修人员花名册看了看说："哪位是王大宬大夫？"

王大宬站起来说："报告老师，我是！"

林教授点点头说："哦，王大夫！哎各位，让王大夫当组长同意吗？"

大家异口同声说："同意！"

王大宬在掌声中说："谢谢老师和大伙对我的信任，我会尽力把桥梁工作做好！"

交了摸底考试卷，人们先后离开教室。从林教授接待进修人员的情景可以想象，大京都医院治教严谨、学风浓厚，真是名不虚传。王大宬深知，人生有限学识无边。自走出学校大门起，自己一直在基层工作从无师长指点，尽管学习勤奋，但还没见过什么大世面。吴老[注1]说得好："春蚕到死丝方尽，人至期颐亦不休。一息尚存须努力，留作青年好范畴。"现如今已过不惑之年，要好好把握住自己，这来之不易的一年时光绝不能虚度！

下午，洪大夫拿着进修医师轮转表对王大宬说："王大夫，我把班大致排出来了。大多数人都想先进病房和监护室，所以没能完全按摸底考试的情况排，您看看行不行？"

王大宬说："你太客气了，就按你的计划做吧！"

洪大夫说："听他们前几年的住院总说，给进修医师排班是件很难的事，怎么排都会有人不满意。"

王大宬说："可以理解，大伙都来自基层，都想尽快学到技能。其实怎么排都是一样的，只是次序先后不同，在哪儿都一样能学到东西。就是太难为你了！当住院总还兼任科秘真够你忙的！"

洪大夫说："升主治前都得这样，这是必须过的一道关。谢谢您！要都像您这样能理解人就好了！"

王大宬说："不过这样也好，真锻炼人！就是太辛苦了！"

"青年人嘛辛苦点儿倒没什么，就怕工作做不好。"洪大夫说，"门诊好说不用交班，急诊交班也简单，就是病房和监护室复杂些。您要觉得这么排还可以，病房和监护室明天早晨上班前就得跟上一期进修人员交接。"

在院方的精心安排下，进修人员很快就按部就班进入了实践。时间飞逝，转眼几个月过去了。看完了最后一个病人，王大宬走出诊室，迎面站着的是孟玫玫，他一下愣住了："你怎么回来了？有事儿？"

"放假了，我一个人没事儿待在安家坊干吗？"孟玫玫说。

王大宬恍然大悟："哎呦，你看我这糊涂劲儿，放寒假了吧？！"

孟玫玫说："妈说你好长时间没回家了，她不放心，让我过来看看你。我找了一大圈才知道你在这儿。下班了，你可以回家了吧？"

"抱歉玫玫！"王大宬难为情说，"你先回去，跟妈说晚饭后还有一个疑难病例讨论会，我想参加。"

"回去你自己跟妈说吧，我不管！"孟玫玫淡淡地说。

看来孟玫玫有些不高兴，说完转身走了。王大宬赶过去说："怎么生气了？如果没别的事儿，会散了我就回去，好长时间没见京京了……"

大年三十这天，快要下班了，洪大夫急忙跑到门诊，见王大宬送走一个病人正要招呼下一位，她对候诊的病人说："这几位抱歉，我跟王大夫说一件事儿，马上就完！"

洪大夫走进诊室关好门急着说："王大夫，有个急事跟您商量！"

王大宬见洪大夫着急的样子说："什么事这么急？慢慢说！"

"我一有困难就找您，我都不好意思了！"洪大夫为难说。

"没关系，你说！"

"您看，大年三十的急诊夜班谁都不愿意上，外地的都抢着回家；宋怀远说春节不让他回家，他爱人来北京看他；说她第一次来找不着东南西北，他得到车站去接。"洪大夫说，"本来汤文爽勉强答应上，可她刚来电话说她爱人病了没人管，她也来不了，突然撂挑子真急死人！"

"我明白了，你是说今天急诊夜班没人上是吧？"王大宬安慰说："别着急，我来上，我来上，前夜后夜我连着上！"

"我都记着呢,'十一'的夜班就是您上的。"洪大夫的心一下踏实下来,"真不好意思,您又给我解决了燃眉之急!从年龄上说,多数都是叔叔阿姨辈儿的,您说我……"

"我知道,汤文爽的爱人有心律失常还有糖尿病,孩子没在身边是有困难。再说了,旧历年是咱们的传统节日,谁不想这时候跟家人团聚呀。"王大宬安慰洪大夫说,"你放心吧,我把这几个病人看完了就过去。以后有事就找我,如果我没在班上,就在图书馆或地下室进修生宿舍。因为我是住院医,二十四小时包括任何休息日、节假日我都不会离开医院的;不管哪儿缺人,我都可以去补缺。"

又解决了一大难题,洪大夫给王大宬鞠了一躬说:"谢谢您,太感谢您了!"

年初一早晨下了急诊夜班,王大宬匆匆赶回家,一进门高喊:"爸妈,我回来了!"

好长时间没见着儿子了,王母很高兴但却埋怨说:"你还知道回来?!你根本就没有家,连老婆孩子都不要了!"

王大宬赶紧哄母亲说:"妈,看您说的,您儿子是不要爹妈不要妻儿的人吗?"

王父说:"你们这是干吗呀?都坐下说话!"

王大宬把京京拉到身边问:"京京,没让爷爷奶奶生气吧?"

"依我看京京比你强多了!"没等京京说话,王母接着埋怨儿子,"我看那大京都医院属你最忙,离家这么近,大年三十都不知道回来看看!"

王大宬解释说:"您不知道,我们进修生大多是外地人,而且都是拉家带口的离家几个月了,谁不想回家团聚呀?三十的班突然没人上了，您说怎么办？"

王母说："你做好事，妈不反对，可是做好事也有个限度。我看这天底下就你最革命，那是革命吗？那是玩儿命！"

王母正在埋怨儿子，石承欢和王美佩带着孩子敲门走进屋。一见面石承欢说："大戍，怎么见你这么难哪？"

"真是书山学海无边无境呀！"王大戍摇摇头说，"以前自我感觉还不错，出来一看才知道差得实在太远了！不抓紧就更跟不上趟了！"

石承欢说："这我知道，可是别忘了咱们也是四十多岁的人了，该悠着点儿了！看你好像挺疲倦的，刚下夜班吧？"

王大戍打了一个哈欠弯下腰拉住佩佩说："佩佩，快让舅舅看看！嚄，又长高了一截！"

王美佩说："你再老不回家，她就不认识你了！"

王大戍说："我还真有点儿累了。你们说话我睡一会儿，今天还有一个夜班。"

石承欢说："你真不要命了？跟你说悠着点儿悠着点儿，你怎么就听不进去呢？"

王大戍说："进修生大多数都是咱们这年龄的人，人家住院总才二十几岁，为了排春节的班多为难哪！"

晚上的进修课由林华阳教授主讲"心功能不全"，教室里早就挤满了人，等待聆听这场难得的讲座。可是天阴沉沉的不作美，预示着将要有雨来临。果然，上课的时间还没到，随着电闪雷鸣瓢泼大雨倾泻而下。人们大失所望，恐怕这堂重要的进修课要泡汤了！

离开课时间还不到一分钟了，有人站起来准备离开教室。突然林华阳教授出现在教室门口。他把雨伞放下，掸一掸身上的雨水，用双手理了一下头发走上讲台说:"同学们,今天要讲的'心功能不全'这个题目很大很大……"

晚间的进修课没有助教,见林教授自己擦黑板,王大宬赶紧上前接过板擦,林教授亲切地说:"谢谢你!"

一堂课讲完了,林教授说:"给大伙留下几分钟提问时间,谁有问题请举手!"

片刻时间,王大宬举起右手。林教授说:"哦?王大宬大夫,请说什么问题?"

"林老师,有个问题我一直没弄清楚。咱们通常所说的心功能是不是单指收缩期功能?当心脏发生收缩功能不全时,心脏的舒张功能是不是也有问题?心功能不全是整个心脏功能都不好,还是只有局部的功能不好而其他部分功能还是正常的?"

"提得好!这个问题正提到点子上了!"林教授兴奋地说,"这是我的博士生正在做的课题。心脏是个整体,收缩功能与舒张功能密切相关。过去人们仅注意收缩功能而忽视了舒张功能;我们不仅研究心脏整体的收缩功能和舒张功能,还可以把心脏划分成若干区段,研究不同区段的收缩功能和舒张功能以及与整体心功能的关系。如果你对这个问题感兴趣,可以找吴云菲大夫;她是博士生副导师,负责这个课题的核素检查部分。"

王大宬满意地点点头说:"谢谢林老师!"

这天下夜班,正是为心脏病人做同位素的时间。王大宬跟吴云菲教授走进同位素室给心肌梗死病人做检查。

正在为病人做核素心肌显像的空当,王大宬低声说:"听了林教授讲'心功能不全'的讲座收获真大!除了这个问题,我还有好多问题呢！其中有一个问题咱们天天接触；我发现有的心电图报告心脏有室壁瘤，可是超声或核素报告又说没有，那临床该怎么判断呢？"

吴教授说："你提的这个问题也很关键；这说明心电图诊断室壁瘤的敏感性较高而特异性较低，可能有假阳性。目前心电图诊断室壁瘤的标准还不统一，有人把 ST 段持续抬高在 1 毫米以上就下诊断，这时候假阳性可能比较高，如果用持续抬高在 3 毫米以上下诊断，假阳性就低，可是又可能会出现假阴性造成漏诊。超声和核素诊断室壁瘤的敏感性和特异性也不是百分之百，所以采用多种检查手段才能确保诊断的可靠性。"

王大宬说："吴老师，我大胆地设想，能不能比较一下用心电图、超声和核素检查的方法诊断室壁瘤的敏感性和特异性，或者说摸索一下用心电图诊断室壁瘤时，到底应该采用 ST 持续抬高多少毫米的敏感性和特异性都比较高？"

吴教授肯定地说："好啊，你想得不错，目前还没人做这个课题。用心电图诊断室壁瘤是最常用最普及的方法，应该摸索出一个比较规范的标准。你做，我支持你！"

注释1：吴玉章

30　学子执着流大汗　纯诚敬业感人心

晨会后，林教授说："还有一件事跟大伙说说，昨天院党委转来一封感谢信和一面锦旗。"他打开锦旗指着旗面上的字，"'送给大京都医院心内科王大宬医生品德高尚医术精良'表扬王大夫。这是这几年来我们心内科第一次收到表扬信和锦旗，可是表扬的人不是我们本院人员，而是一位进修医师，真让我感到脸红！我们应该向王大宬大夫学习！让我们谢谢他！"

医办室内一片掌声……

下午，王大宬正在与代主治医师李姝琳副教授给病人做运动试验，突然有人推开门把头探进来说："王院长，原来您在这儿？找得我好苦！"

突如其来的话声使李姝琳感觉很诧异："王院长？"

王大宬一见是金千强忙小声说："你怎么来了？"

金千强说："陈院长让我通知您回去开会，说有重要事！"

王大宬说："现在正忙着哪，在外边稍等一会儿。"

听到这儿李姝琳明白了，对王大宬说："去吧快去吧，这儿有我哪！"

王大宬的学习精神和工作表现，大京都医院各位前辈和老师们早就心中有数。由于单位有人来找，小小的县医院副院长的身份暴露了，老师们不仅对他有了进一步了解，进而给予额外关心，并纷纷为他调回京城的事出谋划策。

一天，老城西区卫生局陈局长住进了心血管病房。做完了医嘱，王大峸正在书写病历，李妹琳看过了陈局长回到医办室对王大峸说："陈局长因心律失常曾两次在这儿住院，是咱们的老熟人。她是第二军医大毕业的，在用药方面尽量征求一下她个人意见。"

经过两天治疗，陈局长的心律失常基本得到控制，心情愉快了许多。下午巡视病人，王大峸来到她的身边问："陈局长，今天感觉怎么样，还难受吗？"

陈局长说："好多了，王大夫的医术精良，真是妙手回春！"

"我算什么妙手啊，治疗方案都是在老师指导下制定的。"

陈局长说："你可真了不起啊！"

"陈局长，您这话什么意思？"王大峸感觉莫名其妙。

"什么意思？我还想问你呢！"陈局长说，"我就不明白为什么那么多人为你说情，让我想办法帮你调进北京，就连林老都跟我说你如何如何好，不仅让我惊奇也让我感动！"

"啊？！让您想法帮我调进北京？"王大峸吃惊说，"太好了！您能帮我？谢谢陈局长！"

"八字还没一撇呢，谢什么呀？"陈局长说，"有这么多老师为你说话，我会尽力的，等我出院马上就往区里报。可是我得把话跟你说在前头，根据相关政策你不具备调北京的基本条件。我只能以'工作需要'为由，这个理由比较牵强。我只是个区卫生局长，就这么大点儿权力，所以你要有思想准备不能太乐观。"

王大峸说："我知道，这我知道，谢谢陈局长！"

陈局长说："你就别客气了！咱们是同龄人，又是同年毕业。你的情况我都听说了，你的心情我完全理解。咱们私下里说话，如果真能调进来，老城西区几家医院你随便挑。还有一个选择，咱们还有几所街道医院没有得力的管理者，你可以考虑去街道医院当院长。你爱人调过来就安排在区卫校任教，咱们卫校条件还是不错的。"

王大宬激动地说："您想得真周到，那就请您多费心了！"

陈局长的话兑现了，出院一上班就把王大宬的材料报到区委。王大宬突然想起老城西区的副区长严继芊，原来她和食堂张师傅、周大夫、孟护士长是一个医院的大夫。医院大多数人下放到甘肃，而严继芊的父亲原是国民党高级官员，在北平和平解放问题上是有功之臣。由于统战的需要，组织上没把她下放，安排她弃医从政了。

八十年代初下放人员先后回到北京。周末晚上王大宬敲开了张师傅的门，张师傅惊讶说："哎呀是小王！转眼十几年没见了，你现在在哪儿上班哪？"

王大宬说："离开华城后我调到河北，现在在白河县医院工作。"

张师傅说："啊？你到白河去了？白河是我的老家，几十年没回去了。怎么你今天……"

王大宬说："我就直说吧，现在有人帮我调回北京，材料已经报到区里了。我突然想起了严继芊大夫，她现在是副区长，不知她能不能帮上忙。您跟她熟吗？"

"她老到我那儿去吃饭，怎么不熟啊！"张师傅说，"她就住在楼上，走，现在我就带你去找她！"

严继芊一开门热情地说："呦，张师傅！快进来坐！"

"今天有件事来找你！"张师傅指了指身边的王大宬说，"我给你带来一个人，你看看认识吗？"

严继芊看了看王大宬轻轻摇摇头说:"不大敢认。"

"这是王大夫,在咱们医院待过,后来到甘肃又在一块儿工作,跟周丽娜、孟护士长、小孟她们都特别熟。"张师傅解释说,"他在咱们医院的时候,你正在劳改队受批斗,跟你接触得少。"

严继芊说:"我说怎么有点面熟呢。您今天……"

张师傅说:"我就不拐弯了;他现在在河北白河,两地分居;咱们区卫生局有人帮他把材料报到区委等着批,看你能不能帮忙给说说。"

严继芊爽快地说:"张师傅您放心,只要能帮上忙,我尽最大努力!"

张师傅说:"好,如果解决了,我给你好好摆一桌感谢你!"

"张师傅,您还别说,好多年没吃您做的菜了,咱们一言为定!"严继芊笑着说,"您做的菜味道太好了,我一直念叨什么时候还能吃上您的菜呢!"

林教授除了在业务上与同事们沟通,平时语言不多,人们对他总有些敬畏感,今天突然来找王大宬,他感到很意外急忙站起来说:"林老师……"

"坐下,我跟你说个事儿。"林教授和王大宬一起坐下,"咱北京有个老城西区医院你知道吧?"

"知道,是一家比较老的医院。"王大宬回答。

"对,是老城西区一家规模最大的医院。"林教授接着说,"这家医院承担着北京大部分老干部的医疗保健任务,现在扩建了一百张床的干部病房,准备新建十二张床的重症监护病区;因力量薄弱通过卫生局请求大京都医院支援。我们准备派吴云菲大夫去,但还缺少骨干力量;我想让你跟她一起去,不知你是否愿意。"

王大宬说:"当然愿意了,什么时候走?"

林教授说:"后天跟吴大夫一起去报到。"

"那我管的病人怎么办?"王大宬问。

"李大夫说她已经给你安排好了。"说到这儿他停了一下接着说,"你的进修还有一个月就期满了,我之所以让你跟吴大夫一起去,也是为你考虑的。我把你的情况和老城西区卫生局陈局长说了,她答应尽力帮助你,如果能调过来就把你留在老城西区医院干部病房,你现在过去可以为到那儿工作奠定基础,要把握好这次机会!"

"谢谢您林老师,您费心了!"王大宬表示深深感谢说。

林教授说:"我都想把你留下,可是不符合咱们医院的规定,很可惜……"

王大宬和汤文爽一起看完病人交了班,汤文爽不解地问:"李妹琳说你有新任务,急着通知我快来接班,进修还没完你有什么要紧事儿啊?"

王大宬说:"说是让我跟吴大夫一块儿到老城西区医院帮他们干部病房建立监护病区。"

汤文爽说:"你真行啊,我做完手术想多休几天都不行,他们对你也太偏心了!"

王大宬说:"因为他们见我可怜,同情我,可能是想帮我调工作。"

汤文爽说:"上次我跟你说过,我们医院特别需要你这样的人。还不抓时间去问问,你到医务科找一个叫柳下犇的,他是医务科干事,那人特别热情,就说是我让你找他去的。"

王大宬说:"多谢你关心,今天就抽空去一趟,明天就该去老城西区医院报到了。"

按汤文爽的建议，王大宬到公民医院办公楼医务科。开门的是一个四十左右的男子，他亲切地问："您找谁呀？"

王大宬说："请问柳下犇同志在吗？"

"哦，我就是。"柳下犇忙指了指走廊的座椅，"您请坐！您找我有什么事儿？"

王大宬坐下来说："是汤文爽汤大夫介绍我来找您的。她说咱们医院很需要人，还在报上登了招聘广告，我过来问问情况。"

"是啊，太好了！"柳下犇满脸笑容，"说说您的情况！"

王大宬简要介绍了一下自己的情况，最后补充说："我和汤大夫一块儿在大京都医院进修，马上就要结束了。"

柳下犇遗憾地说："我们这儿太需要主治医师了，特别是像您这样搞心血管的。可是您得先把户口弄到北京来才行，没有户口我们没法安排。"

凡人通常有一个共同点，当深陷在某种境遇时，他的心窍往往被填塞，这时异想天开就会把正常思维打乱异化；一心想调回北京的王大宬就处在这种状态下，不能清醒地想一想，如果真有天上掉下馅饼的话，天下有几十亿人，正巧就落在自己手心上的概率有多大。

王大宬对此本来就没抱多大希望，听到柳下犇的话也没有任何感觉，他下意识地站起来说："喔，原来是这样儿！抱歉，我走了。"

柳下犇把他送到楼梯口说："我们特别需要您这样儿的人才！因为户口问题不能来，真是太遗憾了！"

吴乙菲作为老城西区医院干部病房顾问和重症监护病区特聘主任，带领王大宬在老干部科庄主任陪同下进驻重症监护病区。约定吴主任每周一三五来此上班，王大宬全天候配合吴、庄两位主任。

重症监护病区每张床有独立房间，室内环境优雅。病区各种新购置的医疗设施齐全，已储备两名恢复高考后首届毕业的年轻医师和四名护士等待开展工作。

进入了新工作岗位，在吴主任的指导下，王大宬抓紧时间与两位住院医分别把原装进口呼吸机、心电监护器、除颤器等的使用说明、注意事项和保养方法译成汉语一一写在卡片上并认真进行模拟练习。几个人正在监护室默念除颤器的使用程序，吴主任突然走进来问："王大夫，弄得怎么样了？"

王大宬说："差不多了，我们正在熟悉这些仪器的使用方法。"

"咱们准备的速度够快了，刚两天他们就等不及了！"吴主任说，"现在他们就想转病人。我刚看过了，一个叫陈花花的确实是够重的，风湿性心脏病并发亚急性心内膜炎，要是准备好了就先把她转过来。"

王大宬问两位住院医师："你们看怎么样？干不干？"

"干不干就看您的了，我们听您的！"其中一个人回答。

"听我的？好啊！"王大宬带着成就感说，"转，现在就转！"

吴主任说："现在就转行吗？"

王大宬干脆回答："转，没问题！"

承担主治医师职责的王大宬，虽然不用再亲自书写大病历，但他和住院医师一起详细了解情况，全面掌握病人的第一手资料。

吴主任给王大宬等三人讲述了该病的发生率、病因、发病过程、临床表现和预后，最后强调说："这个病人心律紊乱、双肺罗音、肝脾肿大、水肿明显，严重心功能不全，目前还在发烧，尽快做血培养和药敏试验，在使用大量敏感抗生素的同时给予强心利尿、镇静吸氧，注意电解质平衡记出入量，低钠半流食、半卧位……"

在吴主任说话的同时，王大咸很快重新制定了具体治疗方案，吴主任看了看了说："就这样尽快实施。"

护士们执行医嘱去了，在医办室外等候多时的家属焦急地走进来，王大咸说："您是家属？"

"对，病人是我母亲。"

"我看您的年龄跟我相仿，请问贵姓？"

"免贵姓胡。我想了解一下我母亲的病情。"

"哦，胡同志进来坐。"王大咸让家属坐定说，"病人情况可以说很严重，我们正要下病危通知呢。目前这种病不太常见，是在风湿性心脏病的基础上发生了心脏内部感染，疗程比较长。"他进一步解释说，"由于她的病情很重，等病情好转些我们还要补充询问病史；她肯定是在年轻时就得了风湿病，时间长了进一步侵犯心脏，酿成风湿性心脏病。"

"没错，她跟我父亲一起参加过长征；听她讲过，那些年生活非常艰苦。"胡同志掏出手帕擦擦眼说，"我父亲解放前就牺牲了，是母亲一个人把我带大，她这辈子吃尽了苦头。拜托您王大夫，一定要想法治好我母亲的病！"

王大咸赞叹说："真是一位伟大的母亲！在治疗方面您尽管放心，我们会尽最大努力！"

胡同志站起来握住王大咸的手说："谢谢您，谢谢您！"

重症病人一一转入监护病区，工作量加大，配备的医护人员增加了。重症监护病区的工作开始进入正轨平稳运行。

下午巡视病人，王大咸来到陈花花的床边说："看您这几天精神越来越好。"

陈花花说:"这还不是你的功劳?"

王大戌说:"不能这么说,这是医护人员集体的功劳,是我们老师的功劳。"

"看你这么能干还挺谦虚!"陈花花说,"这两年我住过几次院,怎么没见过你呀?"

"哦,我不是本院的……"

见陈花花亲切祥和的态度,王大戌如实对她说明了自己的情况。

陈花花听了他的介绍表示同情说:"原来是这样,得快想办法解决才行啊!"

王大戌说:"难哪,我很快就该回单位了,慢慢再说吧。"

陈花花说:"唉,人人都有一本难念的经啊……"

晚上,胡同志走进医办室说:"王大夫值夜班?我母亲让我跟您聊聊。"

"好啊,欢迎!您请坐!"

胡同志坐下来说:"我母亲把您的情况跟我说了,她说无论如何让我想办法帮您弄调动的事。"

"啊?!太好了!"王大戌吃惊地站起来说,"**谢谢您!**谢谢她老人家!"

两个人推心置腹地聊了一会儿,胡同志说:"市人事局有我一个朋友,我跟他说了您的情况。他说目前这类事情很普遍不好解决,但只要区里把您报上去,他会尽力帮忙,让您抓时间问问区里的情况。"

王大戌的心跳加快了,一再表示感谢并把胡同志送出门。

周末晚上,孟玫玫从安家坊赶回北京与王大戌约好带京京一起看望父母,德明开门惊喜说:"哎呦,姐姐姐夫,京京!"

王大宬说:"嗬,这么巧你们也在!"

德明说:"我们也刚到,好长时间没来了,今天得空过来看看。"

王大宬先问候岳父母好,京京紧跟着爸爸说:"外公外婆好!"

孟母高兴地拉住京京的手说:"京京真乖,听说还跟爸爸拉钩比赛看谁学习好,快跟外婆说说比赛谁第一?"

孟父说:"孩子们都来了,快弄饭吧!"

"妈妈,做什么您指挥,我来帮您!"芯芯说。

"估计你们该来了,我早就有准备。"孟母说,"什么都不用你们管,去小屋里说话。"

德明说:"妈妈做饭咱们帮不上忙,你别跟着掺乱了!"

"咱们有几个月没见了,得好好聊聊。"走进小卧室,德明拉王大宬坐下说,"我跟芯芯一直在念叨你们,你调到白河有六七年了吧?"

王大宬说:"可不是嘛,那年京京还没上学,明年都该上初中了。"

德明说:"时间过得真快,玫玫姐也过来这么长时间了,你们老这么分着可不是事儿,一家人四分五裂到什么时候为止啊,得快想办法解决!"

"咳,这'字'没走好,一步走错步步错。"王大宬说,"玫玫到安家坊后,他们学校书记给帮忙调我去安家坊地区医院,我跟主管文教卫的副县长都闹僵了,他一死儿不答应放我走。后来好容易有个机会把档案发到地区卫生局,还没来得及安排就赶上县医院班子调整,非得让我当副院长,愣把调动的事儿给搅黄了。现在正有人帮忙,老城西区卫生局把我的情况报到区委了,正准备去打听消息呢。我看这事儿没多大谱儿,因为目前进京政策相当严,我不符合相关政策。"

德明说:"都说进京政策如何如何严,你能不能说得明确一些,到底怎么严，都有什么具体条款？"

"条款很简单，一是夫妻长期分居，其中一方在北京，二是父母在北京，身边无子女可以调进一个进京。"王大宬进一步解释说，"夫妻两地超过十五年才算长期分居；父母年龄在六十以上还得有医院证明身体有病才行；我们哪一条都不符合。"

德明说："看来只能往安家坊走了，你们的情况是明摆着的，再好好跟领导说说，不能总这样下去。"

王大宬说："我有一个汇文中学的校友现在是白河县委书记。在宣布医院新班子之前我找过他，他说已经安排好了怎么也得干几年；现在上头对我挺好，已经是县政协挂名的副主席，又放我出来进修，回去还不能马上撂挑子，真是弄得我两头为难。"

31　虚怀若谷求实效　水应山鸣下苦功

王大宬虽然在外学习，也有调回北京的欲望和私心，但毋庸置疑他是个知恩报德有良心的人。他时不时想起医院及班子里的几位老兄，时不时想起自己是医院的副院长，应该对得起领导，对得起这个副院长的职务，要用自己的实际行动来说明问题。

一年的进修学习，业务有了飞跃发展，诊疗技术上也有了明显提高。在离开医院十三个月后，王大宬回到了白河。

在院长办公会上，王大宬详细汇报了进修学习的情况，但被借调老城西区医院的事未予说明，谋求进京的私下活动也隐瞒起来，没有露出蛛丝马迹。

陈笑鸣说："一年多了，你也该满足了吧？超期一个月才回来就不追究了。我知道你干得正起劲儿，不愿意回来又不得不回来。'管理'你也学了，业务你也大大长进了，这回该死心塌地好好干了吧？！"

"那当然，当然得好好干了，保证不负使命！"王大宬拿出大京都医院大内科的鉴定书双手递给陈院长，"这是我的进修鉴定，向各位汇报！"

陈院长打开鉴定书，评语写："1.学习态度端正，非常努力刻苦，工作认真负责踏踏实实，服务态度好。2.遵守各项规章制度，不分节假日早来晚走，加班加点，深受病人和我院工作人员的好评。3.业务……"他从头到尾认真看了一遍又递给耿苍宿，满意地说："好啊，干得不错！你是名利双丰收啊！这是我预料之中的。说说吧，今后打算怎么干？"

王大宬没回答陈笑鸣的问话，他说："哎，咱们的英语学习班怎么样了？现在还有多少人？"

陈笑鸣说："坚持下来的大概不到三分之一。现在金千强是班长，他学得最起劲儿！"

"快两年了能有三分之一坚持下来，已经很不错了！"王大宬兴奋起来，"定期考核有什么变化没有？"

"你定的政策谁敢随便改呀？这一年多你不在，这台戏差点儿唱不下去！"陈笑鸣开玩笑说。

"看您说什么哪？有您在前边引路，有杨院长后勤的大力支持，有耿老师做坚强的后盾，我算什么呀？"

陈笑鸣说："不管怎么说，这台戏还得接着唱下去。医院评比创优活动开展快两年了，今明两年是关键；咱们得好好讨论一下，看看能不能把步子迈得再大一些？还是让王院长先说说吧！"

王大宬说："让我说我就说，我同意您的看法。在大京都医院一年，我体会太深了！咱们的业务水平实在没法跟人家比。我说的不一定对，我觉得咱们医院长期以来一直处于"老子不相往来"的境况，就像一潭死水，一点儿生气都没有。这种现状应该尽快改变，赶紧送人出去见世面；特别是大科室每年至少应该派一两个人出去，如此轮流往返坚持下去。在走出去的同时还需要请进来，请各方的专家教授定期来讲课、演示、指导、做手术等，争取把咱们的业务水平提高得快一点儿，把差距变得小一些。"说到这儿，他把话停下，看了看每个人的神态，"我这不是在说空话放大炮啊。"

"说得对，说，接着说！"陈笑鸣说。

王大成接着说："各科室从查房做起，制定严格的查访制度。要理顺关系，明确各级医师的职责，迫使各级人员自觉加强学习，才能从总体上提高业务水平。目前咱们没法执行三级查房制，但可以执行两级查房制。查房时要求上级医师必须在诊断、体检、辅助检查和治疗方案等方面明确亮出自己的观点，具体指导下级医师，而且要在病历里有具体记录。"

陈笑鸣说："瞧，既学了管理又进修了业务，真把头脑武装起来了！"

"王院长说得太好了！一个人的业务好只能说是个好大夫；一个科的业务水平提高了，说明有个好科主任；全院的业务水平提高了才说明有好的院领导。有个别人总怕别人出去学习；怕别人的业务比自己高，其实一个人的进步必然会推动他人进步，否则就没有出路。"耿苌宿感慨地说，"查房制度非常重要，原本就有，只是让'文革'给破坏了；我认为应该趁现在大好时机把查房制度重新建起来，查房是有力的推动器，是通过临床实践提高业务最有力的手段。"

杨石楠说："我在这儿工作时间比你们都长，最了解这儿的情况。我完全同意王院长和耿主任的意见。"

陈笑鸣频频点头说："今天谈到的问题很重要，咱们好好梳理一下准备逐一实施。咱们都是从临床科室出来的，要充分考虑各科室的实际，有时间大伙多到科室里转转，跟科主任一起商量，发现问题解决问题。"

陈院长正在说话，妇产科云蒙元突然气哼哼地来到院办室大声说："正好领导都在呢，小钱老跟我哭哭啼啼闹个没完，你们说咋办吧！"

云梦元没头没尾的话让人摸不着头脑，陈笑鸣说："云主任，啥事啊把您气成这样？坐下慢慢说！"

"不用坐，说完了我就走！"云梦元火气还没消，"现在的年轻人就是事儿多！尤其是那个小钱！她说孩子太小上不了夜班。你们说说，女人哪有不生孩子的？有孩子就不上夜班？都有孩子夜班谁上？我们年轻的时候，把孩子往床上一拴锁上门拔腿就走！一个人跟我闹还不够，她爱人也来没完没了缠着我，还拿不上班来威胁我；我啥没见过？我跟他说：'你只要有那么大胆儿，你就别来！'先跟你们通个气，我让他们来找你们说；咋解决，你们看着办！"说完，她转身就往外走，突然又回身补充说："可不能开这个先例，如果开了先例，今后的工作就没法弄了！"

开完院长办公会，陈笑鸣对王大宬说："新问题一件接一件层出不穷，刚才云主任反映的问题，你去查查看到底是怎么回事。"

"是！尊令！"王大宬开玩笑说，"调查清楚了，马上向首长汇报！"

晚上，王大宬敲开了小钱的家门。一开门，小钱惊讶地说："王院长？快进来坐！刚才我还跟大彭说，明儿去找您呢。没想到您先来了，怪不好意思的。"

"有什么不好意思啊？"王大宬指了指孩子说，"哦，这就是你们的心肝宝贝？长得像爸爸还是像妈妈？真乖！"

彭大夫说："还不就是因为他，弄得我们俩狼狈不堪！"

"你们俩放在一起就是'彭（鹏）程万里，钱（前）途无量！'还有什么烦心事啊？"

彭大夫说："您真会说，我们哪还有前途无量啊，现在是寸步难行，眼前无光！"

王大成问:"你们还这么年轻,怎么这么悲观?"

小钱说:"不是悲观,困难解决不了,还把云主任给得罪了!"

王大成说:"听说你们跟云主任发生冲突了?"

"既然您今儿来了,我就跟您说说。"小钱为难地说,"他们外科急事儿特别多,不定啥时间就给叫走;我们夜班勤三班倒,白天找人看孩子还凑合,可是夜里人家不管。我不能总抱着孩子上夜班吧?再说了,就算领导允许带孩子上班,那医院到处都是病人,对孩子也不好啊!我说暂时不上夜班,那云老太太厉害着呢,一死儿也不同意!"

"云主任也有她的难处。"王大成说,"这么多护士年龄相仿,大多数都有孩子。你免夜班我也要免夜班,工作还怎么搞啊?有困难好好商量想办法解决,要讲求方式。话说得重一些,你们不该拿不上班来威胁她!我是这样看问题的,你越闹越没人同情你、没人帮助你。"

彭大夫说:"现在想想,跟云主任吵是我们不对,太不冷静了!"

"云主任都五十的人了,你们都看见了,干劲儿多足啊!现在正搞评比创优活动,在这个节骨眼儿上,每个人都要为此做出贡献。"王大成说,"当然了,咱们不单是因为搞评比才创优的。我也算是过来人,你们的困难我很理解,父母不在身边,没人帮你们带孩子。这种情况在咱们医院不算少,你们先暂时克服一下,我回去跟领导班子汇报,尽量想办法解决。"

为职工解决实际困难是保障做好工作的前提,没过多长时间,问题解决了。腾出两间房,抽调两个超编闲散人员建立了幼儿室。彭大夫和小钱夫妇下班,从幼儿室把孩子接出来一起回家。一路上小两口儿有说有笑，彭大夫说："孩子放在幼儿室比放在别人家还放心，不仅解决了孩子没人管的问题，还给咱省了一笔钱呢！真没想到这事儿办得这么快。"

"其实咱们开始就想错了。"小钱说，"根本就不该跟云主任闹，把人得罪了不说，还一点儿也没用；要是直接找院长反映就好了。"

"说的都是马后炮，事先谁能料得到啊？怪咱们当时昏了头不冷静，其实要仔细想想也是，云主任能有什么没办法呀？"彭大夫想了想说，"那咋办？要不然咱们明儿找时间一起给云主任道个歉？别看她那么厉害，其实她就是个炮筒子脾气，求她原谅还不行？"

小钱为难说："只能这样了，谁让咱们在人家手底下干活呢！"

彭大夫说："哎，对了！听说又要组织讲座了，再不参加可就影响考核成绩了。"他放低了声音，"跟你说，我们科的洪大夫几次都考得不好，为这他直闹情绪，听说王院长把他给批评了一顿。"

小钱说："要不是有孩子拖累，我肯定不会落在别人后边！"

彭大夫说："行了，这回再也没法拉客观了。"

晚上，会议室里挤满了人，王大宬走上讲台说："今天咱们请耿主任讲关于'物理诊断'问题，讲座内容多，占用时间长，大伙多辛苦一些。和往常一样，听课的原则还是完全自愿，来去自由。好了，现在就请耿主任给咱们讲课。"

耿主任走上讲台说："受领导委托，今天我跟大伙一起讨论'物理诊断'问题。'物理诊断'在临床课程中占有重要地位，是医务人员必须要掌握的基本功之一。从前几次考核情况看来，有必要强化对'物理诊断'的重新认识和技能训练。不论是哪科病人，详细采集完病史后，必须从头到脚，按"望、触、叩、听"四诊依次进行体检。领导决定从下星期一开始恢复大病历制度，医生工作的第一年，必须严格按"四诊"程序至少书写十份大病历，如果病历书写次序有误或存在某些疏漏还要求重写；病历书写者和审查修改病历的上级医师必须在病历上签字。其实大多数疾病主要依靠'四诊'就能做出临床诊断，必要时再选用心电图、x光、血尿便常规检查等辅助诊断作印证。之所以把后者叫作'辅助诊断'就是因为强调'四诊'的作用。特别是在基层，辅助诊断方法不多，'四诊'就显得更为重要。"

耿主任分别就望、触、叩、听四诊作详细讲述后说："咱们不能光说不练，得结合实际进行实地操作。我事先约了个病人，现在请他到前边来。"

耿主任的话音刚落，王大宬站起来走到讲台边。一时间，会议室充满了掌声和说笑声。

"好，请几个人到前边来！"见人们蜂拥而上，耿主任说，"人别太多，时间来不及，有三四位就行了！"

王大宬坐在凳子上，耿主任说："每个人按照望、触、叩、听的次序检查他的胸背部，为节约时间仅限胸肺，其他就不查了。"

几个人分别实地操作完后回到座位上，耿主任开始提问说："小乔大夫说说检查结果！"

"我说不好，反正我觉得'四诊'都有些问题。"小乔不好意思说，"可是王院长身体平常上好上好的，咋会……"

"小路大夫，你觉得有问题吗？"耿主任问。

"我也觉得'四诊'多少都有问题；肝浊音界好像叩不太清楚。"路遥遥说，"我说的不一定对啊，王院长是不是得过胸膜炎，现在是不是有胸膜肥厚粘连哪？"

耿主任说："今天我先不说答案，你们回去再翻翻书对照一下看看，然后再下诊断。好了，课后谁还想实际体会体会尽管来；王院长说了，为了提高大伙的'四诊'技能，今天他豁出去做贡献了！"

会议室内又响起一片掌声和说笑声……

32　图章函件玩游戏　真假全凭一纸文

寒假期间，孟玫玫与丈夫在白河团聚。星期天上午德明和芯芯突然来家，孟玫玫惊喜说："哎呦，天这么冷，怎么这么早就到了？快过来烤烤火！"

"是够冷的，手都冻麻了！"芯芯放下手里的东西走近火炉一边烤手一边说，"这不是快到春节了嘛，我们过来看看。你们今年打算怎么过？"

"昨天晚上我还跟大宬说呢，今天准备一块儿去北京，你们再晚到一会儿，说不定就扑空了。"孟玫玫说，"你们来了，我们就不去了！"

王大宬插话说："别净顾说话了，快准备饭吧！"

德明说："不用准备饭，我们来看看聊一会儿就回去。"

"那怎么行啊，那年你大老远来连口水都没喝，这回怎么也得吃了饭再走！"王大宬说，"哎？我脑子里缺根弦，咱们只管说话不做饭了，到外边儿吃去！"

孟玫玫说："对对，到白河这么长时间了还没下过馆子呢，我从安家坊带来的粮票还没用，今天到饭馆儿吃去！"

"那咱们就热闹热闹，不急着回去了。"德明说，"其实这次来，主要是想讨论一下你们的事儿。玫玫姐，你跟三姨到底什么关系？"

"什么关系？从名义上说我是她的干女儿。"孟玫玫说。

德明说："还记得吧，去年在妈妈那儿，姐夫说过进京政策。你不是三姨的干女儿吗？三姨没有孩子，身边哪有人照顾呀？这点你们没想过？"

"不是没想过，这事儿可能比较复杂。自调到白河以来，几乎每年我们都给她过生日，陪她去公园；见了我们她也特别高兴，可是这事儿她从没主动提过。"王大崴说，"她是个老处女，为什么不提，她是否愿意，摸不清她现在的心里活动。如果贸然跟她提这事儿，弄不好让她为难，伤了自尊就坏了，所以我们一直没敢提。"

德明说："好像三姨还参加了什么民主党派？"

王大崴说："对呀，抗战时期她就加入了民革，'文革'前一直都有组织活动。"

德明说："听说对民主党派是有照顾的，应该了解一下具体情况。"

"两年前我们去看她，那时她的精神状态就不太好，有几封民革的来信她都没拆封；我们把信一一拆开念给她听。从来信中可知，'文革'十年期间民革没有组织活动，与会员们断了联系，来信通知会员们恢复组织生活。"王大崴说，"看来民革对他们老会员是挺关心的，有一封信是特地了解老会员生活情况的，还附一份表格了解家庭成员和经济状况。在表格里把我们与三姨的关系都填上了，当天就给民革发过去了。"

德明说："这关键的一步你们走对了，这些资料很重要，将来肯定用得着！"

"我还鬼使神差地做了一件事，三姨是从海关退休的，发了信以后，我盲目地到海关总署劳动人事司去了一趟，跟人事处说了三姨的情况。处长客气地说，上边给的进京指标有限，几个身边无子女照顾的离休老人还没解决，说三姨的问题目前解决不了。"王大崴说，"我是抱着无所谓的态度去的，只是随便说说没往心里去。"

"看来现在的问题关键在三姨身上。"芯芯插话说，"姐，你说能不能让妈妈出面跟三姨说说？"

德明赞许说："芯芯说的没错，有机会让妈妈出面说说准行！"

"可是这事儿妈妈是不是愿意做还不好说。"孟玫玫说。

德明说："你是她亲生的，她还能不愿意？"

"问题就在这儿，你不知道她们姐妹都特别爱面子。"孟玫玫说，"噢，自己没能耐帮孩子解决困难而去求别人，怕她抹不开！"

"玫玫姐，你想得太多余了！妈妈不是糊涂人，肯定清楚是面子重要还是女儿重要；再说了，你也算是三姨的女儿。"德明说，"重任交给我了，找个合适的机会我跟妈妈说！"

两年前，王大戌曾暗自想过是否可以用三姨这条线调回北京，只不过一念而已，没与妻子讨论过。在大京都医院进修期间老城西区卫生局的努力也付之东流，梦想调进北京的通道已经封死了。回白河后虽然全力投入到工作中，但期盼一家人团聚在安家坊的心愿时时浮现在脑海。今天与德明夫妇的一席话使他意外滋生出一丝更加可心的依稀美梦——不是团聚在安家坊而是在北京！

马上就要开学了，孟玫玫抓时间回京看望父母，德明和芯芯正好也在。德明说："玫玫姐来得正好，我正在和妈妈说你们的事儿呢。"

虽然室内温度并不高，可是年近八旬的母亲颜面通红，额头上冒出了小小的汗珠。她激动地说："小妹，你放心，妈妈这就给三姨写信。"

父亲说："妈妈不要着急，慢慢来别紧张！"

"这事不要你管，你们都不要管！我不紧张，我不紧张……"母亲说。

母亲走进小卧室坐在桌前，从抽屉里拿出一沓信纸，提笔给三妹写信。

晚饭做好了，芯芯推开小卧室门，见母亲正在把写满字的信纸撕下来团成一团放在一边。"妈妈，一会儿再写吧，该吃饭了！"

妈妈说："你们先吃，吃了饭你和德明先回去，小妹留下！"

听了妈妈的话，芯芯轻轻把门关上，回身对其他人摆摆手。

母亲一边写信一边想，自己老了，再没有余力为女儿做事了，就这一件，就这一件，要做好，一定要做好！她心潮澎湃难以平静，几乎彻夜未眠，最后写出长达两千多字的书信。天快亮了，她摇醒趴在床边的女儿，把写好的信递过去。

孟玫玫接过书信提起精神说："谢谢妈妈！您快去睡会儿吧！"

母亲休息了，孟玫玫急匆匆走出门。街上冷冷清清，她等来了头班公交车赶往三姨家。

三姨刚刚起床，听到敲门声感到很诧异，是谁这么早？把门打开她惊讶说："小妹？！天这么冷快进来！你……"

孟玫玫走进屋，双手拿出信说："三姨，妈妈写给您的！"

三姨一口气读完了二姐的亲笔信说："小妹，你坐，你坐！"她感激涕零，激动万分，马上找出纸和笔，用她那颤抖的手给海关总署写了请求调来养女进京工作的报告，在长达三页的申请书的末尾签了名字、盖了章子、按了手印……

好男儿志在四方,早年离家乡。举目无亲多少载,曾有汗水和泪淌。人的一生不论到了天涯海角，命运是苦还是甜，多数人渴望身归故土。王大成夫妇飘泊在外二十年，长期两地分居，生活和事业举步维艰。

车到山前真有路？几十年前人们口头说的孟玫玫就是三姨的干女

儿，这话真的有用吗？三姨这根救命稻草真能救命吗？绝处能否逢生，枯树可否发芽？

王大戍从妻子手中接过三姨的申请报告喜不自胜，一家人团聚在北京的前景虽然渺茫，但终于有了一线希望！现在身为副院长，可不能因此影响当前的工作，更不能把隐私暴露在他人面前，一定要沉住气……

王大戍利用下夜班时间进京，好容易找到一个从事复印业务的门面，把申请书复印几份跑到海关总署，敲开了人事处的门。一位女工作人员抬头看了看说："是你！来过吧？"

王大戍一愣神儿认出了她。三年前她还是个普通的工作人员，现在看来可能已经是个头头了。他说："对，来过。"他把申请报告恭恭敬敬递过去，静静地等她看完说："上次您说的离休老干部的子女问题解决了吗？排了三年队，该轮到我们了吧？"从她与同室的工作人员对话看来，她已经是人事处处长了。

海关总署政策性很强，办事也很规范，没有多余的话，她说："不能着急，依照劳动人事部《关于国务院各部门从京外调入干部的审批意见》办理。"说完，她交代了要做好三件事：其一，让三姨现住处的居委会、街道办事处出具身边无子女照顾的证明信；第二，拿出两份"拟调干部登记表"，拟调人员工作单位人事部门需写明同意调出并加盖处级以上公章；第三，在京接收拟调人员工作的单位出具证明，并加盖市人事局的公章。

第一件，三姨是当地居委会的重点关照户，对王大戍夫妇很熟悉，居委会主任十分痛快地写下证明。王大戍当即赶往街道办事处，恰好办事处主事人没有外出，加注意见、盖公章顺利完成。

王大宬心里明白，要做好第二件事肯定不容易。因为调动一事，他与文县长的关系早就搞得很紧张。突然，他想到民革三年前在信中附给三姨的调查表，他们对每一位老会员都很了解；帮助会员解决困难是他们义不容辞的责任。

　　下了夜班，王大宬赶回北京走进民革市委秘书处，把难处向秘书长报告。听了他的陈述和请求，秘书长提笔致函白河县委组织部、县政协和安家坊师范学院，敦请各部门协调调动事宜。

　　估计民革的信函该收到了，王大宬到县委拜会县委书记、校友张登高。他比张登高年长一二，此时毫不客气和他摊牌说："往安家坊调，你可以不放；这可是往北京调，不放不行！别忘了你曾说过话，你会把我的事记在心上，只要有合适的机会，你肯定会帮助我……"

　　张登高不做声响，静静地听着。王大宬又心平气和说："我确实有困难，而且我和孟玫玫一直分居，这是我们团聚的最好机会。"

　　张登高没点头也没有什么话做答。因为人事政策就是这样，来也难去也难。

　　政协马盛唐接到北京市民革的信函来到张登高的办公室，见组织部长正好在场。马盛唐说："打扰你们了吧？书记,有件难事跟你汇报，关于王大宬的事……"

　　张登高说："我们正在说这个事呢；快坐，咱们一起商量商量吧！先说说您的意见！"

　　马盛唐说："医院班子弄好了不容易，王大宬的工作劲头挺大；说实在的，我真舍不得放他走，可是……"

　　"我知道您要说什么。王大宬也找过我，像他这种情况长期拖下去确实不是事儿。"张登高说，"可是听说为这事他跟文县长弄得挺僵，我不好直接插手。现在他已经在政协挂名了,您以政协主席的身份过问这件事理所当然,所以我想您出面跟文县长先通通气倒是比较合适。"

马盛唐说:"听书记的意思,你这儿算是通过了?"

张登高说:"其实我这也是没办法,往北京走对一个人来说意味着什么?何况还有统战政策,咱们再不放也说不过去。这事儿咱们还不能一手包办,还得找卫生局和县医院说说。"

在等待县委研究的同时,王大宬抓紧时间办理第三个要求。进京政策使人很尴尬,海关总署执行的是中央部委的政策,其要求与北京市的政策撞了车。北京市的政策是先解决户口才有安排工作的可能性,而海关要求先找工作单位再解决户口。

面对这互相矛盾的政策,王大宬束手无策,不得不再次走进海关人事处说明情况。最后他说:"这是公对公的事儿,我空口无凭谁会相信我能解决户口?"

听了王大宬的话,处长没有做声,拿起笔在公用信笺上写下函件,说明王大宬夫妇的身份,请中央各部委和北京市有关部门出具接收其工作的证明,户口由海关总署负责解决。

拿到函件,王大宬直奔母校第一附属医院,刚到人事科门口,从屋里走来一个人说:"哎!王大宬!"

"哎呀,吴老师!"王大宬惊喜万分,"您好吧?您怎么……"

"没怎么,我在这儿上班几年了。你现在哪儿呢,来这儿有事儿?"吴老师说。

"正在弄调动,来这儿看看要不要我。"

"要啊,当然要啊!户口来了吗?"

王大宬拿出函件给吴老师说:"海关总署说给解决,让我先找接收单位。"

吴老师看完函件说:"你爱人是教生物的,愿意来咱们医院卫校吗?"

"哦,医院办卫校了?"王大戌兴奋地说,"愿意,当然愿意!"

"好,进来说!"

两人走进办公室,吴老师到办公桌旁,弯腰拿起笔写下"如果解决户口,我院接收王大戌和孟玫玫同志来院工作。"她放下笔对一个工作人员说:"小谷,给盖个章子!"

"还得到学校人事处加盖公章!"吴老师把便函交给王大戌说,"我正要到学校办事儿去,咱们一起走。"

"太巧了,再晚来一会儿我就白跑了。"

"时间真快,一下子二十年过去了!"吴老师说,"我经常想咱们一块儿搞四清[注1]的事儿,真有意思!"

"还说呢,社员到学校抓您的时候,您正好住院生产;别提多热闹了!"王大戌说,"那时咱们太幼稚了,费力不讨好……"

在学校人事处加盖了公章,王大戌又跑到老城西区卫生局,拿到了第二个接收工作的信函。跑了大半天,赶末班车返回白河。

调动的事卫生局和医院领导已经知道了,但王大戌仍利用下夜班时间往返跑路,并没有因此请假。因为怕一旦调动不成,自己还得在这里工作,不能把事弄得满城风雨。

下夜班,乘早班车抵京直接走进市公民医院,医务科柳干事把王大戌带到书记办公室。书记很高兴,热情地给王大戌介绍情况:"咱们医院比较老了,规模也不能跟新兴大医院比,但前景不错。咱们正筹建新医院,每个主治医家都给装电话……"

王大宬开始想入非非了：听说北京住房非常紧张，排队分房不知等到猴年马月。公民医院待遇这么诱人，而且医院规模大小适合，免得到大医院跟不上趟……

从公民医院出来又到市人事局，把事情陈述了一遍，在三个单位的接收证明上盖了市人事局的公章，至此两个多月过去了。

这个时期北京各大学纷纷开办分校，需要师资。在安家坊侨联的协调下，安家坊师院同意孟玫玫借调到北京大学分校提前进京。在孟玫玫的恳请下，安家坊侨联发函白河政协，协助王大宬过关。

历时三个多月，费尽了口舌跑断了腿，记不清各方写了多少函件加盖多少公章，终于按要求成功地做完了海关总署要求的这三件事。王大宬长长地舒了一口气，耐心等待着佳音的到来。

又过了两个月，海关总署人事处突然来函，要求街道办事处的证明信中需要加注"京内无子女"字样，原用"身边无子女"的字样不符合上级的要求而被退回。对于一个老处女审查如此严格，虽然咬文嚼字抠字眼又用了一个月时间多次跑腿费口舌，但有关部门精益求精严谨的工作作风还是令人敬佩的。

一天临近下班，马盛唐到医院取了药见到王大宬问："你手里拿的是啥玩意儿？"

王大宬和马盛唐一边往外走一边说："调动的事儿弄这么长时间了，到现在一点消息都没有。天已渐渐变冷，我那养岳母越来越需要人照顾，准备把她接到这儿来住；到这儿以后问题多着呢！您看，她一辈子没蹲过厕所，这是给她做的土马桶座。"他把话停了一会儿接着说，"还得麻烦您想法催催海关总署。"

马盛唐说："现在办事儿真难！明儿我就让袁秘书给他们再发函

催一下。"

　　王大宬每天提心等待着，突然海关总署又来一封信，要求三姨与孟玫玫之间的养母女关系做公证。看完来信，他的心扑通一声掉下来，全身突然发凉。公证处？哪儿有公证处？怎么做公证？

　　事情到了这份儿上只能往前闯了。经多方打听，果然找到一家刚开业的公证处。王大宬说明了情况，办事人员说："目前我们还没开展这项业务，到别处问问吧。"好容易又找了一家，回答如出一辙。王大宬听了有如五雷轰顶，惊呆了！政策不配套，上下矛盾不统一，使他从美梦中醒来。完了，死路一条，一切到此为止⋯⋯

　　办事人员见王大宬颓丧的样子，平和地说："事情倒不是一点希望都没有，可以用其他方式来弥补。"

　　听了办事人员的话，王大宬再次振作起来问："怎么弥补？！"

　　办事人说："让有关方面给公证处出具证明，写明收养人与被收养人姓名和收养时间，以及收养之事在收养人的档案中有记载，我们可以为该证明信做公证。"

　　听了办事人的指点，一连串问题出现在王大宬脑海：孟玫玫做三姨干女儿一事，只不过是口头说说而已，档案里会有证据和记载吗？谁会出具这种证明？这是不是一棵救命稻草？想到这儿，他脱身走进商店，买了少许糖果和两盒香烟走进民革北京市委秘书处，向秘书长汇报了调动进展情况，并表示感谢他前期的帮助，但并没有透露需要做公证的事。临走前他说："今后说不定会发生什么岔子，还得请您多帮忙。"

　　回到白河挨过一周时间，王大宬再次来到民革北京市委，走进秘书长办公室，对秘书长说："现在办事真难，果然出了故障，海关总署要求养母女关系需要做公证,可是公证处没开展这项业务。"说完把一个纸条递给秘书长,"您看,这是公证处的电话,您亲自问问。"

听了王大宬的述说,又拨通公证处的电话听了办事人员的解释,秘书长迟疑了。王大宬知道他的思想活动,于是马上提示说:"三年前市委组织处曾让岳母填写过家庭成员调查表,收养时间是在一九四八年。"秘书长犹豫着用缓慢的动作拿起笔,按照王大宬所说的模式给公证处出具了收养证明。

王大宬拿到信件如获至宝,又到海关总署说明原委恳请帮助。女处长皱了一下眉头,然后示意下属书写一份只是落款有别、内容与民革北京市委出具的证明一字不差的信函。

结局　宝剑锋从磨砺出　梅花香自苦寒来

两封一模一样的收养证明信交给公证处，赶回白河耐心等待一周时间，王大宬拿到了公证书。公证书首页就是原件证明的影印件，后面是公证词：兹证明前面的影印件与××（署名单位）人事处于×年×月×日所开的原件证明相符，印章属实。××公证处；公证员（署名），×年×月×日。

两份公证书的公证词并未涉及关于收养的问题，公证的是影印件与原件是相符的，公证的是原件证明上面的印章属实。

一切手续均已齐备，只欠东风吹！

在漫长的等待时间里，有白河县政协、安家坊地区侨联和民革北京市委的敦促函件频传海关总署。虽然海关总署的地位和级别远远高于这些部门，但海关人事处都小视不得，有条不紊办事积极。

一天早晨刚上班，一个人来到院办室问："请问哪位是王院长？"

陈笑鸣一见是个陌生人，他说："王院长到病房去了。您从哪儿来，找他有事儿？"

来人说："哦，前两天我带我母亲到大京都医院看心脏病，大夫看完了说以后不用老往北京跑了，让我来找王院长就行。"

陈笑鸣说："就这事儿啊，行！等会儿他就回来。"

"好好，谢谢！"来人解释说，"我在北京上班，今天带我母亲来跟王院长接个头儿，认识了，我就放心了！"

从病房回来，王大宬了解到来人的意图，于是把他及其母亲带到值班室，详细翻阅了病历资料，又给病人做了检查，他说："目前病情还算稳定，治疗方案也挺完善，就按这个方案坚持治疗。今后有什么情况可以随时来找我，只要我在，什么时间来都没关系。我家就住北城边儿，农民房好找；如果我没在单位到家里找我也行。"

"太好了，谢谢王院长！今后就拜托您了！"来人自我介绍说，"我姓刘，名叫刘北京，在劳动人事部上班，有事儿您可以找我；因为我的名字比较特殊，所以人人都知道。"

王大宬兴奋起来说："嗨，世上的事就这么巧，还真有事请您帮忙呢！"

刘北京热情地说："您只管说别客气，只要我能办到的一定尽力！"

王大宬把办理调动的事前后说了一遍，最后说："这事儿不知有多大希望。这么长时间了一点音信也没有。"

"据我所知，报到部里的材料每年中和年末审批两次，每次审批过关的人数限制在总量的百分之十以内。"刘北京安慰说，"不过您别着急，我虽然只是个普通工作人员，但我认识负责进京人员审查调配的人，管事不管事我不敢说，但是我能搭上话！而且我还能及时给您通风报信。"

一年来，王大宬努力使自己在调动和医院工作上保持冷静，不断提醒自己是医院的主要负责人之一，一定要做到公私分明互不干扰。为调动的事他绞尽了脑汁，还要随时准备应对意想不到的问题，尽管如此但并没有放松医院的工作，特别是当前正处于医院评比创优活动的关键时期，每日操劳付出大量心血。

自打当了医务科干事以来，金千强一直精神饱满干劲儿十足，积极组织外语学习和讲座活动,在评比创优活动中也没少出点子想办法。他用不少时间统计了一年来医院的各项数据,把结果绘制成图表整整齐齐贴在会议室的墙壁上。

一天,陈笑鸣走进会议室,看到墙上贴的图表,回到院办室对王大宬说:"你挺有眼光,把小金弄到医务科来,你看见会议室那些图表了吗?令人耳目一新,蛮不错的!"

王大宬说:"我刚才大致浏览了一遍,一会儿我再仔细看看,跟金大夫一起核查一下资料,别让人挑出什么毛病来。"

王大宬走进会议室,正在一幅一幅地仔细琢磨墙上的统计图表,金千强走进来高兴地说:"王院长您看咋样,弄得还可以吧?"

王大宬说:"挺漂亮的,一目了然;没少花心血呀!刚才陈院长还跟我表扬你呢,说你干得好!"

"多谢院长的抬举!"金千强表示谦虚说,"您看哪儿弄得不合适,您就指出来我重新弄。"

王大宬指着一个统计图说:"你看这个饼形图,统计这个项目好像不太适合。应该用条形图或者用表格形式更贴切。还有这两个柱形图,统计的这两个数字有一定关联性,对比着看是不是有些矛盾哪?或是没画好或是原始数据不够准确。回头你再好好查查看,得把数字弄准了。这些图贴在这儿,大多数人可能不会那么仔细揣摩,但如果遇见细心人一下就能看出问题来。人家不考虑你是不是没把图画好或是数字可能有误,可能给人家留下个弄虚作假的印象,反而不好。咱们不是图多么高的百分数,要的是反映真实情况……"

金千强心里说:"好一个厉害的王大宬,看得竟然那么仔细。那两个数字我根本就没查,是拍脑门儿拍出来的。看来在他手下想偷点儿懒不认真是不行了。"想到这儿他说:"佩服!王院长真令人佩服!其实弄完了一看我也觉得有点儿问题。这不,我正准备重新弄呢!还有,我想听听您的旨意,您看有没有必要把各科的数据分别统计出来?"

王大宬说:"当然有必要了,各科互相比较还能起敦促和激励作用。对工作就应该这样,要想把事情办好就是得花时间下功夫;这是个苦差事!"

"不辛苦不辛苦,就是辛苦一点儿也算不了啥。"金千强躬身说,"比起您来还差得远呢!得向您学习,向您好好学习!"

下班了,金千强赶着往家走,冷怀恒把他叫住说:"小金,干吗这么急呀,前边有金元宝啊?"

"冷主任,咳!天天忙忙叨叨的,今儿家里有点儿事。"金千强放慢了脚步。

"天天忙,忙个啥呀?"冷怀恒轻蔑地说,"你小子现在可成红人了啊!"

金千强说:"看您说的,有啥红不红的,就是个小催巴儿。哎,科里的数据统计出来了,你们耳鼻喉升上来了!"

"连吃奶的劲儿都使出来了!"冷怀恒不满地说,"都是让王大宬给弄得,把人给整惨了!"

金千强说:"您还别说,这王大宬还真有两把刷子!虽然他说得不多,但心里有数;那个人干啥都特别投入,不管啥事儿都那么认真,在他手底下干事儿可不能有丝毫马虎!"

冷怀恒嗤之以鼻说:"你这小子可真会怕马屁!现在看人家当官儿了是吧?"

"实事求是嘛,这怎么能说是怕马屁呢?以前我没少得罪他,可是他真的一点儿也没计较。就拿汪家炎做例子来说吧，以前净给王大成挑刺儿，总想把人家给整倒了，可是在他病重期间，那王大成没黑天带白日地守着他，想尽办法给他抢救治疗。我对他越来越了解，其实他心胸还挺开阔，不是那种小肚子鸡肠的人。"金千强说，"哎冷主任，地区卫生局参观检查团马上就要来了，明儿还有好多事儿呢。有时间再聊，我先走了啊！"

说完，金千强加快了脚步把冷怀恒抛在后边，冷怀恒自言自语说："见风使舵，一肚子鬼！啥人哪？"

寒随一夜去，春还五更来。又一个春天在不知不觉中悄无声息地踏着轻盈的脚步、迎着朝霞翩翩向忙碌的人们走来。

按约定，今天是以高局长为首的地区卫生参观考查团来访的日子。接到县卫生局的电话，医院领导班子全部出动过去迎接。人们回来一进医院大门，传达室值班人急着把一封信递给王大成说："王院长您的信，刚来的！"

王大成接过信扫了一眼，啊！劳动人事部来的！他把信放进衣袋跟上人群，心开始剧烈地跳起来，是福还是祸？他不敢往下想……

陈子尘和陈笑鸣直接引导人们走到会议室门口，高局长说："咱们先到科室里转转然后再座谈，怎么样？"

陈子尘说："好啊，这样也好！"

陈笑鸣带领参观检查团在医院各个角落转了一个多小时后走进会议室，人们落座后，高局长像是对陈子尘又像是自言自语说："这两年变化不小啊！"

王大成的眼神落在每一位发言人的脸上，可是他的心却挂在那封信上。实在忍不住了，他悄悄掏出信拆开一看，啊！调令！一连看了几遍简短的文字，他的心几乎从嗓子眼儿跳出来，接着心跳似乎突然停止了。

假亦真来真亦假，真假有时确难分，图章文字做游戏，真假全靠一纸文。真也罢假也罢，王大戌的的确确收到了劳动人事部批复签发的调进京城的文件。他想，妻子那儿肯定也收到了同样的文件，两地分居的生活终于结束了，再不用碌碌无为地奔波，美好的憧憬如同放电影一样在大脑中不停地闪动……

他抬起头见高局长正在讲话："这次地区卫生工作会议马上就要召开了，希望你们尽快把医院的资料整理出来准备在全省县级医院评比创优会议上做主要发言！"

"那敢情好了！"陈子尘接着高局长的话说，"王院长，今儿你一直也没吱声儿，现在离开会没多长时间了，抓紧时间按高局长的指示准备好参会材料吧！"

王大戌一直沉浸在无比兴奋和幸福中，一个小时的座谈会几乎没听见人们都说了些什么。听陈子尘好像在跟自己说话，他前言不搭后语地说："太好了！我太激动了……"

  头上的银发，隐藏着凄风苦雨，
  脸上的皱痕，饱含着寒雪冰霜。
  那是一笔笔宝贵的精神财富，
  那是一曲曲感人肺腑的悲歌。
  我们跨过一道道水，
  我们越过一道道山。
  我们饱尝了坎坷，

我们付出了许多。
昨天挥手远去,
今天凯旋归来;
明天还将继续,
开启新的征程。